FRAUKE SCHEUNEMANN

ZIEMLICH
UNVERHOFFT

FRAUKE SCHEUNEMANN

ZIEMLICH UNVERHOFFT

EINE FAMILIENKOMÖDIE

GOLDMANN

Der Verlag weist ausdrücklich darauf hin, dass im Text enthaltene externe Links vom Verlag nur bis zum Zeitpunkt der Buchveröffentlichung eingesehen werden konnten. Auf spätere Veränderungen hat der Verlag keinerlei Einfluss. Eine Haftung des Verlags ist daher ausgeschlossen.

Dieses Buch ist auch als E-Book erhältlich.

Verlagsgruppe Random House FSC® N001967

1. Auflage
Copyright © 2016 by Wilhelm Goldmann Verlag, München,
in der Verlagsgruppe Random House GmbH,
Neumarkter Str. 28, 81673 München
Umschlaggestaltung: UNO Werbeagentur München
Umschlagmotiv: © FinePic®, München
Satz: DTP Service Apel, Hannover
Druck und Bindung: CPI books GmbH, Leck
Printed in Germany
ISBN: 978-3-442-20501-1
www.goldmann-verlag.de

Besuchen Sie den Goldmann Verlag im Netz

Für Dagmar,
ohne die es keine
Gisela gäbe

EINS

Das warme Wasser des Pazifiks umspült meine Zehenspitzen und kitzelt ein wenig. Ich kichere, während ich versuche, mich aus Simons liebevoller Umarmung zu winden.

»Schatz, der Champagner wird noch warm!«, rufe ich gespielt empört, doch Simon hält mich weiter in seinen Armen und küsst mich zärtlich in den Nacken. Dann schiebt er mit einer Hand meine Sonnenbrille von meiner Nase hoch in meine Haare und küsst mich auf die Stirn. Das helle Sonnenlicht brennt ein wenig in meinen Augen und …

… das helle Sonnenlicht brennt in meinen Augen? Das helle Sonnenlicht? HELL? SONNENLICHT? Ich schrecke hoch. Ach du Sch… Ich stehe gar nicht mit Simon in der Pazifikbrandung, sondern sitze allein in meinem Bett. Und leider ist es wirklich taghell. Die Sonne scheint mir direkt ins Gesicht. Was bedeutet, dass es vermutlich nicht sechs Uhr fünfzehn ist. Ich angle mir mein Handy vom Nachttisch: neun Uhr zweiunddreißig. NEUN UHR ZWEIUNDDREISSIG! Mit anderen Worten: In nicht mal einer halben Stunde beginnt der erste Termin im Scheidungsverfahren meiner Freundin Florentine vor dem Familiengericht Hamburg-Bergedorf. Und so, wie es aussieht, beginnt er ohne mich, ihre Anwältin.

Warum hat mein Wecker nicht geklingelt? Warum stehen nicht längst maulige Kinder an meinem Bett und verlangen nach einem Frühstück? Es dauert einen Augenblick bis mir einfällt, dass Tessa, meine Älteste, seit Beginn der Sommerferien einen Sprachkurs in England besucht und ihr kleiner Bruder Max gestern bei einem Freund übernachtet hat. Und dass ich meinen Wecker verstellen wollte, um ein bisschen länger zu schlafen. Zumal ich heute Morgen nicht in meine Kanzlei in der Hamburger City, sondern ins ungleich nähere Bergedorf muss. Ich habe den Wecker dabei wohl ausgeschaltet.

Ich hechte ins Bad. Auf dem Weg dorthin springe ich in mein graues Kostüm, das noch auf dem Stuhl neben meinem Bett liegt. Hoffentlich ist es nicht allzu zerknittert, ich sollte mir endlich mal angewöhnen, meine Sachen abends in den Kleiderschrank zu hängen! Zum Duschen bleibt mir zwar keine Zeit, aber wenigstens die Zähne will ich mir putzen. Während ich das tue, überlege ich, warum zum Geier mich niemand aus dem Büro angerufen hat, als ich dort nicht, wie sonst, um neun Uhr aufgekreuzt bin. Ach nein, das ist ja Unsinn – ich habe natürlich Bescheid gesagt, dass ich heute gleich zum Termin fahre. Logisch, dass mich dann keiner vermisst. Wobei mir bei diesem Gedanken zum wiederholten Mal die Erkenntnis kommt, dass mich wahrscheinlich auch niemand vermisst hätte, wenn ich gestern nichts gesagt hätte. In meiner Kanzlei läuft es nämlich gerade nicht rund. Aysun, unsere Anwaltsgehilfin, studiert mittlerweile selbst Jura, arbeitet nur noch in Teilzeit und taucht daher meist erst mittags auf. Florentine, die deshalb neuerdings als Unterstützung bei uns arbeitet, hat sich wegen ihres Gerichtstermins heute freigenommen – sie meinte, sie sei zu aufgeregt. Und mein Sozietätspartner Alexander ist seit Wochen von einer chronischen Unlust befallen. Wahrscheinlich ist er auch noch nicht an seinem Schreibtisch angelandet.

Ein kurzer Blick auf meine Frisur. Sie schwankt zwischen *schrecklich* und *sehr schrecklich*. Meine feinen, blonden Haare kennen momentan nur eine Richtung – sie hängen platt und unmotiviert nach unten. Kurzentschlossen greife ich zu einer Dose Haarspray, schüttle meine Haare kopfüber und besprühe sie von unten mit dem Spray. Dann fasse ich sie zusammen und drehe sie zu einem Knoten, den ich mit einer Haarnadel und einem weiteren Liter Haarspray befestige. Okay, nicht schön, aber selten.

Neun Uhr vierundvierzig – ich schnappe mir meine Aktentasche und haste zur Eingangstür. Wenn ich jetzt sensationell gut durchkomme, schaffe ich es vielleicht noch einigermaßen pünktlich. Oder zumindest ohne große Verspätung. Auf jeden Fall werde ich aus dem Auto heraus gleich Florentine anrufen und ihr mitteilen, dass ihre Anwältin zwar ungepflegt, aber kampfeswillig ist.

Neun Uhr fünfundvierzig. Mein Blitzstart misslingt: Auf dem Weg zu meinem Auto laufe ich der personifizierten Entschleunigung in die Arme, meinem Nachbarn Tiziano Felice. Der hat mir gerade noch gefehlt! Ich lege noch einen Zahn zu und will mich mit einem freundlichen Nicken an ihm vorbeimogeln, aber keine Chance! Tiziano strahlt mich an und breitet die Arme aus, um mich zur Begrüßung in selbige zu schließen.

»Ciao, Nikola! Wie schön, dass du noch da bist!«

Er drückt mich fest an sich, ich strample mich los.

»Äh, hallo Tiziano! Ja, mit Betonung auf *noch*. Ich bin nämlich auf dem Sprung und tierisch in Eile, weißt du? Also, lass uns ein anderes Mal schnacken.«

»Sì, sì, certo! Ich brauche auch nur eine Minute.«

»Tiziano, ich hab' nicht mal die!«

»Aber ich muss dir jemanden Besonderes vorstellen. Bitte! Prego!« Seine darauffolgende italienische Variante des Dackelblicks ist so herzerweichend, dass ich tatsächlich kurz stehenbleiben muss. Aber wen will er mir denn vorstellen? Ich blicke mich kurz um, sehe aber niemanden.

»Äh, hier, Nikola!« Er tritt einen Schritt zur Seite und gibt den Blick frei auf eine zierliche ältere Dame. Ich muss nur kurz in ihr Gesicht schauen und weiß sofort, wen mir Tiziano da präsentieren will. Die gleichen Augen, der gleiche Mund: Vor mir steht Signora Felice, seine Mutter. Elegant ist sie gekleidet, mit einem knielangen, schmalen schwarzen Rock und einer champagnerfarbenen Bluse, die Haare kinnlang und silbrig schimmernd. Neugierig mustert sie mich, dann schaut sie zu Tiziano.

»E questa è Nicola , la tua fidanzata ?«

Ich verstehe kein Wort, aber Tiziano nickt.

»Sì, sì, è Nikola.«

Seine Mutter ringt sich zu einem feinen Lächeln durch und reicht mir die Hand.

»Piacere, sono la madre di Tiziano.«

»Das ist meine Mutter«, übersetzt Tiziano.

»Okay, das habe ich schon verstanden. Ihnen auch einen schönen Tag, Frau Felice!« Ich drücke ihre Hand kurz.

»Sie besucht mich für ein paar Tage hier in Hamburg«, erklärt Tiziano. »Es war mir wichtig, dass du sie kennenlernst.«

»Klar, gerne. Sag mal, was hat sie noch gesagt? Irgendwas mit fidanz… finanz… äh, was war das?«

»Ach, sie wollte nur wissen, ob du meine Finanzberaterin bist.«

»Deine *Finanzberaterin*? Wie kommt sie denn auf die Idee? Das Letzte, was du brauchst, ist doch ein Finanzberater.«

Ungläubig schüttle ich den Kopf. Tatsächlich ist Tiziano immer pleiter als pleite. Er brauchte also eher einen Insolvenzberater.

Tiziano legt den Kopf schief und scheint kurz zu überlegen. Dann grinst er.

»Na ja, ich habe ihr nur so grob umrissen, dass du mich in einer finanziellen Angelegenheit beraten hast. Das ist ja nicht mal richtig gelogen. Ich wollte ihr nicht sagen, dass du mich als Anwältin in einem Strafverfahren vertreten hast. Es hätte sie nur beunruhigt.«

Das glaube ich sofort. Mit einem Sohn wie Tiziano ist man als Mutter bestimmt des Öfteren beunruhigt. Aber nun ist ja jetzt alles wieder in Butter, und ich kann endlich ins Gericht. Ich lächle den beiden zu.

»Tja, dann wünsche ich deiner Mutter noch eine schöne Zeit in deiner neuen Heimat.«

»Danke! Vielleicht kommt ihr uns mal abends zum Essen besuchen, du und Gisela? Meine Mama ist eine hervorragende Köchin.«

»Gern. Ich sage meiner Schwiegermutter Bescheid. Aber jetzt muss ich wirklich los!«

»Mann, Nikola, wo hast du gesteckt? Du kannst mich doch nicht einfach so allein lassen!«

Florentine ist völlig außer sich, als ich mit zehnminütiger Verspätung vor dem Gerichtssaal angehetzt komme.

»Tut mir leid, ich hab' verschlafen.«

»Großartig! Gerade heute!«

»Du hast ja Recht. Ich habe wohl vergessen, meinen Wecker zu stellen – das ist mir noch nie passiert! Ich habe dir deswegen auch gleich eine SMS geschickt.«

Florentine verdreht die Augen.

»Ja, die habe ich auch gleich der Richterin gezeigt. Begeistert war sie nicht. Mein absolut ätzender Exmann und sein genauso ätzender Anwalt haben natürlich sofort protestiert und darauf bestanden, ohne dich zu verhandeln. Aber wahrscheinlich hat man mir angesehen, dass ich gleich vor Aufregung ohnmächtig werde, und die Richterin hatte Mitleid mit mir. Also hat sie uns fünfzehn Minuten Aufschub gegeben.«

Puh! Ich atme tief durch. Mit der Richterin, die für Florentines Fall zuständig ist, hatte ich noch nie zu tun, aber Frau Dr. Langeloh scheint ja ganz nett zu sein. Auf Wohlwollen sind wir allerdings überhaupt nicht angewiesen, denn der Fall ist glasklar und wir im Recht: Florentines Vollpfosten von Ehemann hat einen Scheidungsantrag gestellt, obwohl das Trennungsjahr noch nicht abgelaufen ist. Wahrscheinlich glaubt er, so um den Trennungsunterhalt für Flo herumzukommen.

Den wollte Ulf schon nicht zahlen, als er Hals über Kopf ausgezogen war und sich dann gleich mal als völlig mittellos präsentierte. Angeblich liefen die Geschäfte als selbstständiger Unternehmensberater auf einmal so schlecht, dass gar kein Geld mehr für Frau und Kinder übrigblieb. Aber nix da! Mit einem kleinen Trick unsererseits konnten wir Ulfi doch noch seine wahren Einkünfte entlocken. Und da das Zauberwort im Trennungsjahr *Dreisiebtel* heißt – denn so viel muss der Unterhaltspflichtige in dieser Zeit von seinem Gehalt an den Ehepartner abgeben –, darf Ulfi Florentine seitdem regelmäßig ein paar Scheinchen rüberschieben. Was er auch zähneknirschend tut.

Nun scheint er davon aber endgültig die Nase voll zu haben. Nur so kann ich mir erklären, warum es mit der Scheidung auf einmal so schnell gehen soll. Denn *nach* der Scheidung sieht das mit dem Unterhalt schon anders aus. Da soll möglichst jeder sein eigenes Geld verdienen – was im Fall von Florentine, die als Mutter jahrelang keinen bezahlten Job hatte, ganz schön hart ist. Insofern werde ich hier vor Gericht jeden Versuch, auch noch das Trennungsjahr zu verkürzen, energisch verhindern! Also, wenn ich denn endlich mal im Gerichtssaal ankomme ...

Florentine greift nach meiner Hand und umschließt sie fest mit ihrer. Die ist eiskalt. Also, die Pfote, nicht die Frau. Offenbar ist Florentine sehr aufgeregt.

»Mach dir keine Sorgen«, flüstere ich ihr zu, »die werden wir gleich so abföhnen, dass sie nicht mehr wissen, ob sie Männlein oder Weiblein sind.«

Florentine wirft mir einen zweifelnden Blick zu.

»Ich hoffe, du hast Recht. Ulfi ist ein echter Killer, der ist mit allen Wassern gewaschen.«

Ich lache ihr aufmunternd zu.

»Ach was. Und wenn schon: Das bin ich auch!«

Gut. Vielleicht bin ich es doch nicht. Bei der dreisten Vorstellung, die uns Ulf und sein Anwalt hier gerade bieten, bleibt mir ehrlich gestanden kurzzeitig der Mund offenstehen. Die Richterin hingegen lauscht aufmerksam und nickt ab und zu.

»Also, verstehe ich das richtig, Herr Rothenberger, dass Sie vor genau einem Jahr aus der ehelichen Wohnung ausgezogen sind?«, fragt sie ihn jetzt in einem Tonfall, der irgendwo zwischen freundlich-interessiert und verständnisvoll schwankt. Ich glaube, ich finde sie doch nicht so sympathisch.

»Genau so war es, Euer Ehren!«, bekräftigt Ulfi.

Die Richterin grinst. »Frau Vorsitzende reicht völlig.«

Die beiden lächeln sich an. Hallo? Flirtet die etwa mit dem Schwerverbrecher?

Ich schüttle mich kurz, dann greife ich ein.

»Nein, genau so war es eben nicht. Herr Rothenberger hat sich nicht vor einem Jahr, sondern vor vier Monaten von seiner Frau getrennt. Darauf habe ich in unserem letzten Schriftsatz auch schon hingewiesen, insofern verstehe ich auch nicht, warum Herr Rothenberger nicht müde wird, hier diesen Unsinn vorzutragen.«

»Moment mal«, mischt sich nun Ulfis Anwalt Dr. Schleitheimer ein. »Wie reden Sie denn hier von meinem Mandanten? Im Übrigen ist Herr Rothenberger anwaltlich hervorragend vertreten, ich möchte also darum bitten, dass Sie ihn nicht persönlich angehen.«

Ich zucke mit den Schultern.

»Na gut. Dann verstehe ich eben nicht, warum er hier so einen Unsinn vortragen LÄSST.«

Apropos *lassen*: Ulf Rothenberger lässt sich von mir leider gar nicht aus der Ruhe bringen. Er dreht sich freundlich lächelnd zu mir um.

»Also«, beginnt er dann und klingt dabei ganz so, als müsse er einem begriffsstutzigen Kind etwas erklären. »Ich gewinne immer mehr den Eindruck, Frau Anwältin, dass Ihre Mandantschaft Sie nicht wirklich über die Vorkommnisse im letzten Jahr informiert hat.«

»Ach ja? Und ich gewinne immer mehr den Eindruck, dass Sie die Datenlage nicht recht im Kopf haben. Sie haben sich vor ziemlich genau vier Monaten von meiner Mandantin getrennt, man könnte auch sagen: Sie haben sie Hals über Kopf mit drei kleinen Kindern sitzen lassen und wollten nicht einmal den Trennungsunterhalt zahlen. Von einer

Scheidung trennen Sie hier also noch acht Monate und ein paar tausend Euro.«

So! Dem habe ich es aber gegeben! Triumphierend lächle ich Florentine zu. Ich war zwar eben ein wenig spät dran, aber nun komme ich gewaltig in Fahrt!

»Im Gegenteil, Frau Kollegin«, meldet sich nun wieder Dr. Schleitheimer zu Wort. »Von einer Scheidung trennt uns hier vielleicht noch eine gute Stunde, das war's dann aber auch. Das Trennungsjahr ist rum!«

Ich zucke mit den Schultern.

»Nun ja – diese Behauptung wird durch ständige Wiederholung auch nicht richtiger.«

Schleitheimer wirft mir einen bösen Blick zu.

»Aber durch die richtigen Zeugen wird sie es. Mein Mandat hat lange gezögert, diesen Schritt zu gehen, aber nun wird er sich wohl nicht vermeiden lassen.«

Moment mal: Zeugen? Welche Zeugen? Schleitheimer hat doch bisher noch gar keine Zeugen benannt. Mich beschleicht da gerade ein sehr dummes Gefühl. Ein SEHR dummes! Ich schiele zu Florentine. Sie sitzt direkt neben mir, und fast habe ich den Eindruck, als würde sie meinem Blick ausweichen.

Auch Richterin Langeloh ist neugierig geworden, was sich hinter der kryptischen Äußerung des Anwalts verbirgt. Sie hakt nach:

»Zeugen? Habe ich da etwas verpasst?«

Dr. Schleitheimer holt theatralisch Luft.

»Mein Mandant war bereits im letzten Sommer aus der ehelichen Wohnung ausgezogen. Mit Rücksicht auf die gemeinsamen Kinder hatte er jedoch im Frühjahr einen Versöhnungsversuch mit seiner Frau unternommen und kurzfristig wieder bei ihr gewohnt. Dieser Versuch scheiterte und war daher nicht geeignet, das Trennungsjahr zu unterbrechen.«

Ich traue meinen Ohren nicht. Was erzählt der da für einen Blödsinn?

»Florentine«, zische ich meiner Freundin zu, »wovon redet der? Das ist doch Quatsch, oder?«

»Natürlich!«, zischt sie zurück. »Ich habe keine Ahnung, wovon der redet.«

Mir hingegen schwant schon etwas. Und zwar nichts Gutes. Bevor ich jedoch weiter darüber nachdenken kann, ob jetzt ein passender Moment für einen Schwächeanfall wäre, legt Schleitheimer nach.

»Mein Mandant ist nun wirklich nicht daran interessiert, schmutzige Wäsche zu waschen. Aber da sich die Gegenseite so hartnäckig weigert, den Realitäten ins Auge zu blicken, haben wir beschlossen, eine entsprechende Zeugin heute zu sistieren.«

Florentine zuckt zusammen und rupft mich dann am Ärmel meiner Anwaltsrobe.

»Was haben die?«, flüstert sie mir ins Ohr, »ich verstehe kein Wort!«

»Sie haben beschlossen, ihre Zeugin heute einfach mitzubringen. Das nennt man *sistieren*«, flüstere ich zurück. »Und by the way – welche Zeugin, Florentine? Ich habe das Gefühl, du hast vergessen, mir etwas ganz Wesentliches zu erzählen.«

ZWEI

Ulfis geheimnisvolle Zeugin ist das, was meine Schwiegermutter mit Sicherheit als *blondes Gift* bezeichnen würde. Sie hat auf dem Stuhl vor dem Richtertisch Platz genommen, die langen Beine lässig übereinandergeschlagen. Natürlich ist das Gift nicht so mausblond wie ich, sondern ihre überschulterlange Wallemähne scheint sehr regelmäßig mit Wasserstoffperoxid in Berührung zu kommen. Und zwar mit reichlich davon. Ihr Make-up kann man getrost als dramatisch bezeichnen, es rangiert irgendwo zwischen Smokey Eyes und Agnetha Fältskog zu besten ABBA-Zeiten. Passend zu dieser Siebziger-Jahre-Anmutung trägt sie ein kreischoranges Seidentop und eine hellblaue Schlaghose. Super Trouper vorm Familiengericht Bergedorf, ein echter Traum!

Wenn es sich bei der Dame um das handelt, was ich vermute – nämlich Ulfis neue Perle –, dann hat er sich frauentechnisch für eine radikale Typveränderung entschieden. Schließlich ist meine Freundin Florentine durch und durch klassische Hanseatin und nicht so ein Knallbonbon. Zudem hat das Bonbon bei weitem nicht Flos Top-Figur, ich würde sogar sagen, dass es ein ziemliches Bäuchlein mit sich rumschleppt.

»So, dann wollen wir mal«, beginnt Richterin Langeloh ihre Zeugenbefragung. »Nennen Sie mir bitte Ihren Namen, Ihren Beruf und Ihr Geburtsdatum.«

»Ich heiße Julia Schröder, bin Sekretärin, und geboren wurde ich am 6. Juni 1992 in Düsseldorf.«

Florentine reißt die Augen auf, und auch ich muss kurz trocken schlucken. Jahrgang 1992? Ist man da überhaupt schon volljährig? Und geschäftsfähig? Und kann Zeugenaussagen vor Gericht ohne Vormund abgeben? Oder mit Ulfi Rothenberger rummachen, der seinerseits ganz stramm auf die fünfzig zumarschiert?

»Wohnhaft?«, will die Richterin jetzt wissen.

»Hier in Hamburg.«

»Verwandt oder verschwägert mit einer der Prozessparteien? Also mit Herrn oder Frau Rothenberger?«

Jetzt geht ein Strahlen über Bonbons Gesicht.

»Ich bin verlobt mit Ulf!«

»Ha!« Florentine stößt einen spitzen Schrei aus und schlägt mit der flachen Hand auf den Tisch vor sich.

Auch ich schnaufe empört: »Verlobt? Das wüsste ich aber! Kann der Dame bitte jemand erklären, dass Bigamie in Deutschland verboten ist?«

»Mein Gott, nun beruhigen Sie sich mal, Frau Kollegin«, schnöselt Schleitheimer sofort los. »Wir wissen doch alle, wie die Zeugin das gemeint hat.«

»Sie meinen, Ihre Zeugin weiß gar nicht, was ein Verlöbnis ist? Na, dann ist sie aber denkbar ungeeignet, um vor einem Familiengericht auszusagen«, ätze ich los.

Julia Schröder blickt verwirrt zwischen mir und Schleitheimer hin und her, Ulf lächelt ihr beruhigend zu, Florentine versucht, sie mit Blicken zu töten. Leider ohne Erfolg. Frau Dr. Langeloh seufzt und schüttelt den Kopf.

»Also, Frau Schröder. Was die Anwältin von Frau Rothenberger vermutlich sagen will, ist, dass sich Herr Rothenberger nicht mit Ihnen verloben kann, solange er noch verheiratet ist.«

Knallbonbon reißt die Augen auf.

»Aber er hat doch gesagt, dass er mich heiraten wird. Er hat's versprochen. Und das ist doch dann eine Verlobung, so ein Eheversprechen.«

Frau Dr. Langeloh nickt gütig.

»Tja, normalerweise schon. Aber nicht, wenn man bereits verheiratet ist. Dann muss man erst mal rechtskräftig geschieden sein. Und deswegen sind wir ja heute hier. Also noch einmal meine Frage: Sind Sie mit den Prozessparteien verwandt oder verschwägert?«

Julia Schröder schüttelt den Kopf.

»Gut. Dann kommen wir zum Wesentlichen. Was können Sie uns zum Zusammenleben der Eheleute erzählen?«

Florentine hat sich wieder meine Hand gegriffen. Diese ist mittlerweile noch kälter als eiskalt, und als Julia Schröder anfängt zu reden, verwandelt sich Flos Hand in einen echten Schraubstock. Ich versuche, meine Hand herauszuwinden, aber es ist zwecklos. Na gut, wenn es Flo hilft, muss ich wohl ein bisschen leiden.

»Also ich kenne Ulf Rothenberger schon seit zwei Jahren. Da habe ich nämlich angefangen, als Sekretärin für ihn zu arbeiten. Er war sehr unglücklich in seiner Ehe, das habe ich schnell gemerkt.«

Aua! Beim letzten Satz drückt Flo so fest zu, dass ich zusammenzucke.

»'tschuldigung«, murmelt sie, lockert ihren Griff aber nicht, sondern drückt immer noch zu, während sie Julia Schröder anstarrt. Die lässt sich davon aber nicht aus der Ruhe bringen, sondern erzählt weiter.

»Ich habe immer versucht, ihn etwas aufzumuntern. Er arbeitet ja meist sehr lange. Dann habe ich ihm eine Pizza bestellt. Oder mal etwas in unserer Büroküche gekocht. Bei ihm zu Hause gab es für ihn leider nie etwas zu essen, wenn er spät kam. Frau Rothenberger hatte keine Lust, dann noch etwas für ihn zuzubereiten.«

Florentine lässt meine Hand los und springt auf.

»Das stimmt doch gar nicht! Und wie ich immer für meinen Mann gekocht habe! Und überhaupt – was hat denn das mit der ganzen Geschichte hier zu tun?«

»Frau Rothenberger, setzen Sie sich bitte wieder«, ermahnt sie Dr. Langeloh. Dann, in Schröders Richtung: »Und Sie möchte ich bitten, zum eigentlichen Thema zu kommen. Es geht um die Frage, wann sich die Eheleute Rothenberger getrennt haben. Was können Sie uns dazu sagen?«

Julia Schröder legt den Kopf schief und tut so, als würde sie überlegen. *Dass* sie nur so tut, ist für mich völlig klar. Ich bin mir sicher, dass ihr Auftritt vor Gericht ein ziemlich abgekartetes Spiel ist.

»Also, es war so – seit anderthalb Jahren sind Ulf und ich ein Paar. Dann hat er es auch ziemlich schnell seiner Frau erzählt. Und vor einem Jahr ist er dann bei ihr aus- und mit mir zusammengezogen. Sie hat sogar noch seine restlichen Sachen vorbeigebracht.«

Etwas zischt an mir vorbei – es ist Florentine, die es nun wirklich nicht mehr auf ihrem Stuhl hält.

»Das ist eine verdammte Lüge!«, ruft sie völlig außer sich. »Ich habe diese Frau noch nie gesehen, und ich habe auch noch nie zuvor von ihr gehört!«

Ich springe auf, haste hinter Florentine her und erwische sie gerade noch am Ärmel, bevor sie sich auf Julia Schröder stürzen kann. Auch Ulf Rothenberger ist nach vorn vor den Richtertisch gekommen. Frau Dr. Langeloh steht der Mund offen. Sie hat bestimmt nicht mit so einem temperamentvollen Verhandlungsverlauf gerechnet.

»Flo, jetzt reiß dich mal zusammen«, schnauzt Ulf seine Frau an. »Es nutzt doch nichts, wenn du die Augen vor der Wahrheit verschließt. Und lass Julia in Ruhe, du siehst doch, dass sie keine Aufregung verträgt.«

Was meint er denn damit? Mir schwant noch Böseres. Die wird doch nicht etwa …? Ist ihre Wampe gar keine solche, sondern hat das Bäuchlein einen anderen Grund? Tatsächlich wirft Julia Schröder nun einen betont ängstlichen Blick auf Florentine, die sich gerade den sprichwörtlichen Schaum vom Mund wischt. Und dann legt sie ebenso betont eine Hand auf ihr kleines Bäuchlein und lächelt Ulfi zu.

»Keine Sorge, Schatz, alles in Ordnung mit uns.«

Auch Florentine ist diese zarte Anspielung nicht entgangen. Sie ist mittlerweile leichenblass, wankt einen Schritt zurück, als hätte ihr jemand einen Schlag verpasst.«

»Was«, flüstert sie dann, »was ist hier los?«

Mein ohnehin dürftiger Vorrat an Taschentüchern ist mittlerweile aufgebraucht, und Aysun und ich sind dazu übergegangen, Florentine abwechselnd Küchenrolle (ich) oder Toilettenpapier (Aysun) zu reichen, um ihre Tränen einigermaßen zu trocknen. Das gelingt uns allerdings mehr schlecht als recht. Zwar liegt unser unrühmlicher Prozessauftakt in Sachen *Rothenberger gegen Rothenberger* schon zwei Stunden zurück, und ich habe mich mittlerweile einigermaßen beruhigt, Florentine heult aber immer noch wie ein Schlosshund.

»Dieser miese Betrüger! Dieser miese, miese Betrüger! Ich

kann es immer noch nicht glauben, dass der Vater meiner Kinder uns so etwas antut!«

Was soll ich sagen? Ich kann es auch nicht glauben. Die neue Freundin aufzufahren und diese Stein und Bein schwören zu lassen, dass man schon ein Jahr zusammenlebt und die angehende Exfrau das selbstverständlich weiß – dazu gehört schon so einiges. Das blonde Gift namens Julia Schröder kam dabei leider sehr überzeugend rüber, und wir standen da wie die Deppen. Nicht schön, aber leider noch nicht der Tiefpunkt unseres Vormittags am Familiengericht. Vollends den Boden unter den Füßen weggezogen hat Florentine dann nämlich, wie von mir befürchtet, die Begründung, warum Ulfi von einer endgültigen Zerrüttung seiner Ehe ausgeht: Die liebe Julia, seine ehemalige Vorzimmerdame, erwartet ein Baby. Das Kinderzimmer ist schon frisch gestrichen und perfekt eingerichtet – ist das nicht schön?

Damit war es um Florentines Beherrschung vollends geschehen. Ich konnte sie kaum noch davon abhalten, sich auf die Dame zu stürzen und ihr den Hals umzudrehen. Als Florentine dann in Tränen ausbrach, beschloss Richterin Langeloh, dass es wohl besser sei, einen neuen Verhandlungstermin anzuberaumen.

Und nun sitzen wir hier, in der Küche meiner Kanzlei und versuchen, Florentine zu beruhigen. Ob wir irgendwo Alkohol im Büro haben? Mit Zewa wisch & weg kommen wir schließlich nicht weiter. Aber vielleicht hilft ein doppelter Cognac.

»Aysun, hatte Alexander nicht immer eine Flasche Cognac in seinem Aktenschrank gebunkert?«

Aysun zuckt mit den Schultern.

»Keine Ahnung. Wenn sich der Herr mal wieder im Büro blicken lassen würde, könnten wir ihn selbst fragen.«

Ich seufze. Aysun hat leider Recht. Aus unerfindlichen Gründen leidet mein Sozietätspartner schon seit Wochen an einem unglaublichen Durchhänger. Haben wir uns noch vor ein paar Monaten jeden Tag über unsere Fälle ausgetauscht und beraten, kriege ich ihn mittlerweile nur noch höchst selten zu Gesicht. Ein sehr unerfreulicher Zustand!

Florentine schnäuzt lautstark in ihr Stück Küchenpapier.

»Ach, lasst mal. Ich glaube, Alkohol hilft mir jetzt überhaupt nicht. Ich muss auch noch heil nach Hause kommen und Arthur aus der Kita abholen. Wenn ich da mit einer Cognacfahne auftauche, habe ich bestimmt bald das nächste Problem. Nicht dass dieses Ekel von Ulfi noch auf die Idee kommt, mir die Kinder wegzunehmen. Wobei – er hat ja bald eine neue Familie ...«

Beim letzten Wort bricht sie wieder in Tränen aus, es schüttelt sie nur so. Ich lege tröstend eine Hand auf ihre Schulter, Aysun reißt das nächste Blatt von der Klopapierrolle ab, die sie in Händen hält. Meine Güte, was für ein schrecklicher Tag! Natürlich macht es mich immer etwas betroffen, wenn es Mandanten so schlecht geht. Aber wenn die Mandantin dann noch eine enge Freundin ist, fühlt es sich gleich doppelt so schlimm an. Ich stehe vom Küchentisch auf und gehe Richtung Tür zum Flur. Aysun sieht mir nach.

»Wo willst du hin?«

»Ich gucke jetzt doch mal in Alexanders Aktenschrank nach. Da muss irgendwo noch der Cognac sein, ich bin mir ganz sicher.«

»Nein danke«, schluchzt Flo weiter, »ich möchte wirklich nichts trinken.«

»Keine Sorge«, rufe ich ihr im Rausgehen zu, »der ist nicht für dich, sondern für mich!«

DREI

Leider finde ich keinen Cognac im Büro von Alexander, deshalb mache ich mir stattdessen einen Pfefferminztee und versuche mir einzureden, dass das fast dasselbe ist. Auf alle Fälle ist er auch gut für die Nerven und für meinen Führerschein natürlich noch besser. Florentine haben wir in ein Taxi nach Hause gesetzt, und Aysun hält ab jetzt die Stellung im Sekretariat. Beste Bedingungen also, um mal ein paar Akten wegzuarbeiten.

Gerade habe ich nach der ersten gegriffen, als das Telefon klingelt. Die Nummer kenne ich – es ist Gisela. Es ist doch hoffentlich kein Kind krank geworden? Das fehlte mir gerade noch, dass ich Tessa von ihrem Sprachkurs in Brighton abholen muss.

»Hallo, Schwiegermama!«, begrüße ich sie. »Was gibt's?«

»Na, meine Liebe, ich wollte eigentlich nur wissen, wie es bei Florentine gelaufen ist.«

Ach, daher weht der Wind. Hätte ich aber auch von selbst draufkommen können, Gisela ist nämlich der mit Abstand neugierigste Mensch, den ich kenne. Das Anwaltsgeheimnis interessiert sie dabei nur sehr am Rande, man könnte auch sagen: gar nicht.

»Sagen wir mal so: Es ist ein Wunder, dass er überhaupt stattgefunden hat. Ich habe verschlafen und hätte es fast nicht rechtzeitig geschafft. Hättest mich ruhig wecken können.«

Gisela und ich wohnen nämlich zusammen mit meinen Kindern in einem alten Bauernhaus in Howe, einem sehr ländlichen Teil von Hamburg. Normalerweise müsste es Gisela also auffallen, wenn ich morgens nicht zum Frühstück erscheine. Und normalerweise fällt es ihr auch auf. Sie ist gewissermaßen die Herbergsmutter unserer kleinen WG. Unordnung, Unpünktlichkeit und überhaupt alle Sachen, die irgendwie mit Un anfangen, sind ihr ein Graus. Ich schätze mal, ohne ihre Hilfe würden meine Kinder selten rechtzeitig in Kita und Schule ankommen, ein leckeres Pausenbrot hätten sie vermutlich auch nicht immer dabei. Mit anderen Worten: Gisela ist eine echte Stütze. Nach dem überraschenden Tod meines Mannes Christoph vor gut vier Jahren nahm sie uns unter ihre Fittiche, ich weiß gar nicht, wie ich diese schlimme Zeit ohne sie überstanden hätte.

»Ich hätte dich geweckt, wenn du mir nicht gestern gesagt hättest, dass du heute ein wenig länger schlafen kannst. Tatsächlich war ich dann schon um halb acht unterwegs, mein neuer Integrationskurs beginnt schließlich um acht.«

Stimmt. Der Integrationskurs. Den hatte ich völlig vergessen. Vierzig Jahre war Gisela Hauptschullehrerin, und zwar so leidenschaftlich, dass sie nach ihrer Pensionierung trotz Haushalt und zweier Enkelkinder, um die es sich zu kümmern galt, schnell anfing, sich zu langweilen. Und so bietet sie seit geraumer Zeit Kurse bei der Volkshochschule an. Dort lernen Einwanderer dann nicht nur Deutsch, sondern bekommen von Gisela auch gleich die volle Ladung Staatsbürgerkunde und allgemeine Lebenshilfe verpasst.

So haben wir übrigens auch Tiziano näher kennengelernt. Denn kaum war er mit seinem Kumpel Sergio in unser Nachbarhaus gezogen, schon waren beide in einem von Giselas

Integrationskursen. Tiziano spricht zwar sehr gut Deutsch, weil er früher schon mal in Deutschland gelebt hat. Aber er wollte Sergio nicht allein lassen.

»Und ich sage dir, diese Kurse werden auch immer schwieriger. Die Mittel sind anscheinend gekürzt worden, deswegen sitzen jetzt immer mehr Schüler in einem Kurs. Ich habe unserer Leitung zwar schon gesagt, dass ich so auf Dauer nicht arbeiten kann, aber die kann natürlich auch nichts daran ändern. Es ist wirklich sehr bedauerlich! Dabei wäre es so wichtig, auf jeden Einzelnen gründlich einzugehen!«

Das glaube ich Gisela sofort. Das gründliche Eingehen ist sozusagen ihre Spezialität. Dadurch bekam sie damals auch mit, dass sich Sergio und Tiziano mit einem klitzekleinen strafrechtlichen Problem rumschlagen mussten. Ich wurde dann kurzerhand als Strafverteidigerin zwangsverpflichtet, und da ich als Familienrechtlerin von der Strafprozessordnung eigentlich keine Ahnung hatte, habe ich einen Kollegen, den erfahrenen Strafverteidiger Simon Rupprecht, mit ins Boot geholt. Eine Zusammenarbeit, die sich auch irgendwann auf mein bis dahin sehr brachliegendes Privatleben auswirkte …

Beim Gedanken an Simon wird mir wohlig warm ums Herz, und ich muss wieder an meinen Traum von heute Nacht denken – Champagner mit Simon auf einer einsamen Insel, nur wir zwei und die Brandung, einfach herrlich! Zu schade, dass Simon gerade nicht in Hamburg ist. Ich stelle fest, dass ich ihn tatsächlich vermisse.

»Nikola?« Gisela bellt förmlich durchs Telefon.

»Äh, ja?«

»Hörst du mir überhaupt zu? Ich habe dich etwas gefragt!«

»Entschuldige, ich war abgelenkt. Was hast du gesagt?«

»Ich sagte, dass ich vorhin Tizianos Mutter kennengelernt habe. Eine reizende Frau! Wenn ich es richtig verstanden habe, sind wir dort heute Abend zum Essen eingeladen.«

»Ach ja, die hat mir Tiziano auch schon heute Morgen vorgestellt. Hm, ich weiß noch nicht so genau, wann ich heute Schluss machen kann. Ich habe ja ziemlich spät angefangen.«

»Ich bitte dich, Nikola! Eine Essenseinladung um acht Uhr wirst du doch wohl schaffen. Du kannst doch nicht immer nur arbeiten!«

Ich seufze. »Okay, ich gebe Gas. Aber auf alle Fälle muss ich vorher noch duschen, ich bin heute Morgen wirklich im Schweinsgalopp nach Bergedorf gehetzt und sehe furchtbar aus.«

»Tu das. Und jetzt sag mir endlich, wie die Verhandlung für Florentine gelaufen ist.«

»Ruf sie selbst an, Gisela. Bestimmt erzählt sie es dir.«

Gefühlte hundert Akten später bin ich meinem Feierabend schon ein bisschen näher gekommen. Einem kleinen Abstecher in die Casa Felice steht also nichts mehr im Wege. Ich werfe einen Blick auf meine Uhr: halb sieben. Das müsste locker für die Heimfahrt plus eine Generalüberholung im Badezimmer reichen.

Ich sollte Gisela netterweise telefonisch Entwarnung geben. Wahrscheinlich grübelt sie schon darüber nach, wie sie ihre arbeitswütige Schwiegertochter bei Signora Felice entschuldigt. Also klingle ich kurz bei ihr durch, und wie vermutet, sitzt Gisela schon auf glühenden Kohlen. Sogar einen Babysitter für Max hat sie bereits organisiert – Gorch Feddersen, unseren Nachbar von schräg gegenüber, seines Zeichens Landwirt und Giselas heimlicher Verehrer. Max ist ein großer Fan von ihm, weil Gorch ihn auch mal auf dem Trecker mitnimmt. Na, dann kann es ja losgehen!

Gerade als ich meine Tasche schnappen will, klopft es an meine Tür. Nanu? Ich dachte, ich wäre schon allein im Büro. Aber anscheinend hat Aysun beschlossen, noch ein paar Überstunden zu kloppen. Kein Wunder, das Studentenleben in Hamburg ist teuer, und auch ein WG-Zimmer will bezahlt sein.

»Komm ruhig rein, Aysun«, rufe ich und stehe selbst schon fast an der Tür, als diese aufschwingt. Aber es ist gar nicht Aysun, die nun vor mir steht. Sondern Simon! Als unser direkter Büronachbar hat er einen Schlüssel zu unseren Räumen und muss nicht klingeln.

»Hey, schöne Frau!«, begrüßt er mich fröhlich, zieht mich in seinen Arm und küsst mich sanft auf die Lippen. Für den Bruchteil einer Sekunde bin ich wie elektrisiert, und ich merke, wie sich die kleinen Härchen in meinem Nacken aufrichten und sich ein leichtes Kribbeln in meinem ganzen Körper ausbreitet. Ein fantastisches Gefühl! Ich erwidere seinen Kuss, dann trete ich einen Schritt zurück und betrachte ihn. Simon Rupprecht ist einfach eine echte Sahneschnitte: Groß ist er und schlank, Aysun taufte ihn bei unserer ersten Begegnung gleich *Mr Knackarsch*. Außerdem hat er volle Haare, die an den Schläfen schon ein bisschen grau werden. Kurz: Ich verstehe gar nicht, warum ich mich nicht sofort in ihn verliebt habe.

»Ich dachte, du bist diese Woche mal wieder in Villingen-Schwenningen und rettest irgendwelche Wirtschaftskriminellen!« Zeitgleich mit meiner Erkenntnis, dass Simon Rupprecht durchaus einen zweiten Blick wert wäre, verschlug es diesen nämlich zu einer zwar äußerst lukrativen, aber leider auch sehr zeitintensiven Strafverteidigung ins Ländle. Insofern hatten wir noch nicht wirklich viele Gelegenheiten, Zeit miteinander zu verbringen.

»Oh, der Wirtschaftskriminelle hat heute im Sitzungssaal leider einen Schwächeanfall erlitten und ist momentan nicht verhandlungsfähig. Die nächsten Sitzungstermine fallen also aus, und da drängt es mich natürlich sofort ins schöne Hamburg zu der noch schöneren Anwältin meines Vertrauens.«

Ich muss kichern.

»Du siehst mich erröten, du Charmeur.«

»Ach was, du weißt doch: Nichts als die Wahrheit! Und wahr ist auch, dass ich dich jetzt sofort zu einem schönen After-Work-Cocktail entführen möchte. Wie ich sehe, wolltest du doch sowieso gerade gehen.«

»O nein!«, rufe ich unglücklich. Simon runzelt die Stirn.

»O nein? Da hatte ich mir jetzt aber irgendwie mehr Begeisterung erhofft.«

Ich schüttle den Kopf.

»So meine ich das nicht. Ich würde jetzt supergern etwas mit dir trinken gehen. Aber leider habe ich gerade bei einer Einladung zum Abendessen zugesagt. Und ich fürchte, aus der Nummer komme ich nicht mehr raus.«

Simon setzt seine überzeugendste Trauermiene auf.

»Oooooch bötte! Komm mit! Sonst bin ich soooo traurig.« Er ringt sich einen theatralischen Schluchzer ab, ich muss laut lachen.

»Tut mir leid, es geht nicht. Gisela hat sogar schon einen Babysitter besorgt.«

»Gisela? Du gehst mit deiner Schwiegermutter aus? Und das kannst du nicht für ein Date mit so einem rattenscharfen Typen wie mir verschieben?«

»Normalerweise schon. Aber wir sind bei Tiziano eingeladen, und der …« Weiter komme ich gar nicht, Simon schnaubt vor Empörung.

»Also echt jetzt! Du triffst dich mit diesem Italiener? Und deswegen gibst du mir einen Korb? Na, bravo!«

Tiziano ist für Simon offenbar immer noch ein rotes Tuch, und ich verstehe nicht ganz, warum. Klar, mein netter Nachbar hat durchaus versucht, mich während unseres juristischen Intermezzos anzuflirten, aber daraus ist absolut nichts entstanden, was Simon Sorgen bereiten müsste. Andererseits: Ein bisschen Eifersucht schadet nicht. Finde ich jedenfalls.

Damit diese aber nicht überhandnimmt, mache ich einen Vorschlag.

»Simon, wie wäre es, wenn du einfach mitkommst?«

»Pah!« Simon rollt mit den Augen.

»Ooch, hör mal – es ist doch nicht so, dass ich ein intimes Rendezvous mit Tiziano plane. Seine Mutter ist zu Besuch, sie will heute Abend kochen und hat Gisela und mich eingeladen. Sie denkt, ich sei Tizianos Finanzberaterin. Lustig, oder?«

»Ja, sehr lustig. Ich lach mich schlapp«, erwidert Simon grimmig. »Und natürlich komme ich nicht mit. Fehlt mir noch, dass ich mich brav dazusetze und dabei zusehe, wie dieser Typ um dich rumgockelt. Nein, echt nicht!«

Ich seufze.

»Dann eben nicht. Aber wie wäre es denn mit morgen Abend? Da könnten wir doch etwas zusammen machen. Das passt sogar besonders gut, denn Max hat Kindergartenübernachtung, und Tessa ist immer noch auf Sprachreise. Ich bin also frei und müsste auch nicht Gisela bitten, Babysitter zu spielen.«

Simon schüttelt den Kopf.

»Geht leider nicht. Schon verplant.«

»Schade. Was machst du denn da?«

»Da muss ich meine Socken zusammenrollen und meine DVD-Sammlung alphabetisch sortieren. Kann ich leider nicht verschieben.«

Einen Moment sage ich nichts, sondern starre ihn nur an. Dann brechen wir beide in schallendes Gelächter aus, und schließlich zieht mich Simon noch einmal in seine Arme und gibt mir einen Kuss.

»Okay, ich lasse mich auf morgen vertrösten. Aber ...«, er macht eine Kunstpause, um dann mit einem zischenden Flüstern wie Marlon Brando im *Paten* fortzufahren, »wenn dieser Tiziano auch nur einmal meiner Lieblingskollegin zu nahe kommen sollte, dann kann er sich auf etwas gefasst machen! Ich schwöre!«

»Keine Sorge, mein ebenfalls Lieblingskollege. Tiziano ist völlig harmlos. Er will einfach nur ein paar Spaghetti mit mir und seiner Mama verspeisen und wird dabei garantiert einen äußerst gebührenden Abstand halten. Ich schwöre auch!«

VIER

»Nikola! Endlich!«
Tiziano reißt mich mit so einem Schwung an sich, dass ich stolpere und direkt in seine Arme falle. Er nutzt die Gunst der Stunde und küsst mich – direkt auf den Mund! So viel zum Thema gebührender Abstand. Ich strample mich los.

»Hey, spinnst du?«, zische ich ihn an, während Gisela ihrerseits wortreich Mama Felice begrüßt.

»Mi dispiace! Aber wir haben uns einfach so lange nicht mehr gesehen«, entschuldigt er sich.

»Genau. Mindestens zehn Stunden nicht«, erwidere ich spöttisch. Seine Mutter beäugt mich neugierig und scheint zu überlegen, worüber wir gerade gesprochen haben.

»So, dann bitte ich euch an den Tisch! Mama hat etwas Wunderbares für uns vier gekocht.« Er greift nach meiner Hand und zieht mich Richtung Wohnküche.

»Tiziano, ich weiß, wo euer Esstisch steht. Du kannst meine Hand ruhig loslassen«, sage ich und bleibe einfach stehen. Das stört Tiziano aber überhaupt nicht, stattdessen zieht er einfach ein Stück kräftiger an meiner Hand. Sehr seltsam! Was ist der denn auf einmal so anhänglich? Gut, er hatte nach Abschluss unseres gemeinsamen Falles schon einmal einen Anlauf unternommen, unsere Beziehung mehr Richtung »Amore« zu gestalten. Aber ich dachte, ich hätte damals deutlich gemacht, dass daraus nichts wird. Auch wenn Tiziano mit seinen blonden Locken, den zugegebenermaßen sehr blauen Augen und den unfassbar langen Wimpern wirklich ein Schnuckelchen ist – aus uns beiden wird nichts. Und zwar völlig unabhängig von Simon. Denn im Grunde genommen fühle ich mich neben Tiziano immer ein bisschen wie seine große Schwester oder sein Babysitter, so viel Unsinn wie der immer anstellt. Das ist kein besonders romantisches Gefühl.

Als mich Tiziano bis zum Tisch gezerrt hat, bin ich allerdings beeindruckt: Der olle Küchentisch, der sonst völlig zugerümpelt ein Schattendasein führt, hat sich in eine wunderschön gedeckte Tafel verwandelt. Eine saubere weiße Tischdecke, creme- und rosafarbene Rosenknospen, die in einer kleinen Schale schwimmen, und viele, viele funkelnde Teelichter, die überall zwischen den Tellern und Gläsern stehen. O Zeichen, o Wunder! Im normalen Leben herrscht in der Wohnküche von Tiziano und seinem Kumpel Sergio immer ein Chaos, das eigentlich das Bundesamt für Seuchenschutz auf den Plan rufen müsste. Kaum in Hamburg, scheint Mama Felice also schon sehr segensreich gewirkt zu haben.

Apropos Mama Felice: Ich werde das Gefühl nicht los, dass die ältere Dame mich die ganze Zeit mustert. Und zwar von oben bis unten. Stimmt etwas nicht mit mir? Ich müsste doch frisch geduscht und geschminkt ganz manierlich aussehen. Bevor ich aber noch weiter darüber nachdenken kann, zieht mir Tiziano sehr galant einen Stuhl vor und bittet mich, direkt neben ihm Platz zu nehmen. Seine Mutter setzt sich mir gegenüber, Gisela gleich daneben, sodass sie wiederum Tiziano als Gegenüber hat. Das dürfte ihr ohnehin der liebste Platz sein, denn wenn Tiziano einen echten Fan hat, ist es meine Schwiegermutter. Wäre sie dreißig Jahre jünger, sie hätte ihn sich schon längst unter den Nagel gerissen. So begnügt sie sich mit ein paar schmachtenden Blicken.

Tiziano öffnet mit großer Geste etwas, was wie eine Flasche Schampus aussieht. Gibt es etwas zu feiern? Hab' ich hier irgendwas verpasst? Hat Tiziano seiner Mutter gegenüber behauptet, dass seine Spitzenfinanzberaterin Nikola ihm binnen wenigen Wochen zu unverhofftem Wohlstand verholfen hat? Oder eine noch abwegigere Geschichte?

Als wir alle etwas im Glas haben, hebt Tiziano schließlich das seine und will offenbar eine kleine Ansprache halten. Das wird ja immer merkwürdiger hier!

»Meine liebe Nikola, liebe Gisela, liebe Mama, cara mamma! Ich freue mich, dass ihr euch heute alle kennenlernt. Sono molto felice che oggi fate conoscenza. Auf die Familie! Alla famiglia! Salute!«

Hä? Fast mechanisch stoße ich mit den anderen an, während ich mich die ganze Zeit frage, was hier eigentlich los ist: Der festlich gedeckte Tisch, der Champagner aus Kristallgläsern und Tizianos Mutter, die mich die ganze Zeit anstarrt, als hätte ich zwei Köpfe – ich habe eindeutig das Gefühl, dass mir eine ganz wesentliche Vorinformation zu dieser Essenseinladung fehlt.

Nach dem Schampus kommt die Vorspeise – offenbar selbstgemachte Ravioli mit Steinpilzfüllung, in Butter geschwenkt und mit Parmesan überraspelt. Lecker! Tiziano und seine Mutter haben mit Sicherheit den ganzen Tag in der Küche zugebracht. Ich lobe die beiden überschwänglich, Signora Felice nickt bescheiden. Dann murmelt sie etwas zu Tiziano, was ich nicht verstehen kann. Er nickt, sie lächelt glücklich.

»Bene. È molto importante per una famiglia felice.«

Aha. Worum auch immer es geht, es ist wichtig für eine glückliche Familie. Dafür reichen meine Konversationskenntnisse aus dem Adria-Urlaub vor zehn Jahren gerade noch. Oder ist es eher wichtig für die Familie Felice?

Gisela fragt nach. Klar, die Neugier siegt mal wieder!

»Was wollte Ihre Frau Mutter denn wissen? Ich spreche ja leider kein Italienisch.«

Tiziano räuspert sich, er scheint ein bisschen verlegen.

»Äh, sie wollte wissen, ob Nikola kochen kann.«

Ich pruste laut los.

»Ob ich kochen kann? Warum? Ich denke, ich bin deine Finanzberaterin. Wozu muss ich denn da kochen können?«

»Äh, ach weißt du, meine Mutter freut sich einfach immer, wenn Frauen gut kochen können.« Das kommt aber sehr lahm herüber. Noch dazu guckt Tiziano sehr gequält.

Ich hake noch mal nach.

»Aha. Das findet sie so ganz allgemein? Bist du sicher? Ich habe hier nämlich langsam ein ganz seltsames Gefühl. Warum genau sind wir heute Abend noch mal hier?«

Ich kann deutlich sehen, dass Tiziano ein bisschen rot wird.

»Ma, no! Es ist einfach ein kleines Essen unter Freunden. Es gibt keinen anderen Grund.«

Ich lege den Kopf schief und betrachte ihn. Der lügt, ich bin mir ganz sicher. Und zwar wie gedruckt. Als er meinen skeptischen Blick sieht, holt er tief Luft, nimmt meine Hand und setzt zu einer Erklärung an. Jetzt bin ich aber gespannt!

»Osso buco.«

»Wie bitte?« Osso buco klingt nicht nach einer Erklärung für Tizianos seltsames Verhalten.

»Na, der nächste Gang. Osso buco. Kalbsbeinscheiben.

Ein echter Klassiker der italienischen Küche. Ich bin gleich wieder da.«

Er steht auf und verschwindet in Richtung Ofen, ich schiebe ebenfalls meinen Stuhl nach hinten und will ihm folgen.

»Wo wollt ihr denn jetzt beide hin?«, ruft Gisela irritiert.

»Ich helfe Tiziano ein bisschen. Unterhalte du dich doch mit Signora Felice.«

»Sehr witzig«, zischt Gisela. »Ich glaube, die versteht kein Wort Deutsch. Oder, Frau Felice?«

Von der kommt ein Seufzen.

»Ah, che bello è l'amore!«, säuselt sie dann.

MOOOMENT! L'amore? Wie kommt sie denn nun auf die Liebe? Denn dass *amore* außer Liebe noch etwas anderes bedeutet, glaube ich nicht. Etwas wie *Kapitalertragssteuer*. Oder *fondsgebundene Rentenversicherung*. Mit anderen Worten: Ich habe erhebliche Zweifel, ob mich Tiziano seiner Mutter wirklich als seine Finanzberaterin vorgestellt hat. Wahrscheinlich heißt *fidanzata* etwas ganz anderes. Zeit, Tiziano auf den Zahn zu fühlen! Ich gehe ihm hinterher und bleibe dann direkt neben ihm stehen.

Tiziano tut so, als würde er ganz angestrengt dem Ossobuco im Ofen beim Braten zusehen. Aber so nicht, mein Lieber! Ich zupfe ihn am Ärmel.

»Sag mal, was wird hier eigentlich gespielt?«

Er weicht meinem Blick aus, starrt stattdessen weiter auf das Ossobuco.

»Tiziano?«

Er dreht sich zu mir und lächelt ein ziemlich schiefes Lächeln.

»Nikola, ich freue mich einfach, dass wir heute Abend so nett zusammensitzen.« Dann wirft er einen kurzen Blick zu seiner Mutter, die versonnen in unsere Richtung lächelt, zieht meine Hand zu seinem Gesicht und küsst meine Fingerspitzen. Freundlich, aber bestimmt, ziehe ich meine Hand zurück.

»Was soll das Theater?«

»Wieso Theater?« Tiziano mimt den Unschuldigen.

»Meinst du, ich merke nicht, dass deine Mutter denkt, dass wir ein Liebespaar sind? Wie kommt sie darauf? Und was bedeutet *fidanzata* denn nun wirklich?«

»Pssst! Leise!« Tiziano wird hektisch.

»Warum? Deine Mutter spricht doch kein Deutsch.«

»Ja, die nicht. Gisela aber schon.«

»Na und? Jetzt rück schon raus mit der Sprache.«

Ein tiefer Seufzer.

»Okay, aber lass uns rausgehen. Die Erklärung ist ein bisschen komplizierter. Ich will das wirklich nicht vor Gisela erzählen.«

Ich zucke mit den Schultern.

»Na, wenn es der Wahrheitsfindung dient ...« Sehr mysteriös, das Ganze.

Wir gehen zum Tisch zurück.

»Äh, das Ossobuco dauert noch ein bisschen«, behauptet Tiziano. »Nikola muss mich im Keller kurz bei der Auswahl der Weine beraten. Entschuldigt uns einen Moment.«

Das Gleiche scheint er dann noch mal seiner Mutter zu erklären, jedenfalls kommt weder von ihr noch von Gisela Protest, als wir uns aus der Wohnküche verziehen.

Natürlich gehen wir nicht in den Weinkeller, von dem ich sowieso bezweifle, dass es ihn überhaupt gibt. Stattdessen setzen wir uns zusammen auf die Bank, die direkt vor dem Haus neben der Eingangstür steht.

»Nun schieß los! Warum benimmst du dich so seltsam? Was hast du deiner Mutter erzählt?«

Erst mal sagt Tiziano nichts. Dann räuspert er sich.

»Ich habe ihr erzählt, dass du meine Verlobte bis.«

»Was?!«

»Fidanzata heißt nicht Finanzberaterin, sondern Verlobte. Ich habe ihr erzählt, dass wir heiraten wollen. Demnächst. Standesamtlich in Hamburg, die Kirche holen wir dann in Garda nach. Tut mir leid. Ich habe mich nicht getraut, dir das zu sagen. Und dann dachte ich, du merkst das vielleicht gar nicht.«

Mir bleibt der Mund offenstehen. Standesamt in Hamburg, Kirche in Garda. Tiziano Felice ist eindeutig ein Quartalsirrer.

FÜNF

Wir sitzen immer noch vor dem Haus. Meinen Mund habe ich zwar wieder geschlossen, fassen kann ich es aber immer noch nicht. Tiziano guckt unglücklich.
»Bist du mir sehr böse?«
Ich überlege kurz, dann schüttle ich den Kopf.
»Nein. Ich verstehe nur überhaupt nicht, warum du das gemacht hast. Warum tischst du deiner Mutter so eine unglaubliche Geschichte auf?«
»Eigentlich ist das alles nur Sergios Schuld.«
»Was hat denn dein Mitbewohner damit zu tun? Noch dazu, wo er heute Abend gar nicht da ist?«
Tiziano seufzt.
»Also, das war so: Sergio hat seiner Schwester in Italien erzählt, dass ich mich verliebt habe. Und die wiederum hat es meiner Schwester erzählt. Und die hat es meiner Mutter erzählt.«
»Ich verstehe nicht, was daran so schlimm ist.«
»Es liegt an deinem Namen.«
»Mann, Tiziano, so langsam verliere ich die Geduld. Was genau ist das Problem?«
Er schluckt trocken.
»Na, Sergio hat natürlich erzählt, dass ich mich in dich verliebt habe.« Täusche ich mich, oder verfärbt sich Herr Felice am Haaransatz gerade rot? »Und wie das so ist, wenn

eine Geschichte weitergetratscht wird – manche Details gehen verloren, andere kommen hinzu. In deinem Fall fehlte irgendwann die Information, dass du eine Frau bist. Übrig blieb nur der Name ›Nicola‹. Und der ist da, wo ich herkomme, nun mal ein Männername. Also kam das nächste Detail dazu, und meine Schwester erzählte meiner Mutter, dass ich mich in einen Mann verliebt habe und mit ihm zusammen bin.«

Ich muss lachen. Das ist aber ein hübsches Gerücht!

Tiziano verzieht genervt das Gesicht.

»Ha, ha, sehr witzig! Meine Mutter war jedenfalls sofort alarmiert und beschloss, hier in Hamburg mal persönlich nach dem Rechten zu sehen.«

»Aber es wäre doch nicht schlimm, wenn du schwul bist. Das dürfte doch heute auch in Italien etwas völlig Normales sein. Ich kann mir gar nicht vorstellen, dass deine Mutter ein Problem damit hat.«

»Erstens: Ich *bin* nicht schwul. Zweitens: Meine Mutter wünscht sich sehr sehnlich Enkelkinder. Bei meiner Schwester hat das leider nicht geklappt. Also ruhen ihre Hoffnungen auf mir. Wenn ich aber mit einem Mann zusammenlebe, rückt das erst mal in weite Ferne. Weißt du, meine Eltern sind wirklich nette Leute. Aber sie sind sehr traditionell eingestellt und leben in einer italienischen Kleinstadt. Auch wenn meine Mutter mit Homosexualität an sich kein Problem hat – jetzt, wo das vermeintlich ihren eigenen Sohn betrifft, sieht die Sache für sie schon anders aus.«

»Gut, ich sehe das Problem. Aber dieses Gerücht lässt sich doch ganz schnell aus der Welt schaffen. Dafür brauchst du doch nicht solch eine Show abzuziehen.«

Tiziano seufzt und zuckt mit den Schultern.

»Das habe ich versucht. Natürlich habe ich ihr erklärt, dass Nikola hier in Deutschland ein Frauenname ist. Aber damit konnte ich sie nicht beruhigen.«

»Warum denn nicht? Deine Mutter macht doch einen ganz verständigen Eindruck.«

»Leider hat meine Schwester die Geschichte so ausgeschmückt, dass sich meine Mutter unbedingt selbst vom Gegenteil überzeugen musste. Für Maria Laura bin ich sowieso das schwarze Schaf der Familie. Und seitdem sie mich nicht mehr als Kellner in ihrem Hotel herumscheuchen kann, ist sie auf mich noch schlechter als früher zu sprechen.«

Von Maria Laura hat Tiziano tatsächlich schon häufiger erzählt. Sie betreibt ein kleines Hotel am Gardasee, Tiziano und Sergio haben dort gearbeitet, bevor sie von ihrer Urgroßtante Erika unseren Nachbarhof erbten.

»Was genau hat sie denn ausgeschmückt?«

»Sie hat ihr erzählt, dass Sergio und ich schon lange heimlich ein Paar waren und nur nach Deutschland gegangen wären, um unsere Beziehung endlich offen zu leben. Das hätte ich mich in Garda nämlich nicht getraut, um meine Familie nicht zu enttäuschen. In Hamburg hätte ich mich dann Hals über Kopf in einen anderen Mann, nämlich den besagten Nicola, verliebt und daraufhin den armen Sergio einfach vor die Tür gesetzt.«

»Bitte?« Ist ja unglaublich! Wie kann seine Schwester sich nur so eine wilde Story ausdenken!

»Und deswegen hat mir meine Mutter auch nicht geglaubt, als ich ihr gesagt habe, dass das alles Unsinn ist. Weil sie nun davon überzeugt war, dass ich sie nur schonen wollte.«

Tiziano atmet tief ein.

»Deswegen dachte ich, dass ich ihr nun eine richtige Freundin präsentieren muss. Um sie zu beruhigen. Am besten eine, die ich bald heirate. Tja, und da kamst du mir in den Sinn. Weil du doch auch die besagte Nikola bist.«

Ich schüttle den Kopf.

»Mann, Mann, Mann – ich fürchte, da musst du deiner Mutter jetzt schleunigst die Wahrheit sagen. So kann das jedenfalls nicht weitergehen.«

»Nein, das kann ich nicht!«, ruft Tiziano verzweifelt. »Wenn ich ihr das alles sage, dann glaubt sie doch erst recht, dass Maria Lauras Geschichte stimmt.«

»Dafür kann ich doch nichts. Ich finde übrigens, Eltern sollten ihre Kinder so lieben, wie sie sind.«

Tiziano verdreht die Augen.

»Aber das würde meine Mutter sicher auch tun, wenn es denn stimmen würde. Und ich hätte auch kein Problem damit, es ihr dann auch zu sagen. Nur: Ich bin nicht schwul – schon vergessen?«

Ich grinse.

»Stimmt, das habe ich tatsächlich ganz vergessen. Wobei Sergio und du auch ein schönes Paar wärt. Ich weiß zwar nicht, was Aysun dazu sagen würde, aber ...« Tatsächlich ist Sergio seit einiger Zeit mit unserer Aysun zusammen und mittlerweile faktisch in ihre WG mit eingezogen. Auf dem kleinen Bauernhof in Howe habe ich ihn jedenfalls schon sehr lange nicht mehr gesehen. Kein Wunder, dass Mama Felice ihrer Tochter sofort geglaubt hat, dass der arme Sergio ausziehen musste.

»Hey, bitte Nikola! Mir ist nicht nach Witzen zumute.« Er greift nach meinen Händen und umschließt sie mit seinen. »Bitte, hilf mir! Nur für ein paar Tage, bis meine Mutter wieder nach Italien fährt. Irgendwann später sage ich ihr dann, dass wir uns getrennt haben. Aber hier und jetzt ist es erst mal wichtig, die Wogen zu glätten und dass sie mir glaubt und nicht meiner zickigen großen Schwester. Bitte, Nikola, spiel mit!«

Dabei guckt Tiziano mich so flehentlich an, dass ich mir auf einmal völlig gemein und hartherzig vorkomme.

»Na gut. Ich mache mit. Aber wirklich nur für ein paar Tage. Und dass du mir nicht auf dumme Gedanken kommst, so von wegen *amore mio*. Es ist alles nur gespielt, klar?«

»*Certo*, völlig klar! Ich gebe dir mein großes Indianerehrenwort!« Tiziano hebt die Hand wie zum Schwur.

Ich muss kichern.

»Dann lass uns mal wieder reingehen, sonst werden Gisela und deine Mutter noch misstrauisch.«

»Ja.« Er steht von der Bank auf. Dann zögert er kurz.

»Danke, Nikola. Du bist eine echte Freundin.«

Als wir uns nach zwei Stunden von Tiziano und seiner Mutter verabschieden, haben wir doch einen sehr lustigen Abend dort verbracht. Natürlich hat sich Gisela zunehmend gewundert, wie vertraut Tiziano und ich miteinander umgingen – das konnte ich ihrem Gesicht genau ansehen. Aber wenn es jemanden gibt, den man nicht in Tizianos Plan einweihen darf, dann ist es Gisela. Sie ist mit Sicherheit die schlechteste Geheimnisträgerin aller Zeiten, und selbst die Sprachbarriere könnte wahrscheinlich nicht verhindern, dass Signora Felice irgendwann erfahren würde, dass Tiziano und ich weder verlobt noch überhaupt ein Paar sind. Also lasse ich meine Schwiegermutter ein bisschen schmoren und ignoriere ihre spitzen Bemerkungen auf unserem kurzen Heimweg.

Dort wartet schon Gorch Feddersen auf uns. Er hat es sich mit einem Bier auf der Couch in unserer großen Wohndiele gemütlich gemacht und springt gleich auf, als er uns sieht.

»Na, min Deerns!«, begrüßt er uns freundlich und im breitesten Platt. »Geit dat gut? Un heft dat smeckt bi di Mudder von Tiziano?«

»Ja, danke, es war sehr lecker«, berichte ich.

»Ganz vorzüglich war es! Ich muss mir von Signora Felice mal das Rezept von diesem Ossobuco geben lassen«, stimmt auch Gisela zu. »Ist Max denn brav ins Bett gegangen?«

»Jau. Ick hebb dem lütten Schieter noch ne Piratengeschichte verteld, und dann is hej ganz sutsche eingeschlafen.«

»Super, Gorch! Du bist wirklich ein Weltklasse-Babysitter«, lobe ich ihn. »Um dein nächstes Strafmandat kümmere ich mich mit Freuden, Ehrensache!«

Er lacht.

»Nee, nee – dat mut nich! Ich fahr ja nun mann immer gaaaanz vorsichtig.«

Gisela rollt mit den Augen. Tatsächlich ist Gorch der einzige Mensch, den ich kenne, der sogar mit dem Trecker schon geblitzt worden ist.

»Das höre ich als deine Anwältin natürlich besonders gern. Und dann kann ich dir ja nächste Woche mal in Ruhe Max anvertrauen, und du kannst mit ihm *in Ruhe* eine Runde Trecker fahren. Da beginnt im Kindergarten nämlich die Sommerschließzeit, und Gisela ist bestimmt froh, wenn sie nicht allein für das Ferienprogramm zuständig ist.«

Zu den vielen schrecklichen Sachen, von denen man noch nie gehört hat, wenn man keine Kinder hat, gehört eindeutig die *Schließzeit* im Kindergarten. Jeden Sommer macht unsere Kita für vier Wochen zu, und wenn ich Gisela nicht hätte, könnte ich in dieser Zeit auch getrost meine Kanzlei dichtmachen. Und zwar einen ganzen Monat lang. Ich frage mich immer, wer so viel Urlaub am Stück nehmen kann! Abgesehen davon, ist Max nach vier Wochen bisher immer sehr froh gewesen, seine Kumpels wiederzusehen. Irgendwann gehen nämlich auch der besten Oma die Ideen aus, was man tagsüber so unternehmen könnte. Ein Treckerausflug käme da wahrscheinlich gerade recht.

Gorch kratzt sich am Hinterkopf.

»Tscha, nächste Woche sieht allerdings schlecht aus. Da geh ich doch mit min Mudder auf *Kreuzfahrt*. Mit de Queen Mary. Dat hat se mir doch to min Gebortstach geschenkt. Na Norwegen hin. Twe Wochen op See, da is mann bannig wat los!«

»Ach, das klingt super!«, staune ich. »Dann müsst ihr das mit dem Trecker eben hinterher machen. Läuft ja nicht weg.«

Gisela bekommt einen ganz schwärmerischen Blick.

»Hach, mit der Queen Mary! Nach Norwegen! Die Fjorde, die tolle Natur, Oslo! Gorch, ich beneide dich! So etwas wollten mein Mann und ich früher auch immer mal machen – traumhaft!«

»Jau«, nickt Gorch, »und da würde ich dich natürlich viel lieber mitnehmen als Muddern.« Er seufzt. »Aber: Nem geschenkten Gaul guckstu nich ins Maul, wa?«

Er lacht. Besonders fröhlich klingt es nicht.

SECHS

Florentine, bei aller Liebe: Du musst doch irgendetwas gemerkt haben!«

Kopfschütteln ihrerseits, strenger Blick meinerseits, daraufhin ein mattes Schulterzucken. Auweia! Am Tag nach meiner unfreiwilligen Verlobungsfeier mit Tiziano hockt Florentine in meinem Büro und ist ein einziges Häufchen Elend. Wäre ich einfach nur ihre Freundin, würde ich ihr nun einen Baldriantee kochen und ihr dann tröstend den Arm um die Schulter legen. Aber als ihre Anwältin kann ich leider nicht ausschließlich mitfühlend sein. Denn wenn mir nicht bald der Jahrhundert-Geistesblitz kommt, wird Florentine in zwei Wochen ruck, zuck geschieden und muss sich fortan mit dem Kindesunterhalt und einem halben Assistentinnengehalt durchschlagen. Deshalb muss sie dann zwar nicht verhungern, aber ihre bisherige Wohnung und damit das gewohnte Heim ihrer Kinder kann sie davon bestimmt nicht halten. Ach, es ist doch zum Mäusemelken! Herr, schick mir eine Idee! Und zwar sofort!

»Ehrlich«, schnieft Flo jetzt, »ich habe diese Frau noch nie vorher gesehen. *Julia Schröder* – und diesen Namen hatte ich auch noch nie gehört.«

»Okay. Demzufolge hat Ulf dir also nicht von ihr erzählt? Und du hast auch nicht seine Sachen bei Frau Schröder vorbeigefahren?«

Energisches Kopfschütteln.

»Auf gar keinen Fall! Diese Frau lügt! Das ist so sicher wie das Amen in der Kirche!«

»Hm, aber warum sollte sie das tun? Ich finde, sie wirkte leider ziemlich glaubwürdig mit ihrem Babybauch und ihren verliebten Blicken für Ulfi.«

Florentine holt tief Luft.

»Aber … aber … ich verstehe das einfach nicht. Sie sagt, sie sei seine Sekretärin gewesen. Aber ich bin mir ganz sicher, dass Ulf niemals eine Sekretärin mit diesem Namen hatte. Seine Sekretärin ist seit Jahren Frau Helmholtz, und die ist ein alter Drache. Abgesehen davon, könnte sie glatt seine Mutter sein. Niemals würde Ulf mit der durchbrennen.«

»Hm.« Ich lege den Kopf schief und denke nach. Könnte das vielleicht ein Ansatz sein?

»Okay. Weißt du, wie ich Frau Helmholtz erreiche? Vielleicht kann sie uns bestätigen, dass Frau Schröder noch nicht so lange mit Ulf zusammen ist, wie die gestern vor Gericht behauptet hat. Idealerweise erwischen wir sie auf dem falschen Fuß und bringen sie ein bisschen zum Plaudern.«

»Eine Privatnummer habe ich nicht von ihr. Aber sie müsste im Büro zu erreichen sein. Die Nummer kann ich dir geben.«

Ich nicke und schiebe Florentine einen Zettel und einen Stift über die Tischplatte. Sie kritzelt die Nummer darauf und schiebt den Zettel zurück.

In Anbetracht der Tatsache, dass ich bisher kein einziges Ass im Ärmel habe, beschließe ich, den Stier gleich bei den Hörnern zu packen. Vielleicht habe ich Glück und erwische diese Frau Helmholtz sofort.

»Danke, Florentine. Dann wollen wir mal. Vielleicht kann

ich durch geschickte Fragen ein bisschen mehr aus ihr herauskitzeln als das, was die Schröder vor Gericht erzählt hat.«

Ich wähle und stelle den Lautsprecher an, damit Florentine mithören kann. Es klingelt eine ganze Weile, dann meldet sich tatsächlich eine ältere Frauenstimme.

»Rothenberger und Partner, Helmholtz am Apparat. Wie kann ich Ihnen helfen?«

Tschakka! Dann mal flugs ein Überraschungsangriff!

»Guten Tag, Frau Helmholtz, Petersen mein Name. Könnten Sie mich bitte mit Frau Schröder verbinden?«

Kurzes Zögern.

»Äh, Frau Schröder?«

Das klingt aber seeehr unsicher!

»Ja. Frau Schröder. Kann ich sie bitte sprechen?«

Wieder ein Zögern. Offenbar muss Frau Helmholtz scharf nachdenken. Ich glaube, ich bin auf der richtigen Fährte!

»Äh ... ja, also, die Frau Schröder, die ist, also, äh ...« Ein kurzes Schnaufen. »Wer sind Sie überhaupt? Und was wollen Sie von Frau Schröder? Rufen Sie vom Familiengericht aus an?«

Mist. Der Drache ist erwacht und klingt leider gar nicht mehr unsicher. In eine Falle locke ich den nicht so einfach. Mit anderen Worten: Frau Helmholtz klingt nicht so, als würde sie sich mir gegenüber gleich verplappern und erzählen, dass Frau Schröder gar nicht bei Rothenberger und Partner arbeitet. Offenbar ist sie halbwegs im Bilde. Was ist in diesem Fall wohl besser? Gleich als Anwältin kämpfen oder an die weibliche Solidarität appellieren? Ich entscheide mich für letztere Variante, den Stahlhelm kann ich notfalls immer noch aufsetzen

»Ich bin eine Freundin von Frau Rothenberger. Wie Sie

vielleicht wissen, geht es ihr momentan gar nicht gut, und sie möchte sich mit Frau Schröder aussprechen.«

Ein tiefer Seufzer am anderen Ende des Telefons. Offenbar hat der Drache ein Herz.

»Es tut mir wirklich leid, aber ich kann Sie nicht mit Frau Schröder verbinden.«

»Warum denn nicht?«

»Weil ...« Frau Helmholtz scheint nach einer guten Erklärung zu suchen. »Weil ... weil die heute gar nicht im Büro ist. Hat sich einen Tag freigenommen.«

»Aha. Kein Problem. Dann rufe ich morgen wieder an.«

»Da ... äh ... da ist sie auch nicht da. Und übermorgen auch nicht. Sie, äh, ist im Urlaub. Genau. In einem ganz langen Urlaub.«

»Urlaub?« Nachtigall, ick hör dir trapsen. Bevor ich aber noch meine nächste Frage loswerden kann, schießt Florentines Hand über den Tisch und entreißt mir den Telefonhörer.

»Frau Helmholtz«, schreit sie sofort los, »Sie lügen doch wie gedruckt! Ist es nicht vielmehr so, dass Frau Schröder auch ohne Urlaub überhaupt nie in Ihrem Büro erscheint? Weil sie nämlich in Wirklichkeit überhaupt nicht dort arbeitet?! Weil das nämlich alles ein riesiger Betrug ist!«

Frau Helmholtz schnappt nach Luft.

»Frau Rothenberger? Sind Sie das? Wie kommen Sie denn darauf? Frau Schröder ist in Umständen und muss sich einfach mehr schonen! Das mit Ihnen und Ihrem Mann tut mir leid, aber ich kann Ihnen da auch nicht weiterhelfen. Guten Tag!«

Klick. Sie hat aufgelegt. Ich starre Florentine an, dann schüttle ich den Kopf.

»Gut, das war jetzt nicht so elegant. Als ich *geschickte Fra-*

gen sagte, meinte ich eigentlich eine strategische Gesprächsführung, an deren Ende uns Frau Helmholtz steckt, dass sich Ulfi und seine Neue erst seit ein paar Wochen kennen. Ich habe garantiert nicht daran gedacht, dass du mir so dazwischengrätschst und die Helmholtz gleich durch den Hörer ziehst. Ich glaube nicht, dass wir aus der jetzt noch etwas rauskriegen.«

Florentine guckt sehr schuldbewusst.

»'tschuldigung«, murmelt sie dann so leise, dass ich sie kaum hören kann. »Und was machen wir jetzt?«

Ich zucke mit den Schultern.

»Keine Ahnung. Irgendwie müssen wir den Beweis führen, dass euer Trennungsjahr noch nicht verstrichen ist. Wenn uns das nicht gelingt, dann werdet ihr im nächsten Termin geschieden. Mit einer schwangeren neuen Freundin hat Ulf jedenfalls einen Grund, nach Ablauf des Jahres darauf zu bestehen.«

»Und dann?«

»Tja, dann fällt der Trennungsunterhalt für dich weg, und was den Betreuungsunterhalt anbelangt, hat sich die Sache aus deiner Sicht deutlich verschlechtert. Im Grunde genommen geht das Gesetz nun davon aus, dass auch der Elternteil, bei dem die Kinder wohnen, Vollzeit arbeiten muss. Jedenfalls, wenn die Kinder älter als drei Jahre sind und eine Fremdbetreuung möglich ist.«

Florentine schluckt.

»Aber wie soll das denn gehen? Arthur ist noch keine fünf, die Zwillinge sind gerade mal sechs. Kita und Hort machen spätestens um fünf zu, außerdem sind Kinder ja auch mal krank. Oder haben Kopfläuse. Oder Ferien. Oder Lernentwicklungsgespräch. Oder Weihnachtsfeier. Oder Teamtag.

Oder Schulfest. Oder Sportfest. Oder was zum Geier auch immer dazu führt, dass ich mit irgendeinem selbstgebackenen Zeug loshetzen muss.«

Mittlerweile hat sie sich in Rage geredet, ihre Stimme klingt ganz schrill.

»Ernsthaft, Nikola, du weißt doch selbst, wie das ist: Alleinerziehend und Vollzeit mit drei ansatzweise kleinen Kindern ist illusorisch. Mehr als die zwanzig Stunden, die ich bei dir arbeite, schaffe ich nicht.«

»Okay«, werfe ich ein, »aber …«

»Nix aber!«, ruft Florentine empört. »Die Wahrheit ist doch Folgendes: Ulfi kommt mit insgesamt tausend Euro Kindesunterhalt davon, rührt keinen Finger und kassiert noch die Hälfte des Kindergeldes. Ich hingegen soll vierzig Stunden pro Woche arbeiten UND mich um die Kinder kümmern.«

Sie holt tief Luft, ich nutze diese Pause, um auch mal zu Wort zu kommen.

»Okay, die Alternative ist, dass Ulfi die Kinder betreut. Dann zahlst du Unterhalt, bekommst die Hälfte vom Kindergeld und hast kein Betreuungsproblem mehr.«

Florentine heult empört auf.

»Quatsch! Ich will meine Kinder doch bei mir haben! Außerdem würde Ulfi sich gar nicht selbst kümmern, sondern einfach ein Kindermädchen einstellen. Oder diese schreckliche Schröder passt dann auf meine armen Kinder auf!«

»Tja, aber wenn Ulf ein Kindermädchen einstellen muss, wird ihm schon bald klarwerden, wie wertvoll deine Betreuungsleistung eigentlich ist. Vielleicht überlegt er sich die Sache dann noch mal.«

Ich ernte einen skeptischen Blick und lege nach.

»Wirklich, Florentine! Verglichen mit einem Kindermädchen bist du ein Schnäppchen. Guck mal, Ulf braucht jemanden, der die Kinder um vier Uhr einsammelt und bis mindestens acht Uhr bleibt. Macht vier Stunden mal fünf Tage, also zwanzig Stunden. Wenn er am Wochenende arbeitet, kommen im Schnitt wahrscheinlich noch mal fünf Stunden hinzu, also fünfundzwanzig Stunden. Dann zwölf Wochen Schulferien, in denen er die Kinderfrau ganztags braucht – macht weitere fünf Stunden die Woche. Ab und zu übernachtet die Dame auch bei ihm, wenn er mal wieder eine Dienstreise macht, also weitere fünf Stunden, dann sind wir schon bei fünfunddreißig Stunden pro Woche. Unter dreizehn Euro die Stunde wirst du keine erfahrene Kinderfrau mit Führerschein und der Bereitschaft zu Überstunden und zum Übernachten bei den Kindern bekommen, hier in Hamburg eher ab fünfzehn Euro aufwärts. Und dann braucht Ulfi noch eine Haushaltshilfe, die die Wäsche für drei Kinder macht und für einen vollen Kühlschrank und gemachte Betten sorgt – noch mal fünfzehn Stunden die Woche, für zwölf Euro die Stunde. Sind also bummelig ...«, ich bemühe den Taschenrechner meines Smartphones, »fünfzehn mal fünfunddreißig mal vier Komma drei, also ungefähr zwei drei plus zwanzig Prozent Lohnnebenkosten, dann noch die Haushalthilfe dazu – also unter dreitausendfünfhundert Euro läuft da gar nichts. Selbst wenn man den von dir zu erwartenden Kindesunterhalt abzieht, bleiben da immer noch mindestens dreitausend Euro übrig. Ich würde sagen, wenn er dir freiwillig eins fünf zahlt, macht er immer noch ein sehr gutes Geschäft. Das müssen wir ihm nur mal näherbringen.«

»Aber wie denn? Er hat doch schon seinen Anwalt schreiben lassen, dass er nach dem Trennungsjahr nichts mehr zu zahlen gedenkt.«

Ich muss kichern.

»Tja, das eine, was man will, das andere, was man kriegt. Ich bin mir ziemlich sicher, dass er sich das anders überlegen wird, wenn wir ihm die drei Gören erst mal vor die Tür stellen. Der wird sich noch wundern, wie anstrengend das ist.«

Florentine schnappt nach Luft.

»Nikola, wie redest du denn von meinen Kindern? Und überhaupt – das kommt nicht in die Tüte! Die Kinder leiden sowieso schon sehr unter dieser schlimmen Situation. Ich kann sie auf gar keinen Fall allein lassen.«

Ich strecke meine Hand über den Schreibtisch und lege sie auf ihre.

»Hey, tut mir leid. Natürlich sind deine Kinder sehr lieb. Ich versuche nur, dich ein bisschen auf Kampf einzustimmen. Denn leider macht sich dein angehender Exmann nicht mal halb so viele Sorgen um seine Kinder wie du. Im Gegenteil, er ist ja schon dabei, die nächste Familie zu gründen. Und da kann ich nur sagen: Entweder zahlt er dir jetzt freiwillig einen vernünftigen Betreuungsunterhalt – oder er kann sich demnächst selbst kümmern. Vielleicht hilft ihm Blondie ja dabei.«

Florentine schüttelt den Kopf. »Das wäre ganz furchtbar für mich!«

»Klar, mir als Mutter ginge es genauso. Aber mach dir da mal keine Sorgen. Ich bin mir ganz sicher, dass Ulfi und Blondie lieber ihr junges Glück genießen wollen, anstatt sofort in Richtung Großfamilie zu starten.«

»Meinst du?«, fragt Florentine nach, und ihre Stimme zittert fast dabei.

»Ja, meine ich! Es mag ein Vorurteil sein – aber wer als Mittvierziger plötzlich mit 'ner zwanzig Jahre Jüngeren aufkreuzt, macht als Nächstes den Motorradführerschein und kauft sich eine Harley. Was er garantiert nicht will, ist Patchwork mit vier Kindern im Reihenhaus. Das überlässt der dann bestimmt lieber seiner Exfrau. Ich wette um eine Flasche Schampus, dass ich Recht habe! Und deswegen bedrohen wir Ulfi jetzt mal ein bisschen und schauen, was passiert. Okay?«

Ich drücke ihre Hand und hoffe, dass das aufmunternd wirkt. Sie seufzt.

»Wenn du meinst ...«

»Ja! Meine ich! Lass mich mal machen!«

Ich habe da nämlich tatsächlich einen Plan. Einen ziemlich guten, wie ich finde. Und ich weiß auch schon, mit welchem Kollegen ich den heute Abend besprechen werde ...

SIEBEN

Ein schneller Blick in den Spiegel neben unserer Bürogarderobe: Die Frisur sitzt, und die Wimperntusche befindet sich auch noch da, wo sie sein soll. Dann kann es ja losgehen.

Ich schnappe mir meine Jacke und schließe die Tür hinter mir ab – tatsächlich bin ich schon wieder der letzte Mohikaner in der Kanzlei. Florentine arbeitet immer nur bis zwei, Aysun von mittags bis um sechs, und Alexander ist erst gar nicht gekommen. Langsam frage ich mich, ob demnächst eine Lösegeldforderung für meinen Kollegen eingeht. Ich habe ihn bestimmt drei Tage schon nicht mehr gesehen. Sicher, er ist mein Partner, nicht mein Mitarbeiter, insofern kann er eigentlich tun und lassen, was er will. Aber wie er so ganz ohne Arbeit auf seine Umsätze kommen will, ist mir ein Rätsel.

Gerade als ich im Flur an Simons Kanzleitür klopfen will, öffnet sich diese von allein, und Hamburgs attraktivster Strafverteidiger steht vor mir. Gut, wahrscheinlich bin ich da ein wenig voreingenommen, aber zumindest ist Simon der attraktivste Strafverteidiger im Hamburger Karolinenviertel. Oder zumindest im Eingang des Hauses Nummer 6.

»Pünktlich auf die Minute!«, lacht Simon mich fröhlich an. »Kannst es wohl kaum erwarten, endlich mit mir loszuziehen, richtig?«

Ich verziehe das Gesicht und hebe den Zeigefinger.

»Völlig falsch, mein Lieber! Ich habe nur furchtbaren

Hunger und kann es nicht erwarten, mir endlich etwas zu essen zu bestellen.«

Simon zuckt zusammen.

»O mein Gott! Dann schnell eine Currywurst für die Frau Petersen – im hungrigen Zustand ist die ungenießbar!«

Er hat recht. Hunger schlägt bei mir tatsächlich sehr schnell auf die Laune. Ob es deswegen aber nun eine Currywurst sein muss?

Offenbar sehe ich sehr enttäuscht aus, denn jetzt zieht mich Simon in seine Arme und küsst mich.

»Keine Sorge«, flüstert er mir dann ins Ohr, »ich habe einen Tisch im *Da Capo* reserviert und werde dich dort bei Kerzenschein mit hausgemachter Pasta mit frischen Trüffeln verwöhnen.«

Hm, lecker! Trüffel habe ich schon ewig nicht mehr gegessen, und Kerzenschein klingt auch höchst verlockend.

»Keine Currywurst, sondern Trüffel? Das wird aber teuer, mein Lieber!«, warne ich Simon gespielt vorwurfsvoll. Der schnappt ebenso gespielt nach Luft.

»Stimmt! Das habe ich ganz vergessen! Hoffentlich kann ich mir den Abend mit dir überhaupt leisten!«

»Keine Sorge, ich habe da schon eine hervorragende Idee: Du setzt den Abend mit mir einfach komplett von der Steuer ab.«

»Unser Rendezvous? Wie das?«

»Ganz einfach: Es ist nämlich komplett dienstlich veranlagt. Ich muss mit dir ganz dringend eine prozesstaktische Frage im Familienrecht besprechen, da ist für Romantik überhaupt kein Platz.«

»Och nö! Außerdem bin ich Strafrechtler!« Simon stemmt seine Arme in die Hüften.

»Och doch! Außerdem bist du einfach unheimlich schlau!«
Ich hake mich bei ihm ein und ziehe ihn Richtung Ausgang. *Da Capo*, Kerzenschein, Familienrecht – kann es eine schönere Kombination für den Feierabend geben?

Die Trüffel auf meinem Teller duften verführerisch, der Prosecco prickelt in meinem Glas, das Leben ist schön! Simon hatte recht – warum sollten wir ausgerechnet hier und jetzt über die Scheidung von Florentine sprechen? Ich habe schließlich auch ein Recht auf ein Privatleben!

Andererseits: Simon hat immer gute Ideen, wenn es um Prozesstaktik geht, und Alexander, mit dem ich mich sonst gern berate, ist ja nicht greifbar. Wenn ich Simon also jetzt nicht frage, habe ich morgen bestimmt ein schlechtes Gewissen. Zehn Minütchen von diesem Abend könnte ich doch opfern. Ich nehme einen Happs von den köstlichen Tagliatelle, nippe am Prosecco und lege los.

»Dieser angehende Exmann von Florentine ist wirklich unterirdisch. Ich glaube, er hat seine neue Freundin dazu angestiftet, vor Gericht zu behaupten, dass er und Flo schon über ein Jahr getrennt sind, nur damit er um den Trennungsunterhalt rumkommt.«

»Hm.« Mehr sagt Simon dazu nicht.

»Na ja, jedenfalls überlege ich, ob wir Florentine nicht eine schlimme Krankheit andichten und die Kinder mal drei Wochen bei ihm parken. Vielleicht macht ihn das ein bisschen demütiger und zahlungswilliger.«

»Hm.«

Noch eine Gabel Pasta – Gott, ist der Trüffel köstlich! Weil Simon immer noch nichts sagt, rede ich einfach weiter.

»Ich kann mir jedenfalls nicht vorstellen, dass seine neue

Freundin so scharf drauf ist, dreifache Stiefmutter zu werden, noch bevor das eigene Baby überhaupt da ist. Oder noch schlimmer: *wenn* das eigene Baby da ist. Vierfachmutter von heute auf Morgen ist bestimmt seeehr anstrengend!«

»Hm.«

Menno! Ich gebe Simon unter dem Tisch einen Tritt.

»Sag mal, kannst du noch etwas anderes sagen außer *Hm*?« Simon grinst. »Klar.«

»Und?«

»Ich hoffe, du hast deine Zahnbürste dabei!«

»Wie bitte?« Mir wird warm. Muss am Prosecco liegen.

»Na, ich hoffe, du hast deine Zahnbürste dabei.«

»Äh, warum?« Trotz des Proseccos fühlt sich meine Kehle auf einmal sehr, sehr trocken an.

Simon nimmt einen Schluck, stellt dann sein Glas ab und schaut mir tief in die Augen.

»Nikola, wir kennen uns jetzt schon ein Weilchen. Wir haben einen Fall gemeinsam gewonnen und einen Hundetrainingskurs zusammen absolviert. Leider war ich häufig nicht in Hamburg, und du hast immer ziemlich viel mit deiner Kanzlei und deiner Familie zu tun.«

Tja. Wo er Recht hat, hat er Recht. Wobei die Hundeschule ein Highlight war. Und mich auch wirklich weitestgehend von meiner Hundephobie kuriert hat. Was angesichts der Tatsache, dass Simon sein Leben mit einem Shetlandpony-großen Bernhardiner namens Flöckchen teilt, sehr von Vorteil war. Trotzdem frage ich noch mal nach.

»Ich verstehe nicht ganz, was dein Hund mit meiner Zahnbürste zu tun hat.«

Simon grinst.

»Wirklich nicht?«

Ich schüttle den Kopf und nehme noch eine Gabel von meiner Pasta.

»Komm schon, Nikola. Und dann bist du heute Abend auch noch kinderlos und musst nicht nachts an Gisela vorbeischleichen. Das ist doch eindeutig ein Zeichen!«

Gott, wird mir jetzt heiß! Ich habe das Gefühl, dass mein Kopf mittlerweile puterrot ist und mein Hals immer enger wird.

»Ein Zeichen wofür?«, krächze ich. Simon lacht.

»Na, dafür, dass wir heute Nacht ganz eindeutig ...«

Mir wird auf einmal so schummrig, dass ich mich am Tisch abstützen muss. Mein Herz beginnt so zu rasen, dass man es bestimmt noch am Nachbartisch hören kann. *Nikola*, fauche ich mich selbst an, *reiß dich zusammen! Das kann doch nicht sein, dass dich der Gedanke an eine Nacht mit Simon so aus der Fassung bringt!*

»Nikola?« Simons Stimme klingt beunruhigt – und scheint von sehr weit weg zu kommen. Ich versuche, ihn anzuschauen, aber vor meinen Augen verschwimmt alles. Luft bekomme ich auch nicht mehr richtig. Ich fange an zu keuchen. Und dann ist plötzlich alles ganz schwarz.

»Wir behalten Ihre Frau auf alle Fälle noch die nächsten vierundzwanzig Stunden hier. Mit einer so heftigen allergischen Reaktion ist nicht zu spaßen.«

Ich höre Schritte, dann wird eine Tür geschlossen. Langsam öffne ich die Augen. Wo zum Geier bin ich? Eines ist mal klar: Das hier ist nicht Simons Wohnung. Und meine nicht vorhandene Zahnbürste habe ich auch nicht ausgepackt.

»Nikola?« Simon sitzt neben mir auf der Bettkante und streicht mir durch die Haare.

»Wo bin ich?«, huste ich mehr, als das ich spreche.

»In der Uniklinik.«

»Wie ... wieso das denn?« Eben saß ich doch noch beim Candle Light Dinner im *Da Capo*, da bin ich mir ziemlich sicher.

»Du hattest einen anaphylaktischen Schock, eine sehr schwere allergische Reaktion. Wir mussten den Rettungswagen mitsamt Notarzt rufen.«

Simon sieht tatsächlich sehr besorgt aus.

»Eine allergische Reaktion? Aber worauf denn? Ich hoffe, doch nicht auf Prosecco. Das wäre ja die schlechteste Nachricht des Jahres.«

Ich ringe mir ein Lächeln ab, das wahrscheinlich etwas matt ausfällt. Simon zuckt mit den Schultern.

»Keine Ahnung. Aber bei der Heftigkeit der Reaktion muss es etwas sein, das du gegessen hast. Die Nudeln? Der Parmesan? Oder vielleicht die Trüffel?«

Trüffel? Trüffel! Erinnerungen an einen Abend mit Christoph werden wach. Urlaub im Piemont, ein Besuch eines tollen Restaurants in Alba. Es waren zweite Flitterwochen: Ohne Kinder, nur Christoph und ich. Und jede Menge Trüffel. Es war herrlich. Nachts allerdings wurde mir ziemlich übel, und rote Flecken im Gesicht hatte ich auch. Wir haben noch Witze gemacht, dass ich offenbar gegen Luxus allergisch bin. Am nächsten Tag war alles wieder gut. Ich habe seitdem allerdings nie mehr Trüffel gegessen, zwar nicht bewusst gemieden, es hat sich einfach nicht mehr ergeben. Sollten es also wirklich die Trüffel gewesen sein?

»Worüber denkst du nach?«, erkundigt sich Simon.

»Über einen Abend mit Christoph in Italien vor ungefähr sechs Jahren«, erkläre ich ihm. »Da hatte ich schon mal das Gefühl, Trüffel nicht so gut zu vertragen. Es war aber nicht so schlimm, ich habe seitdem nicht mehr drüber nachgedacht.«

»Also offenbar musste dein armer Mann nicht zu nächtlicher Stunde Hals über Kopf mit dir ins Krankenhaus düsen?«

Ich schüttle den Kopf.

»Nein. Der Rest des Urlaubs war ausgesprochen romantisch, und wir haben keine einzige Sekunde mehr an die Trüffeln gedacht. Dafür waren wir dann auch viel zu sehr mit uns selbst beschäftigt.«

Simon zuckt fast unmerklich zusammen.

»Alles in Ordnung?«, will ich wissen.

»Äh, ja, klar. Du, ich fahr dann jetzt nach Hause. Gisela habe ich schon angerufen, die weiß Bescheid. Morgen früh wirst du entlassen, wenn du ihr Bescheid gibst, holt sie dich ab.«

Er steht von meinem Bettrand auf und wendet sich zum Gehen.

»Gute Besserung!«

Und schwupp! ist er auch schon aus meinem Zimmer verschwunden und zieht die Tür hinter sich zu. Es mag an meinen Kopfschmerzen und meiner schlechten Verfassung liegen – aber diesen abrupten Abgang finde ich doch sehr komisch. Was sollte das denn? Nimmt er mir etwa übel, dass ich erwähnt habe, wie romantisch der Urlaub mit Christoph war? Das wäre doch total verrückt! Klar, Christoph und ich waren zehn Jahre sehr glücklich miteinander verheiratet, und er ist der Vater meiner Kinder Max und Tessa – aber vor allen Dingen ist er seit vier Jahren tot. Und Eifersucht auf einen Toten halte ich für die sinnloseste Sache der Welt.

Aua! Ich merke, wie meine Kopfschmerzen stärker werden. Dabei hätte es ein so toller Abend werden können. Ich hätte wirklich große Lust gehabt, die Sache mit Simon und der Zahnbürste auszuprobieren. Auch ohne Zahnbürste. Und jetzt ist der so doof zu mir! Ärger kriecht in mir hoch. Ärger und Enttäuschung. Ärger und Enttäuschung und – zu meiner eigenen Überraschung – Traurigkeit! Tatsächlich: Ich ärgere mich nicht einfach, ich bin auch traurig. Ich liege allein in einem halbdunklen Zimmer der Uniklinik, und niemand ist da, der meine Hand hält. Es ist zum Heulen!

Die Tür öffnet sich wieder, und mein Herz macht einen kleinen Hüpfer! Simon hat aber schnell gemerkt, dass er auf dem falschen Dampfer unterwegs war!

Ich rapple mich hoch, um ihn zu begrüßen – und sinke auf meine Kissen zurück, als ich bemerke, dass es gar nicht Simon ist, der jetzt in meinem Zimmer steht, sondern ein mir völlig unbekannter Mann.

ACHT

»Frau Petersen? Ich bin Pfleger Lukas, ich bin heute Nacht für Sie da.«

An meinem Bett steht auf einmal ein junger Schlacks in hellgrünem Hemd und ebensolcher Hose. Er ist geschätzte Anfang zwanzig, seine dunklen Haare sind gepflegt verwuschelt, und wenn er lächelt, hat er in der linken Wange ein Grübchen. Selbst im trüben Kunstlicht meines Krankenzimmers sehen seine Augen ziemlich grün aus. Mit anderen Worten: Pfleger Lukas wäre durchaus etwas für meinen Setzkasten. Wenn ich denn einen hätte. Wahlweise könnte ich Pfleger Lukas natürlich auch adoptieren. Ob sich meine Vierzehnjährige wohl über einen großen Bruder freuen würde?

Es ist mir zwar peinlich, aber ich muss zugeben, dass sich meine Laune beim Anblick von Lukas schlagartig gebessert hat.

»Möchten Sie vielleicht etwas essen oder trinken?«, will er von mir wissen.

»Nein danke! Ich bin einfach nur müde«, erkläre ich ihm. Tatsächlich wird mir nur bei dem Gedanken an Essbares schon wieder speiübel. »Und ich habe ziemliche Kopfschmerzen. Haben Sie vielleicht etwas dagegen?«

»Moment. Ich gucke eben auf Ihrem Patientenbogen nach, was ich Ihnen geben kann.«

Er verschwindet, nur um kurz darauf mit einem Becher und einer Tablettenschachtel wieder vor mir zu stehen.

»Hier, nehmen Sie das. Dann sollte es Ihrem Kopf bald besser gehen. Und wie gesagt – wenn noch etwas sein sollte heute Nacht, klingeln Sie ruhig. Dann bin ich sofort zur Stelle. Falls die Kopfschmerzen nicht besser werden, habe ich auch noch etwas in der Hinterhand. Leiden sollen Sie schließlich nicht.«

Er lächelt, das Grübchen wird tiefer. Sehr süß!

»Danke, ich werde versuchen zu schlafen. Ich hatte einen ziemlich schrägen Abend und bin wirklich erschöpft.«

»Alles klar, dann gute Nacht!«

Er verschwindet, und ich ziehe mir die Bettdecke bis zur Nasenspitze. Hoffentlich schlafe ich bald wieder ein!

Tue ich leider nicht. Eine gute Stunde später bin ich immer noch wach und habe Kopfschmerzen. Was hatte Lukas gesagt? Einfach klingeln, wenn es nicht besser wird? Da ich keine Bettnachbarin habe, kann ich, ohne Rücksicht nehmen zu müssen, das Licht auf meinem Nachttisch einschalten und nach der Klingel Ausschau halten. Schließlich finde ich den roten Knopf und drücke ihn.

Über der Tür springt ein weiteres kleines Licht an. Sonst passiert allerdings nichts. Insbesondere erscheint Lukas nicht. Ich drücke noch einmal und warte einen Moment. Immer noch nichts. Na, läuft ja super hier! Ich zögere kurz, aber weil der Kopfschmerz mittlerweile übermächtig an meine Schädeldecke klopft, schlage ich schließlich die Bettdecke zurück und krabble aus dem Krankenhausbett. Dabei stelle ich fest, dass ich nur mit einem dezent gemusterten Krankenhausnachthemd bekleidet bin. Möchte ich so von einem ungefähr fünfzehn Jahre jüngeren Mann gesichtet werden? Der Schmerz pocht nun noch einmal laut und vernehmlich an meine Schläfen – okay, es ist nicht die richtige Zeit für Eitelkeit.

Ich schlurfe barfuß aus dem Zimmer heraus und sehe mich auf dem Flur um. Niemand da. Etwas weiter hinten brennt noch Licht in einer Art Glaskasten – das wird wohl das Schwesternzimmer sein. Ob Lukas dort steckt? Aber warum hört er dann das Klingeln nicht?

Als ich näher komme, höre ich tatsächlich ein Murmeln aus dem Zimmer hinter dem Empfangstresen. Na, großartig. Lukas telefoniert offenbar und bekommt gar nicht mit, dass Patientin Petersen sehr, sehr dringend seine Hilfe braucht. Die jungen Leute haben einfach kein Pflichtgefühl mehr!

»Djamila, bitte hör auf zu weinen. Don't cry, please!« Eindeutig die Stimme von Lukas. Aber auch eindeutig ein Schluchzen. Das ist dann wohl doch kein Telefonat. Pfleger Lukas hat Besuch. Neugierig linse ich über den Tresen ins Schwesternzimmer. Dort sitzt, mit dem Rücken zum Empfang, Lukas. Ihm gegenüber hockt eine junge Frau, fast noch ein Mädchen. Um sie zu beschreiben, braucht es eigentlich fast nur ein Wort: wunderschön!

Lange, volle und tiefschwarze Haare umrahmen ihr Gesicht. Wie weiche Wellen fallen sie über ihre Schultern fast bis zu ihrer Taille. Ihre Augen scheinen genauso tiefschwarz wie ihre Haare zu sein. Ihr Gesicht ist schmal, aber mit hohen Wangenknochen, und ihre Lippen sind voll und sinnlich und sehen doch so natürlich aus, dass jeder plastische Chirurg gleich schlechte Laune kriegen müsste ob dieser Spitzenleistung der Natur. Mit anderen Worten: Im Schwesternzimmer sitzt Scheherazade aus Tausendundeiner Nacht.

Wahnsinn! Es ist völlig klar: Ich halluziniere! Vielleicht sollte ich doch keine Medikamente mehr nehmen.

Jetzt kullert eine große Träne ihre Wange hinunter, und Lukas streicht sie zärtlich mit seiner Hand weg.

»Wir finden schon eine Lösung. We'll find a way, Djamila! Bestimmt!«

Scheherazade schüttelt den Kopf.

»Nein, Lukas. Du nur Problem wegen mir. Only problems! Wir sagen, wie ist. Dann du kein Problem. I want to tell the truth!«

Nun weint sie noch mehr. Lukas rückt näher an sie heran und nimmt sie in den Arm.

»Schhhh, schhh, Djamila! Don't worry, mach dir keine Sorgen. Ich würde alles für dich tun.«

Er küsst sie auf den Scheitel, das sieht so zärtlich aus, dass mir trotz des kurzen Leibchens und meiner nackten Füße ganz warm wird.

»Remember? I love you! Ich liebe dich über alles!«

Jetzt blickt sie ihn aus tränenverschleierten Augen an und erwidert seinen Kuss.

»Ich liebe dich auch, Lukas.«

Der nächste Kuss sieht so innig und liebevoll aus, dass ich mir als unbemerkter Beobachter ganz schäbig vorkomme. Was sind schon die paar Kopfschmerzen? Ich kann doch jetzt nicht ernsthaft nach Tabletten fragen! Also schleiche ich irgendwie beschämt in mein Zimmer zurück und lege mich wieder ins Bett. Irgendwann werde ich schon einschlafen. Früher oder später.

»Gott, du siehst ja furchtbar aus!« Gisela klingt fast vorwurfsvoll, als sie mich am nächsten Morgen in der Klinik einsammelt. Leider hat sie mit dieser Feststellung nicht ganz Unrecht: Mein Gesicht ist immer noch angeschwollen, ich habe zwar keine roten Flecken mehr, aber meine Augen sehen so aus, als hätte ich mich bei einem Boxkampf nicht besonders gut verteidigt.

»Guten Morgen«, begrüße ich sie, »ich freue mich auch, dich zu sehen.«

»Ja, ja. Hast du denn deine Sachen schon gepackt?«, will Gisela wissen. »Ach, was rede ich da – du hattest ja gar keine Sachen mit. Dann können wir doch gleich los, oder?«

Ich nicke matt. Es ist mir zwar gelungen, heute Nacht irgendwann einzuschlafen, aber leider wurde ich heute Morgen um sechs Uhr schon von der nächsten Schwester wieder zum Temperaturmessen geweckt. Entsprechend gerädert fühle ich mich.

»Ich glaube, ich bekomme gleich noch den Arztbrief, aber dann bin ich entlassen.«

»Ts, ts, was du auch für Sachen machst. Trüffelallergie – hat man so was schon gehört? Was lässt du dir auch so ein Zeug auf die Nudeln hobeln? Mit einer anständigen Tomatensauce wäre das bestimmt nicht passiert.«

»Ja, aber ...«, versuche ich zu Wort zu kommen. Zwecklos, Gisela redet munter weiter.

»Apropos Nudeln – Tizianos Mutter war gestern noch auf einen Kaffee zu Besuch. Eine reizende Person! Leider verstehe ich sie kaum, aber ein Stück Erdbeertorte sagt sowieso mehr als tausend Worte!« Sie kichert. »Na, jedenfalls wollte sie mir wohl irgendetwas von einer bevorstehenden Feier erzählen. Ich habe es nicht verstanden. Irgendein großes Familienfest, glaube ich. Jedenfalls sind wir alle eingeladen. Nett, nicht wahr?«

Familienfest? Mir schwant Böses! Wahrscheinlich versucht Signora Felice, zusammen mit Gisela die Hochzeit zu planen. Wie lange wird es wohl dauern, bis diese versteht, was Tizianos Mutter eigentlich von ihr will? Und was sage ich ihr dann? Der Kopfschmerz meldet sich wieder, ich stöhne auf.

»Nikola! Alles in Ordnung?« Nun klingt Gisela doch besorgt.

»Mein Kopf tut einfach ziemlich weh. Ich glaube, ich muss mich zu Hause erst mal hinlegen. Eigentlich wollte ich noch in die Kanzlei, aber ich fürchte, das wird nichts.

»Na ja, die werden wohl auch mal einen Tag ohne dich auskommen. Alexander hat den Laden doch sicher tadellos im Griff. Der hat euch doch auch früher wunderbar vertreten, wenn ihr im Urlaub wart.«

Ich bin zu angeschlagen, um Gisela zu erklären, dass Alexander momentan ein sehr seltener Gast in unserer Kanzlei ist. Das würde nur zu Nachfragen führen, die ich momentan nicht beantworten kann. Dann wiederum würde sich Gisela nicht nur Sorgen um mich, sondern auch um Alexander machen und mich trotz meines mickrigen Zustands in die Mangel nehmen. Alexander ist nämlich Christophs ältester Freund, und Gisela kennt ihn gewissermaßen schon aus Sandkastentagen. Die beiden sind zusammen zur Schule gegangen und haben nach dem Abi auch zusammen Jura studiert. Dort habe ich beide dann kennen- und Christoph lieben gelernt. Nach dem Examen haben wir zusammen eine Kanzlei gegründet – Alexander ist also der Mensch, mit dem ich schon am längsten zusammenarbeite, und Gisela liebt ihn heiß und innig.

»Ja, du hast Recht«, antworte ich Gisela also nur. »Ich rufe nachher mal in der Kanzlei an.«

»Mach das.« Gisela schaut Richtung Tür. »Mensch, nun könnte der Arztbrief aber langsam mal kommen.«

Kurze Zeit später öffnet sich tatsächlich die Tür. Zu meiner Überraschung ist es Pfleger Lukas, der mit meinen Unterlagen und einer durchsichtigen Schachtel mit unterschiedlichen Tabletten erscheint.

»Guten Morgen, Frau Petersen. Hier sind Ihr Arztbrief und Ihre Medikamente für die nächsten vierundzwanzig Stunden. Sie sollten sich dann noch mal einen Kontrolltermin bei Ihrem Hausarzt holen.«

»Vielen Dank und guten Morgen«, grüße ich ihn zurück. »Müssten Sie nicht langsam mal Feierabend haben? Oder sagt man da: Feiermorgen?«

Er grinst.

»Ja, eigentlich schon. Aber eine Kollegin ist ausgefallen, und ich war noch vor Ort – da bin ich eingesprungen.«

»Sehr heldenhaft!«, lobe ich ihn.

»Gar nicht«, erwidert er. »Ich bin studentische Aushilfe und freue mich über jede Extrastunde, in der ich mir ein bisschen was dazuverdienen kann. Außerdem war es heute Nacht sehr ruhig und völlig ereignislos, das ist also absolut in Ordnung.«

Ich spare mir die Bemerkung, dass seine Nacht nach meiner Beobachtung gar nicht so ereignislos war, zumal ich mir auf einmal nicht mehr sicher bin, ob ich seine Begegnung mit der orientalischen Schönheit nicht nur geträumt habe. Wer weiß, was das für Tabletten waren, die sie mir hier verpasst haben!

Gisela klatscht in die Hände.

»So, dann haben wir doch jetzt alles! Ich drängle ungern, aber wir müssen gleich Max aus der Kita abholen. Der ist nach seiner Übernachtungsparty bestimmt völlig k.o. und braucht Ruhe.«

Ruhe. Ein schönes Wort! Ich beschließe, mich zu Hause sofort noch einmal ins Bett zu legen, und zwar gemeinsam mit meinem Sohn. Hoffentlich ist er dann wirklich genauso müde wie ich!

NEUN

»Mama, es war sooo toll! Wir haben ein Lagerfeuer gemacht, und dann sind wir alle drübergehüpft. Nämlich so ...« Max strampelt sich aus der Bettdecke frei und macht Riesensätze über die Matratze, sodass ich hin und her geworfen werde.

Nein, mein Sohn ist nicht so unglaublich müde, wie ich es gerade bin. Im Gegenteil – die durchwachte Nacht im Kindergarten scheint ihm noch einen Extraschub an Energie zu geben.

»Und dann hat Marc mit uns Fußball gespielt, nämlich so ...« Weiteres Hüpfen und Eindreschen auf einen imaginären Ball. Meine Kopfschmerzen kehren mit unerwarteter Heftigkeit zurück. Aua!

»Hör mal, mein kleines Kuschelmuschel, Mami ist ganz schlapp und muss schlafen. Ich dachte, du willst das auch. Du musst dich doch ausruhen nach dieser aufregenden Nacht.«

Max schaut mich vorwurfsvoll an.

»Ich hab' mich doch ausgeruht. Gerade eben. Und jetzt will ich mit dir spielen! Komm schon!«

Ächz. Ich hätte ins Büro gehen sollen. Dort wäre es vermutlich ruhiger gewesen.

»Max, mir geht es echt noch nicht so gut. Kannst du nicht ein bisschen mit Oma spielen?«

Kopfschütteln seinerseits.

»Nee, mit Oma spiele ich immer. Ich will auch mal mit dir spielen. Nie hast du Zeit.«

Ein Satz wie ein Vorschlaghammer. Ich winde mich aus meiner Bettdecke und setze mich auf.

»Okay, du hast Recht. Was willst du denn spielen?«

Da muss Max natürlich nicht lange überlegen.

»Fußball! Draußen ist ganz tolles Wetter«, ruft er begeistert. Großartig. Schnelle Bewegungen im gleißenden Sonnenlicht sind jetzt bestimmt genau das Richtige für mich.

»Gut, machen wir. Zieh du dich doch schon mal um, ich mache mich auch fertig und komme dann zu dir runter.«

Ich schleppe mich ins Bad. Als ich in den Spiegel schaue, erschrecke ich fast vor mir selbst: Mein Gesicht ist immer noch verquollen, und meine Augen haben gewisse Ähnlichkeit mit denen von Miss Piggy. Allerdings nicht so blau, sondern vielmehr im Sinne von solchen Schweinsäuglein. Wo ist noch mal die Tablettenschachtel geblieben, die mir Lukas in die Hand gedrückt hat? Ich wanke wieder zurück zum Bett und krame in meiner Handtasche, die ich am Fußende geparkt habe. In der Schachtel sind in dem Fach für morgens zwei weiße Tabletten. Was war das noch mal? Egal. Viel schlimmer als jetzt kann ich mich kaum fühlen. Ich schlucke die beiden Tabletten mit etwas Mineralwasser aus der Flasche, die auf dem Nachttisch steht. Jetzt noch eine Dusche, dann wird es vielleicht gehen.

Zehn Minuten später habe ich es in Jeans und T-Shirt gekleidet immerhin schon in die Küche geschafft, wo mir die fürsorglichste Schwiegermutter von allen bereits einen Pfefferminztee zubereitet hat.

»Das ist aber lieb von dir, dass du mit dem Jungen jetzt eine Runde Fußball spielst. Er freut sich schon so«, lobt sie mich.

Ich hebe hilflos die Hände.

»Was soll ich sagen – ganz freiwillig ist es nicht. Meine Kopfschmerzen sind immer noch heftig, wenn ich auch nur an Bewegung denke, wird mir übel. Aber vielleicht geschieht ja ein Wunder, und es wird gar nicht so schlimm.«

Ich wanke nach draußen – und siehe da: Das Wunder geschieht. Und zwar in Form von Tiziano, der am Gartenzaun auftaucht.

»Hallo Max, hallo Nikola«, ruft er uns freundlich zu. »Ihr spielt Fußball? Was für eine tolle Idee, ich mache mit!«

Tiziano ist begeisterter Kicker und hat in unserem Garten schon viele Spiele mit Max bestritten. Weil er ihn außerdem schon mit dem Trikot der italienischen Nationalmannschaft versorgt hat, ist er bei Max ein über jeden Zweifel erhabener Held.

»Ciao, Tiziano!«, wird er von Max begeistert begrüßt. »Mama ist krank, deswegen hat sie heute Zeit, mit mir zu spielen!«

Tiziano mustert mich neugierig.

»Stimmt, deine Mama sieht angeschlagen aus. Vielleicht sollte sie sich dann lieber ausruhen, und du spielst mit mir?«

Max überlegt. Aber nur kurz.

»Na gut. Du spielst sowieso viel besser als Mama.«

Unter normalen Umständen wäre ich nun beleidigt, aber jetzt bin ich Tiziano so dankbar, dass ich ihn küssen könnte. Lasse ich aber. Stattdessen setze ich mich ermattet auf die Bank neben unserem Haus und gucke den beiden beim Kicken zu. Schön sieht das aus. Tiziano hat wirklich ein Händchen für Kinder und wird bestimmt mal ein guter Vater. Oder zumindest ein lustiger. Dass die Hausaufgaben bei seinen zukünftigen Bambini immer kontrolliert wären, dafür würde ich meine Hand allerdings nicht ins Feuer legen – aber viel Spaß hätten alle bestimmt.

Bei diesem Gedanken gesellt sich zu meinen Kopfschmerzen nun auch noch Wehmut. Was würde ich dafür geben, hätte ich Christoph einmal mit Max Fußball spielen sehen können! Als er starb, war Max erst ein Jahr alt und konnte noch nicht laufen. Trotzdem hatte ihm Christoph im HSV-Fanshop in der Innenstadt schon ein Trikot besorgt. In einer winzigen Größe. Bei dem Gedanken daran wird mir ganz … anders. Himmel, was ist heute bloß los mit mir? So einen Durchhänger hatte ich schon ganz lange nicht mehr. Das muss an den Trüffeln liegen, ganz bestimmt. Und vielleicht auch ein bisschen daran, dass dieser Blödmann von Simon heute Nacht wie eine beleidigte Leberwurst abgehauen ist, anstatt weiter an meinem Krankenbett Händchen zu halten.

»Hey, Nikola! Was ist los?« Tiziano steht direkt vor mir, den Fußball unter den Arm geklemmt. »Jetzt siehst du so elend aus, dass ich mir Sorgen um dich mache!«

Ich schüttle den Kopf.

»Das wird schon wieder. Ich habe gestern Abend nur etwas Falsches gegessen. Morgen bin ich bestimmt wieder fit. Aber wenn es für dich okay ist, würde ich mich wieder hinlegen. Meinst du, du kannst noch eine Weile mit Max spielen?«

Tiziano nickt.

»*Certo*! Sehr gern!«

Ich stehe von der Bank auf und will gerade ins Haus gehen, als mir eine Frage einfällt.

»Sag mal, wolltest du eigentlich irgendetwas Bestimmtes? Oder bist du einfach so mal rübergekommen?«

»Ja, also – ich komme gewissermaßen im Auftrag meiner Mutter. Sie würde gern mal mit dir einkaufen gehen.«

»Ach ja? Klar. Warum nicht. Samstags fahre ich immer zum Famila nach Geesthacht, da kann ich sie gern mal mitnehmen. Oder auch zu Edeka oder Sky, je nachdem, was sie so braucht.«

Tiziano schüttelt den Kopf. »Nein, nicht die Sorte Einkauf.«

»Nicht? Also lieber Wochenmarkt? Ist zwar nicht so mein Ding, aber meinetwegen auch das.« Klar, für Besuch aus dem Ausland ist ein deutscher Wochenmarkt natürlich spannender als ein stinknormaler Supermarkt.

»Äh, nein. Auch kein Einkauf auf dem Wochenmarkt.«
Ich schaue ihn ratlos an.

»Auch nicht? Aber was bleibt denn da noch?«

Tiziano räuspert sich. Irgendetwas scheint ihm sehr unangenehm zu sein.

»Ähm … meine Mutter würde gern mit dir nach einem Brautkleid suchen. Sie möchte es dir schenken.«

Halleluja! Worauf habe ich mich da bloß eingelassen?

Als ich nach meinem Nickerchen wieder aufwache, fühle ich mich schon wesentlich besser. Müde bin ich allerdings immer noch – wenn mich Gisela nicht geweckt hätte, hätte ich bestimmt noch eine ganze Weile weitergeschlafen.

»Was gibt es denn?«, will ich von ihr wissen.

»Aysun ist am Telefon, sie sagt, es sei dringend! Sehr, sehr dringend!«

Erst jetzt bemerke ich, dass Gisela einen Hörer in der Hand hält. Unglaublich, Alexander fehlt tagelang, aber kaum bin ich mal ein paar Stunden krank, bricht der Laden offenbar zusammen.

»Dann gib schon her«, knurre ich unwillig, obwohl die

arme Gisela natürlich gar nichts dafür kann, dass Aysun am Telefon ist.

»Hallo, Nikola, gut, dass ich dich erreiche. Florentine hat mir schon erzählt, dass du krank bist, aber wir wissen jetzt beide auch nicht mehr weiter und …«

Ups! Wenn Aysun nicht mehr weiterweiß, dann ist die Lage ernst.

»Was ist denn passiert?«, will ich wissen.

»Ulf ist hier eben aufgekreuzt und hat sich aufgeführt wie ein Verrückter. Ich habe schon überlegt, die Polizei zu rufen.«

»O nein – was hat er denn gemacht? Die Eingangstür mit einer Axt traktiert?«

Aysun kichert. »So nun auch wieder nicht. Aber er hatte den sprichwörtlichen Schaum vorm Mund. Hat mich angeblökt, was uns einfiele, hinter seiner Lebensgefährtin herzuspionieren. Dass sich Florentine endlich einen richtigen Job suchen solle, anstatt bei uns den Mitleids-Euro abzustauben.«

»*Mitleids-Euro?*« Da habe ich mich wohl verhört!

»Mitleids-Euro. Genauso hat er das gesagt. Er meinte, es sei doch völlig klar, dass wir Florentine nur aus Mitleid und zum Schein angestellt hätten, damit sie vor Gericht behaupten könne, dass sie arbeiten würde.«

»Das ist ja einfach unglaublich! Was für ein Kotzbrocken! Seine Frau mit den kleinen Kindern sitzen lassen und dann nicht mal zahlen wollen. Ich hoffe, Florentine hat das nicht zu sehr zugesetzt.«

»Die hat sich auf der Toilette eingeschlossen, als sie mitbekommen hat, dass Ulf auf der Matte steht. Sie ist jetzt ein bisschen blass um die Nase, aber es geht schon. Wäre aber trotzdem gut, wenn du heute noch ins Büro kommst. Wir brauchen dringend einen Schlachtplan, wie wir den ollen Rothenberger richtig in die Schranken weisen.«

Ich seufze und überlege kurz.

»Tut mir leid, Aysun. Heute schaffe ich es auf gar keinen Fall. Ich hoffe, ich bin morgen wieder fit. Aber ich werde versuchen, Alexander zu erreichen. Der muss jetzt mal ran, und dann seid ihr wenigstens nicht allein auf weiter Flur.«

»Hm.« Selbst durchs Telefon kriege ich mit, wie wenig begeistert Aysun von der Idee ist.

»Komm schon, Aysun – ich bin wirklich selten krank. Aber ich kann kaum aus den Augen gucken und habe immer noch höllische Kopfschmerzen. Von mir aus stell den Anrufbeantworter an und geh auch nach Hause, dann kann heute nichts mehr passieren.«

»Nein, nein, so habe ich das nicht gemeint«, rudert Aysun zurück. »Ich halte hier schon die Stellung, keine Sorge. Und außerdem ist mein Schreibtisch voll, ich muss noch zwei Schriftsätze von dir abtippen und mich dringend um einen Kostenfestsetzungsbeschluss kümmern. Feierabend zur Mittagsstunde ist also gar keine Alternative. Ich wollte nur sagen, dass Anwaltskanzlei ohne Anwalt irgendwie komisch ist.«

Trotz meiner Kopfschmerzen muss ich lachen.

»Ja, da hast du natürlich Recht. Ich kümmere mich darum.«

Als wir aufgelegt haben, überlege ich, ob ich nicht besser noch ein Nickerchen mache, bevor ich versuche, Alexander aufzutreiben. Womöglich wird das eine kraftraubende Suche, die mir leichter fällt, wenn hinter meiner Stirn kein Presslufthammer mehr wummert. Ach nein, vielleicht ist es auch umgekehrt: Mein Tag ist sowieso schon so blöd, was sollte mich da noch umhauen?

Tatsächlich erreiche ich Alexander sofort auf seinem Handy. Das ist mittlerweile wie ein Sechser im Lotto, denn in den letzten Tagen hatte sich nach dem Klingeln immer nur seine Mailbox eingeschaltet, auf die ich auch schon zwei Nachrichten gesprochen habe.

»Mensch, wo steckst du denn? Ich habe schon ein paar Mal angerufen, aber nie erwische ich dich!«, beschimpfe ich meinen Sozietätspartner zur Begrüßung ein bisschen. Der soll ruhig gleich ein schlechtes Gewissen haben!

»Hallo Nikola!« Alexander klingt seltsam. Irgendwie … kühl – oder eher gequält? »Ich weiß, dass du's versucht hast. Ich habe deine Nummer gesehen. Ich hatte aber keine Lust ranzugehen.«

Wie bitte? Ein schlechtes Gewissen klingt anders. Langsam dämmert mir, dass der Tag doch noch blöder werden könnte.

»Du hattest keine Lust, mit mir zu sprechen? Warum?«, hake ich nach.

»Weil ich dir etwas sagen muss. Und ich weiß einfach nicht, wie.«

»Na, am besten auf Deutsch!«

Schweigen am anderen Ende der Leitung.

»Alexander? Was ist los? Jetzt rede endlich mit mir! Sag, was Sache ist!«

»Ich habe wirklich lange darüber nachgedacht, Nikola. Ich glaube, es ist das Beste, wenn ich aus unserer Kanzlei aussteige.

ZEHN

Ich sehe Alex sofort, als ich ins *September* komme. Er sitzt an einem der vorderen Tische, gewissermaßen unserem Stammplatz. Das *September* ist wirklich nur einen Katzensprung von unserer Kanzlei und den Gerichten in der Innenstadt entfernt. Hier haben wir gemeinsam schon grandiose Siege gefeiert und bittere Niederlagen beweint. Was werden wir heute tun? Feiern oder weinen? Ich tippe auf Letzteres, nach Alexanders Ankündigung bleibt wohl kaum eine andere Möglichkeit.

Alexander sieht blass, aber entschlossen aus. So, als habe er heute Nacht kaum ein Auge zugetan und sei dann aber trotzdem sehr pünktlich aufgestanden. Aber warum soll es ihm auch besser gehen als mir? Ich bin ziemlich nervös und habe heute Nacht sehr schlecht geschlafen.

Jetzt sieht er mich und winkt mir zu.

»Hallo, Nikola!« Er steht auf und drückt mich zur Begrüßung kurz. Ich setze mich neben ihn.

»Na, was willst du trinken?«

»Weiß nicht genau. Was brauche ich denn? Reicht ein starker Kaffee, oder sollte ich mir lieber einen doppelten Cognac bestellen?«, will ich von ihm wissen.

Er muss grinsen.

»Hm. Vielleicht eher einen Schampus? Weil du mich bald los bist?«

Ich schüttle verständnislos den Kopf.

»Nein, das ist für mich nicht gerade ein Grund zum Feiern.«

Alex' Gesichtsausdruck wird ernster.

»Da hast du Recht. Für mich auch nicht. Ich wollte nur betont locker sein.«

Ich mustere ihn eindringlich.

»Aber warum willst du denn aussteigen? Das verstehe ich nicht. Wir sind doch ein richtig gutes Team! Die Kanzlei ist klein, aber fein, wir können gut davon leben, verstehen uns super – was ist denn bloß los? Habe ich irgendetwas gemacht? Oder gesagt? Oder, oder …«

Alex schüttelt den Kopf.

»Nein. Es liegt nicht an dir.«

Ich lache laut los.

»Ich bitte dich! Es liegt nicht an mir? Das kann doch gar nicht sein. Wir sind schließlich nur zu zweit. Na gut, mit Aysun und Florentine zu viert. Aber mit den beiden hat es doch bestimmt nichts zu tun.«

Dazu sagt Alexander erst mal nichts, sondern nippt an dem Kaffee, der vor ihm steht. Dann holt er tief Luft.

»Ich habe ein sehr gutes Angebot aus Berlin und würde es gern annehmen. Mittelständische Kanzlei, zehn Partner, spezialisiert auf Baurecht. Eine tolle Chance. Und Berlin ist doch reizvoll.«

»Berlin?«, echoe ich. »Was willst du denn da? Ich dachte, wenn es einen Urhamburger gibt, dann bist du es! Du sagst doch immer, du lebst in der schönsten Stadt der Welt. Und das stimmt auch. Jedenfalls wenn die Sonne scheint. Und du einen Hamburger fragst.«

Alex zuckt mit den Schultern.

»Man kann seine Meinung ja mal ändern. Und außerdem: Ich bin jetzt vierzig Jahre alt. Wenn ich jetzt nichts ändere, dann passiert nicht mehr viel in meinem Leben.«

»Hä? Das ist doch totaler Unsinn. Erstens ist vierzig absolut jung. Und zweitens: Solange der Sargdeckel nicht zugeht, kann man immer noch alles Mögliche ändern. Kriegst du jetzt die Midlife-Crisis?«

»Nein. Ich will mich nur verändern.«

Ich merke, wie ich langsam sauer werde.

»Das ist großartig. Und was wird aus unserer Kanzlei? Was wird aus mir? Hast du darüber mal nachgedacht? Du willst mich einfach so allein und im Stich lassen?«

»Wieso *allein und im Stich lassen*? Du hast doch Simon. Der wird sich schon um dich kümmern. Ist bestimmt auch ein besserer Anwalt als ich. Kannst ihn doch fragen, ob er mein Büro übernehmen will.«

Aha! Daher weht der Wind!

»Sag mal, du willst jetzt aber nicht nach Berlin gehen, weil du genervt bist, dass ich auch mal mit Simon zusammenarbeite? Ich meine, er ist Strafrechtler, ich nicht – ist doch klar, dass ich ihn frage, wenn es um ein Strafverfahren geht. Wenn ich mich recht entsinne, war es sogar deine Idee, dass er mit mir die Verteidigung von Sergio und Tiziano übernimmt.«

Alex sagt nichts, sondern seufzt nur.

»Alexander! Irgendwas an der Geschichte stimmt doch nicht. Berlin, Baurecht, neue Chance. Und dann drehst du mir noch Simon als neuen Partner an? Mal ehrlich: Was ist los mit dir?«

Immer noch Schweigen. Ich schüttle den Kopf.

»Nee, mein Lieber, so kommst du mir nicht davon. Du bist mein ältester Freund, und ich will jetzt die Wahrheit hören.«

Alexander holt tief Luft.

»Nikola, ich liebe dich. Nicht erst seit gestern. Sondern schon immer. Als Christoph und ich dich in unserer ersten gemeinsamen Vorlesung kennenlernten, habe ich mich sofort in dich verknallt. Aber du warst ja ganz schnell mit meinem besten Kumpel zusammen. Meinem Bruder gewissermaßen. Also habe ich mir die Sache aus dem Kopf geschlagen. Mit dir befreundet zu sein, war auch sehr schön.«

Ich starre ihn an.

»Aber, aber ...«

Er legt mir seinen Zeigefinger auf die Lippen.

»Schsch... Du hast gefragt. Jetzt musst du mir auch zuhören. Also, ich habe unsere Freundschaft genossen und hatte meinen Frieden damit gemacht. Auch als Christoph starb und wir uns gegenseitig getröstet haben, wäre ich nie auf die Idee gekommen, dass aus uns jetzt ein Paar werden könnte. Du warst schließlich die Witwe meines besten Freundes.« Alex' Stimme wird ganz rau, aber er redet weiter. »Es war alles gut, wie es war. Aber dann ...«, er holt noch einmal tief Luft, »tauchte plötzlich Simon auf. Versteh mich nicht falsch – ich mag Simon gern. Er ist ein guter Typ. Und als Anwalt scheint er auch brauchbar zu sein. Unter normalen Umständen würde ich bestimmt gern abends ein Bierchen mit ihm zischen gehen.«

Jetzt melde ich mich doch mal wieder zu Wort.

»Aber jetzt sind keine *normalen Umstände*?«

Alex nickt.

»Richtig. Sind es nicht. Denn als ich gemerkt habe, dass du für Simon mehr empfindest als nur kollegiale Freundschaft, da ... da hat es mich regelrecht umgehauen. Ich kann es nicht anders erklären – es war ein Schock.«

»Warum hast du denn nie etwas gesagt?«

»Weil ... na, weil du für mich irgendwie tabu warst. Es war immer klar, dass du unantastbar bist. Unerreichbar. Eine Madonna ... irgendwie.«

Madonna! Es ist zwar unpassend, aber jetzt muss ich grinsen.

»Und dann verliebt sich die Madonna auf einmal?«

»Richtig. Aber leider nicht in mich. Das tat verdammt weh. Und da wurde mir klar, dass sich in meinem Leben etwas ändern muss. Dass ICH in meinem Leben etwas ändern muss, wenn ich in absehbarer Zeit auch mal wieder glücklich sein will. Liebeskummer ist nämlich ein echtes Scheißgefühl.«

»Und das kannst du nicht ändern, solange du in meiner Nähe bist?«

Er schüttelt den Kopf.

»Nein. Das kann ich leider nicht. Ich habe es schon versucht. Aber wenn ich dich weiterhin so oft sehe, dann schaffe ich das einfach nicht. Es tut mir leid.«

Einen Moment sagen wir beide nichts. Ich nehme seine Hand und drücke sie ganz fest.

Und dann zieht mich Alexander ganz eng an sich heran und küsst mich.

»Aysun, ich hatte wirklich keine Ahnung.«

Ich bin vom *September* gleich in die Kanzlei gewankt, und Gott sei Dank ist Aysun heute schon früher gekommen. Nach Alexanders spontaner Liebeserklärung habe ich nämlich immer noch Beine wie Wackelpudding und bin froh, auf eine mitfühlende Seele zu treffen, die mir einen Kamillentee kocht.

Die mitfühlende Seele ist allerdings streng mit mir.

»Also, wenn dich das jetzt überrascht hat, bist zu ziemlich naiv, liebste Chefin«, schimpft Aysun, während sie mir in der Küche den Pott mit Tee vor die Nase stellt und sich dann an den Tisch neben mich setzt. »Das konnte doch ein Blinder mit 'nem Krückstock sehen, dass Alexander in dich verliebt ist.«

»Quatsch. Ich kenne Alexander gefühlte tausend Jahre, und für mich war er eindeutig ein Kumpel. Wenn ich geahnt hätte, dass er so verliebt in mich ist, dann …« Ich überlege kurz. Ja, dann was eigentlich? Hätten Christoph und ich keine Kanzlei mit ihm gegründet? Vielleicht nicht. Aber das ist, wenn schon nicht tausend, so doch ungefähr fünfhundert Jahre her. Hätte ich die Kanzlei aufgelöst, wenn ich es später von selbst gemerkt hätte? Unwahrscheinlich. Ich hätte vermutlich versucht, es zu ignorieren, und weiter mit ihm gearbeitet. Schließlich lief unsere Zusammenarbeit immer wunderbar. Ich kann mir gar nicht vorstellen, wie das in Zukunft ohne ihn funktionieren soll.

Aysun kann das anscheinend auch nicht, denn nun stützt sie ihren Kopf auf die Hände und pustet Luft durch ihre aufeinandergepressten Lippen, was ziemlich trübsinnig klingt und aussieht.

»Eines ist klar: Wenn Alexander wirklich geht, brauchen wir einen neuen Partner. Die letzten Wochen in dieser Kanzlei mit nur einem bis einem halben Anwalt waren schrecklich. Dann geht das hier alles über den Deister.«

Ich ahne, dass sie Recht hat, trotzdem bemühe ich mich, ein bisschen Optimismus zu versprühen.

»Ach, komm schon, Aysun, die paar Jahre, bis du selbst Anwältin bist und hier einsteigen kannst, die kriegen wir doch locker ohne neuen Partner rum.«

»Ha, ha, sehr lustig! Und vielleicht fängt Florentine auch noch an zu studieren, und dann können wir gleich drei Namen auf den Briefkopf drucken … Nein, im Ernst«, erwidert Aysun, »wie willst du das denn alles alleine schaffen? Du bist natürlich Superwoman, aber auch die hat es ohne Superman im Kampf gegen die Bösen dieser Welt schwer.«

Ich seufze.

»Okay, du meinst, ein anderer Superheld muss her?«

»Auf alle Fälle. Frage doch wirklich mal Simon. Die Idee finde ich überhaupt nicht schlecht.«

Ich zögere.

»Hm. Weiß nicht.«

»Wieso? Bei eurem ersten gemeinsamen Fall wart ihr doch schon erfolgreich.«

»Das schon. Aber seitdem haben wir nicht nur beruflich etwas zusammen gemacht.«

Aysun grinst.

»Klar, ist mir nicht verborgen geblieben. Na und? Mit Christoph warst du sogar verheiratet, und trotzdem wart ihr gute Partner.«

Ich schüttle heftig den Kopf.

»Nein, das kannst du nicht vergleichen. Mit Christoph war es ganz anders.«

»Echt?«, fragt Aysun erstaunt. »Warum?«

»Na, weil das eben mein Mann war. Wir waren ein richtiges Paar. Es war klar, dass uns nichts trennen kann.« Ich halte kurz inne und denke an die Nacht im Krankenhaus. »Bei Simon bin ich mir da nicht so sicher.«

»Auweia, das lass mal nicht Simon hören. Klingt ja so, als könnte niemand jemals an Christoph heranreichen.«

»Findest du? So war das gar nicht gemeint.«

Aysun zuckt mit den Schultern.

»Also als alte Küchenpsychologin würde ich sagen: Vielleicht weißt du selbst gar nicht, dass du das so meinst. Aber wenn das bei Simon so ankommt wie bei mir, dann kränkt ihn das bestimmt.«

Ich überlege. Vielleicht hat Aysun Recht? Vielleicht bin ich meinem eigenen Glück gegenüber zu misstrauisch und sollte doch mit Simon über die Kanzlei sprechen?

»Okay, ich werde mal eine Nacht drüber schlafen. Falls Alex wirklich ernst macht und sich nach Berlin absetzt, ist Simon möglicherweise doch eine gute Idee.«

Aysun nickt begeistert.

»Genau! Und das Beste ist: Ich hätte auch schon den passenden Mandanten. Ein Kommilitone von mir hat bösen Ärger mit dem Staatsanwalt. Da käme ein guter Strafverteidiger gerade recht.«

Ich muss lachen.

»Ach, so uneigennützig war dein Rat?«

»Klar, du kennst mich doch. Jedenfalls haben die meinen Bekannten echt am Wickel, und ich habe ihm versprochen, mich mal ein bisschen umzuhorchen. Da ist nächsten Freitag schon Verhandlung, und er hat noch keinen Anwalt. Wollte sich erst selbst verteidigen. Davon habe ich ihm dann mal ganz dringend abgeraten.«

»Was hat er denn verbrochen?«, will ich wissen.

»Angeblich hat er eine Scheinehe geschlossen. Und zwar gegen Bezahlung.«

»Und deswegen gibt es richtig Ärger? Kann ich mir gar nicht vorstellen.«

»O doch! Er war zur Vernehmung bei der Ausländerbehörde, und die haben ihm schon gesagt, dass das sogar mit

Freiheitsstrafe geahndet werden kann. Und dass er vielleicht niemals als Referendar oder Rechtsanwalt zugelassen wird, wenn es zu einer Verurteilung kommt.«

Na gut. Da ist die Justizverwaltung manchmal ein bisschen eigen. Wer schon im Jurastudium Bockmist baut und straffällig wird, hat unter Umständen tatsächlich Schwierigkeiten, als Referendar bei Gericht angenommen zu werden. Ohne Referendariat aber kein zweites Staatsexamen und ohne zweites Staatsexamen keine Rechtsanwaltskarriere. Eine als Richter oder Staatsanwalt natürlich auch nicht.

»Gut, ich sehe ein – dem Mann muss geholfen werden, und er braucht dringend einen Strafverteidiger. Ob *wir* auch einen in der Kanzlei brauchen, überlege ich noch. Apropos überlegen – ich muss mir anscheinend auch dringend etwas für die Scheidung von Florentine einfallen lassen. Kannst du mir bitte die Akte ins Büro bringen?«

Aysun salutiert dramatisch.

»Aye aye, Chefin! Wird sofort erledigt.«

Na also! Wer sagt es denn? Vielleicht brauche ich auch gar keinen Partner mehr. Alleinherrschaft hat auch viel Schönes!

ELF

Das Einzige, was meine tolle Idee davon abhält, eine sensationelle Idee zu sein, ist die Tatsache, dass ich für ihre Umsetzung Simon brauche. Ansonsten ist sie perfekt – mit anderen Worten: Ich habe mir einen Spitzenplan ausgedacht, wie wir doch noch an Unterhalt für Florentine kommen. Dieser Plan beinhaltet allerdings Simons Unterstützung. Und bei dem Gedanken, ihn um Hilfe zu bitten, bin ich momentan nicht so fröhlich, wie ich es normalerweise wäre, wenn es um ihn geht. Seit der Nacht im Krankenhaus – also immerhin nun schon geschlagene vierzig Stunden – habe ich nichts mehr von ihm gehört. Ob er von Außerirdischen entführt worden ist? Wahrscheinlich. Das würde natürlich auch seine doofe Reaktion im Krankenhaus erklären: Das war gar nicht mehr Simon, sondern ein Alien, der Simons Körper gekidnappt hatte. Ja, so wird es sein. Und wenn ich gleich in Simons Büro komme, werde ich Zeuge davon werden, wie der Alien in Simons Körper gerade statt eines doppelten Espressos einen halben Liter Diesel trinkt.

»Nikola?« Simons Stimme reißt mich aus meinen Gedanken. Sie klingt vertraut und gar nicht nach Diesel.

»Äh, hallo, Simon!«

»Wolltest du zu mir?«

»Warum?« Okay, meine Gegenfrage ist blöd, denn ich stehe direkt vor dem Eingang zu seiner Kanzlei, und andere

Türen gehen von diesem Teil des Flurs gar nicht ab. Aber das weiß der Alien vielleicht nicht, sondern denkt, ich könne durch Wände gehen.

»Na, du stehst seit drei Minuten vor meiner Bürotür und guckst so verträumt. Hatte schon überlegt, ob ich dich wecken muss.«

Nein, eindeutig kein Alien. So frech ist nur der Original-Simon! Von Zerknirschung oder Reue keine Spur, stattdessen Spott. Na warte!

»Okay, du hast Recht. Ich wollte zu dir. Und zwar mit dem eindeutigen Ziel, dir die Ohren langzuziehen.«

Simon guckt überrascht.

»Bitte was? Ich dachte, ich sei dein liebster Lieblingskollege.«

»Falsch. Du *warst* mein liebster Lieblingskollege. Jetzt bist du einfach der Idiot, der seine schwerkranke Herzallerliebste schnöde im Krankenhaus zurückgelassen hat.«

»O nein!« Simon schlägt die Hände vors Gesicht und mimt den Bestürzten.

»O doch«, stelle ich trocken fest.

»Was kann ich tun, damit du mir verzeihst?«, fragt Simon mit gespielter Verzweiflung.

Ich muss mir Mühe geben, nicht zu kichern – schließlich habe ich tatsächlich allen Grund, sauer zu sein! Also hole ich tief Luft.

»Nichts, mein Lieber. Ich fürchte, du hast erst mal verspielt bei mir.«

Simon schüttelt den Kopf.

»Moment, Nikola! Bleib mal hier stehen!«

Und ehe ich noch etwas erwidern kann, ist er auch schon auf und davon. Also, falls das nun ein Alien war, hat er sich jedenfalls gut getarnt. Er klingt wirklich wie der Simon, den ich im Grunde meines Herzens so klasse finde. Selbst wenn er mich im Krankenhaus sitzen beziehungsweise liegen lässt.

»Tataaaa!« Keine zehn Sekunden später steht er wieder vor mir. Jedenfalls vermute ich das. Wirklich wissen kann ich es nicht, denn da, wo sich vorhin noch Simons Kopf befand, sehe ich nun einen riesigen Strauß roter Rosen, aus dem unten die Hosenbeine von Simons Anzug herausragen.

»Hey, was ist das?«, rufe ich. »Oder genauer: WER ist das?«

»Ein sprechender Rosenstrauß. Ich komme im Auftrag von einem gewissen Simon Rupprecht, um Abbitte für seine schweren Verfehlungen zu leisten.«

Jetzt muss ich tatsächlich kichern.

»Simon Rupprecht?« Ich tue so, als müsste ich überlegen. »Vielleicht Dr. Simon Rupprecht?«

Der Rosenstrauß wackelt. Wahrscheinlich soll das ein Nicken sein.

»Na gut. Dazu habe ich nur zwei Fragen. Erstens: Wie kam es zu der Verfehlung?«

Der Rosenstrauß wackelt wieder.

»Ich nehme an, es war der Schock der Erkenntnis.«

»Der Schock der Erkenntnis?«, frage ich nach.

»Na ja, der Erkenntnis, dass es im Leben von Frau Petersen einen Mann VOR dem unvergleichlichen Dr. Rupprecht gab.« Der Rosenstrauß klingt sehr betrübt.

»Aha.«

»Aber etwas anderes war bei einer so tollen Frau natürlich auch nicht zu erwarten. Insofern war das Verhalten von Dr. Rupprecht kindisch und peinlich.«

Ich nicke großmütig.

»Na gut. Ist entschuldigt. Aber nun kommt die zweite Frage.«

»Nämlich?«

»Woher kommt dieser gigantische Rosenstrauß? Den hast du doch bestimmt irgendwo geklaut oder von einem deiner zwielichtigen Mandanten als Hehlerware erhalten.«

»Pah!« Der Rosenstrauß ist empört und verwandelt sich in Simon Rupprecht zurück, der den Strauß nun sinken lässt. »Hehlerware? Du spinnst wohl! Den Strauß habe ich gestern extra für dich gekauft.«

»Wirklich?«

»Natürlich! Mir war klar, dass meine Aktion im Krankenhaus bescheuert war, und ich wollte mich entschuldigen. Aber nicht per SMS oder Anruf oder so. Nein, *lass Blumen sprechen*, dachte ich mir. Und bin sofort zum Blumenladen gegenüber von der Musikhalle gerannt. Leider warst du gestern nicht da, sonst hätte ich sie dir da schon gebracht.«

»Oh, das ist aber süß von dir!« Ein warmes Glücksgefühl durchströmt mich, und ich ärgere mich fast ein bisschen über mich selbst, dass ich dieser kleinen Geschichte so viel Bedeutung beigemessen habe. Simon ist eben doch der Beste.

Nun überreicht er mir mit großer Geste den Strauß, und ich belohne das mit einem spontanen Kuss, was gar nicht so leicht ist, weil der Strauß zwischen uns so groß ist, dass ich kaum an Simons Lippen herankomme. Ich muss mich also auf die Zehenspitzen stellen, dann klappt es.

»Aber sag mal«, will Simon schließlich wissen, »du warst doch auf dem Weg zu mir, oder? Was wolltest du denn? Mich ein bisschen beschimpfen oder die Friedenspfeife rauchen?«

Ich schüttle den Kopf.

»Eigentlich weder noch. Ich war mal wieder auf der Suche nach deinem exquisiten juristischen Rat.«

Simon grinst.

»Verstehe. So groß kann der Groll gar nicht sein, dass man auf einen Experten wie mich verzichten möchte.«

»Gewissermaßen. Und nicht nur deine Expertise ist für mich unersetzlich – ich brauche auch deine Qualitäten als Arbeitgeber.«

Jetzt stutzt Simon. Kein Wunder. Seine Kanzlei ist im Grunde genommen eine One-Man-Show. Ach was – streichen wir *im Grunde genommen*. Sie *ist* eine One-Man-Show. Nur Simon und Herr Dr. Rupprecht. Bis vor Kurzem hat er noch die Dienste eines Büroservice in Anspruch genommen, sodass sich eine sehr nach Vorzimmer klingende Dame am Telefon meldete, wenn Simon unterwegs war. Mittlerweile erledigen wir das für ihn, sprich Aysun oder Florentine. Simon stellt dann sein Telefon auf die beiden um, und der geneigte Mandant bekommt gar nicht mit, dass er bei Petersen und Kollegen gelandet ist. Das klappt wunderbar und ist eine Win-win-Situation: Simon hat endlich eine gute Bürolösung, und wir bekommen eine Kostenbeteiligung an den Gehältern von Aysun und Florentine. Je mehr ich darüber nachdenke: Vielleicht hat Alexander doch Recht und es wäre sinnvoll, Simon nun richtig als Partner aufzunehmen. Bestimmt würde sich gar nicht so viel ändern. Ich beschließe, mit Simon darüber zu sprechen, wenn sich Alexander endgültig entschieden hat. Noch bleibt mir ein Fünkchen Hoffnung, dass er es sich wieder anders überlegt.

»Als Arbeitgeber?«, hakt Simon nach. »Das musst du mir mal näher erläutern. Seit ich aus meiner monströsen Riesenkanzlei ausgeschieden bin, habe ich nicht mal mehr eine

Sekretärin. Also, ob du da mit mir den richtigen Ansprechpartner in Sachen Arbeitsrecht oder was auch immer du mit deiner Bemerkung meinst, erwischt hast, wage ich zu bezweifeln.«

Ich schüttle den Kopf.

»Nein, es geht mir nicht um Arbeitsrecht. Ich meinte es genau so, wie ich es gesagt habe: Ich brauche dich als Arbeitgeber. Guck mal«, ich bücke mich und ziehe ein Blatt Papier aus der Aktenmappe, die ich mitgebracht habe.

»Es geht um Florentines Scheidung. Ihr Ehemann wird ganz schön frech, und da kam mir folgende Idee.« Ich drücke Simon das Blatt in die Hand. Es ist der Entwurf eines Schreibens an Ulfis Anwalt.

Sehr geehrter Herr Kollege Dr. Schleitheimer,
ich nehme Bezug auf das Gespräch Ihres Mandanten mit meinem Büro vom gestrigen Tage. Dort machte dieser deutlich, dass er nicht mit einer Teilzeitbeschäftigung meiner Mandantin einverstanden ist. Vielmehr sieht er sie in der Obliegenheit, sich baldmöglichst eine Anstellung in Vollzeit zu suchen.

Dies ist natürlich mitnichten der Fall. Zum einen bestreiten wir, dass das Trennungsjahr der Eheleute Rothenberger bereits abgelaufen ist, und werden hierzu noch weiter vortragen. Zum anderen ist es meiner Mandantin in der jetzigen Situation als alleinerziehende Mutter mit drei Kindern unter sieben Jahren auch rein praktisch überhaupt nicht möglich, in Vollzeit zu arbeiten.

Dies vorangestellt, ist meine Mandantin aber vor allem im Interesse der Kinder an einer gütlichen Einigung interessiert. Um den Streitpunkt des von Ihrem Mandanten für meine

Mandantin zu leistenden Betreuungsunterhalts ausräumen zu können, hat sich meine Mandantin deswegen nun tatsächlich auf eine Vollzeitstelle beworben und eine solche erhalten. Sie kann ab Montag bei der Kanzlei Dr. Simon Rupprecht als Assistentin beginnen und ist auch bereit dies zu tun. Voraussetzung dafür, dass ihr dies überhaupt möglich ist, wäre allerdings eine Neuordnung des gewöhnlichen Aufenthalts der Kinder und der damit verbundenen Betreuungsleistung, und dies nicht nur in den Nachmittagsstunden.

Leider ist es nämlich so, dass just am kommenden Montag die Sommerschließzeit der Kindertagesstätte beginnt. In dieser werden der Sohn Arthur als auch außerhalb der Schulzeit die Zwillinge Charlotte und Henriette betreut.

Die Arbeitsaufnahme meiner Mandantin wird deswegen nur möglich sein, wenn Ihr Mandant ab sofort die Kinderbetreuung übernimmt. Erfreulicherweise lebt dieser ja wieder in einer neuen Partnerschaft und kann eine solche umfassende Betreuung viel leichter sicherstellen, als es dies meiner Mandantin mit einer Vollzeitstelle jemals möglich wäre. Zudem ist es meiner Mandantin ohne den ihr zustehenden Betreuungsunterhalt sowieso nicht möglich, den Kindern weiterhin das gewohnte Umfeld und hier insbesondere die vertraute Familienwohnung zu bieten. Es ist daher also sinnvoller, dass Ihr Mandat nach einem neuen Heim für die Kinder sucht. Dies dürfte ihm bei seinen finanziellen Möglichkeiten ein Leichtes sein.

Auch nach der Schließzeit ist für meine Mandantin deswegen ein Betreuungsmodell denkbar, bei dem der gewöhnliche Aufenthalt der Kinder beim Vater, also Ihrem Mandanten, bleibt und der Mutter ein großzügiges Umgangsrecht eingeräumt wird.

Im Gegenzug wäre meine Mandantin natürlich bereit, Barunterhalt für die Kinder zu leisten. Dieser würde bei einem angenommenen Nettogehalt von eintausendfünfhundert Euro und unter Berücksichtigung des Selbstbehalts 420 Euro entsprechen. Wir sind sehr zuversichtlich, dass es Ihrem Mandanten unter Zuhilfenahme dieses Betrages und bei Verwendung seiner sonstigen Mittel möglich sein wird, eine kinderliebe Haushälterin einzustellen – wenn nicht gar seine neue Lebensgefährtin schon voller Vorfreude ist, diese Aufgabe zu übernehmen.

Wir bitten zeitnah um Mitteilung, wann unsere Mandantin den Umzug der Kinder zu Ihrem Mandanten vornehmen soll. In Betracht kämen hierbei aus unserer Sicht sowohl der kommende Samstag als auch der Sonntag.

In Erwartung Ihrer Antwort verbleibe ich
mit freundlichen kollegialen Grüßen

Simon lässt das Blatt sinken und pfeift anerkennend.

»Nikola, du bist ein Biest! Ich könnte mir vorstellen, dass das seine Zahlungsbereitschaft deutlich erhöht. Es sei denn, er war schon die ganze Zeit scharf darauf, die Kinder zu bekommen.«

Ich schüttle den Kopf.

»Nein. Bestimmt nicht. Er ist ja vor vier Monaten ohne ein Wort abgehauen, hat die Kinder seitdem nicht mehr gesehen und hat außerdem eine ziemlich junge Freundin. Ich glaube kaum, dass er nun mit *Happy Patchwork* starten will.«

»Dann könnte es klappen. Ein gewisses Risiko ist es natürlich – aber wenn es so ist, wie du denkst, wird Ulfi bestimmt darüber nachdenken, ob ihm seine Ruhe nicht den ein oder anderen Tausender wert ist.«

»Ja. Das denke ich auch.«

»Okay. Guter Plan. Ich bin dabei. Gern kann sich Florentine den ganzen Tag um mich kümmern.«

Ich muss kichern.

»Mal sehen, wie lange sie das aushält.«

»Nur eine Sache noch – diese Schließzeit, gibt es die wirklich?«

»Klar. Während der Sommerferien machen die meisten Kitas drei Wochen zu, manche sogar vier.«

Simon schüttelt sich.

»Das ist ja schrecklich. Ich kann mich gar nicht erinnern, ob das im Kindergarten meines Sohnes auch so war. Ist immerhin schon fast zwanzig Jahre her. Was machen denn Leute, die in der Zeit keinen Urlaub nehmen können?«

Ich zucke mit den Schultern.

»Keine Ahnung. Ich habe ja Gott sei Dank Gisela. Sonst stünde ich auch ganz schön doof da. Drei Wochen die Kanzlei dichtzumachen könnte ich mir jedenfalls nicht leisten.«

Genau. Wie gut, dass es Gisela gibt.

ZWÖLF

„Gisela, das ist eine ganz schlechte Idee!«
Ich bin schockiert. *Schlechte Idee* ist die Untertreibung des Jahrhunderts. Genau genommen ist Giselas Ansinnen eine Katastrophe. Gerade hatte ich mich zu Hause auf einen friedlichen, entspannten Feierabend gefreut, an dem ich die Nachwirkungen meiner Allergie auskurieren könnte, da schafft es meine Schwiegermutter, mich binnen drei Sekunden in absolute Alarmbereitschaft zu versetzen.

»Also wirklich, Nikola. Wir reden hier von vierzehn Tagen. Die wird es doch wohl mal ohne mich gehen. Ich meine, stell dir mal vor, der 5er-Bus überfährt mich. Oder ich schneide mich ganz böse mit der Heckenschere und muss ins Krankenhaus. Dann müsst ihr auch ohne mich auskommen.«

»Aber du hast dich nicht mit der Heckenschere geschnitten, und du bist auch nicht unter dem 5er-Bus gelandet. Sondern du willst mit Gorch Feddersen anstelle seiner Mutter auf eine Fjordkreuzfahrt nach Norwegen gehen. Und zwar genau an dem Tag, an dem im Kindergarten die Schließzeit beginnt. Nicht mal Tessa ist da, um einen Moment auf ihren kleinen Bruder aufzupassen!«

Hatte ich Gisela nicht neulich noch in mein Nachtgebet eingeschlossen? Und dem Herrn gedankt, dass es meine Schwiegermutter gibt? Ich glaube, die Passage des Gebets muss ich noch mal überdenken. Wer mich hier so spontan und ohne Vorwarnung sitzen lässt, gehört verflucht, nicht gepriesen!

»Nikola, mit einer akuten Gürtelrose ist nicht zu spaßen! Zum einen tut es höllisch weh, zum anderen kann es gefährliche Komplikationen geben. Es ist also völlig ausgeschlossen, dass die arme Inge Feddersen am Montag an Bord der Queen Mary geht!«

Ich starre Gisela an und hoffe, dass ich dabei möglichst ungerührt aussehe.

»Wenn es seiner Mutter so schlecht geht, sollte Gorch lieber zu Hause in Howe bleiben, als mit dir durch die Weltgeschichte zu gondeln. Die beiden haben doch hoffentlich eine Reiserücktrittsversicherung abgeschlossen. Das ist bei Seniorenreisen eigentlich Standard.«

Gisela schnappt nach Luft.

»Also wirklich! Was willst du denn damit sagen?«

»Dass bei älteren Herrschaften immer etwas passieren kann. Wie man ja jetzt sieht.«

»Es geht gar nicht um die Kosten«, knurrt mich Gisela schmallippig an. »Es geht um eine wundervolle Reise, auf die Gorch sich schon sehr gefreut hat, die er aber allein nicht antreten will. Ich fand es sehr nett, dass er mich gefragt hat.«

Ich rolle mit den Augen.

»Genau. Sehr nett. Gorch und du, Hand in Hand vor dem Geirangerfjord. Wenn dann noch das Frühstück ans Bett serviert wird, ist das fast eine Hochzeitsreise.«

Empörtes Schnauben.

»Na hör mal, wir haben selbstverständlich getrennte Kabinen! Was glaubst du denn?«

Jetzt muss ich kichern.

»Wieso? Ihr seid doch beide Singles. Also der Teil der Geschichte stört mich am allerwenigsten. Ich weiß einfach nicht, was ich in der Zeit mit den Kindern machen soll. Es ist zu kurzfristig, um noch etwas anderes zu organisieren. Hätte ich das vorher gewusst, hatte ich zum Beispiel meine Eltern fragen können, ob sie einhüten würden.«

Das ist zwar glatt gelogen, denn meine Eltern würden niemals eine Woche auf ihre Enkelkinder aufpassen. Sie wohnen in Hannover, unser Verhältnis ist nicht besonders gut. Ihr Großelterndasein hat sich schon immer auf wenige Feiertage im Jahr beschränkt, an denen sie sich um nichts außer den passenden Geschenken kümmern mussten. Und selbst da sind sie nach kurzer Zeit meist sehr ermüdet und fangen an, sich über meine ungezogenen Kinder zu beschweren. Auch wenn die sich für ihre Verhältnisse blendend benommen haben. Alles in allem also keine wirkliche Option, aber vielleicht reicht es, um Gisela ein schlechtes Gewissen zu machen.

Ihrem Gesichtsausdruck nach zu urteilen, reicht es leider nicht. Im Gegenteil, jetzt strahlt mich Gisela geradezu an. Will sie mir vielleicht verkaufen, dass meine Eltern doch eine ganz tolle Ideen wären und wir sie mal besser schnell anrufen? Oder noch schlimmer: Hat sie sie vielleicht schon selbst angerufen und überraschenderweise überzeugen können? Du liebe Güte – das wäre wirklich grauenhaft!

»Gisela«, frage ich daher streng, »du hast doch nicht etwa bei Carola und Hubert angerufen?«

Sie schüttelt den Kopf.

»Nein. Besser, viiiiel besser!«

Schluck! Was hat das zu bedeuten?

»Viel besser? Jetzt wird mir aber angst und bang – was hast du getan? Oder etwa Christian gefragt?«

Christian ist mein »kleiner« Bruder. Er lebt in Berlin,

schlägt sich als DJ durch, und meine Kinder finden ihn supercool. Leider ist er der unzuverlässigste Mensch der Welt, und alles, was man über seine Qualitäten als Babysitter sagen kann, ist, dass er eigentlich selbst noch einen brauchte. Also hoffentlich nicht Christian!

Gisela fängt an zu lachen.

Puh, also Gott sei Dank nicht Christian.

»Nun mach es nicht so spannend, Gisela! Raus mit der Sprache, wen hast du gefragt?«

»Du wirst begeistert sein!«

»Wer ist es?«

»Rate mal!«

»Tut mir leid, für solche Spielchen fehlt mir gerade echt der Sinn. Wen hast du gefragt?«

Gisela holt mit den Armen zu einer Geste aus, mit der Zirkusdirektoren Sensationen wie einen sprechenden Braunbären oder mindestens fünf weiße Tiger anzukündigen pflegen, macht eine kleine Kunstpause und ruft dann:

»Tiziano!«

Wie bitte? Ich muss mich verhört haben. »Ähm, wer?«

Gisela guckt mich erstaunt an.

»Tiziano Felice. Unser netter italienischer Nachbar.«

Okay. Ich habe mich nicht verhört, und Gisela meint das offenbar ernst.

»Du willst mich veralbern. Das kann unmöglich dein Ernst sein.«

»Warum denn nicht? Die Idee ist doch super. Ich habe Tiziano gefragt, und er war ganz begeistert.«

»Tja, aber ICH bin nicht begeistert! Du willst doch deine beiden unschuldigen Enkelkinder nicht diesem Chaoten ausliefern!«

Gisela verschränkt die Arme vor der Brust und guckt mich böse an. Was hatte ich erwartet? Wenn man bei meiner Schwiegermutter erst mal einen Stein im Brett hat, wird man wie ein Löwenjunges verteidigt.

»Was heißt denn hier Chaot? Tiziano ist ein sehr netter junger Mann, der sich ganz reizend um seine Frau Mutter kümmert. Und apropos Frau Mutter: Er hat gleich angeboten, dass seine Mutter mittags für die Kinder kochen könnte. Das passt doch perfekt: Tiziano spielt mit den Kindern, und Signora Felice kümmert sich um das leibliche Wohl. Und ehe ihr euchs verseht, bin ich schon aus Norwegen zurück. Ihr werdet gar nicht merken, dass ich weg war.«

Giselas Wort in Gottes Ohr. Aber tief in meinem Inneren ahne ich, dass diese neue Betreuungsform nicht so reibungslos ablaufen wird, wie mir Gisela das jetzt einreden will. Anders gesagt: Wenn das klappt, fresse ich einen Besen. Ich kann nur hoffen, dass nächste Woche in der Kanzlei nicht viel zu tun sein wird.

»Nikola, wie kommst du auf die Idee, dass ich Ulfi das Sorgerecht für die Kinder geben will? Er hat mich angerufen.«

Gerade habe ich Max ins Bett gebracht und bin fest entschlossen, trotz Giselas Hiobsbotschaft nun doch noch die Aktion »friedlicher Feierabend« einzuläuten, da habe ich eine völlig aufgelöste Florentine an der Strippe. Schätze mal, Dr. Schleitheimer hat mein Fax gelesen und Ulfi informiert. Kein Wunder – der Vorschlag, dass die Kinder am Wochenende bei ihm einziehen sollen, hat bestimmt eingeschlagen wie eine Bombe. Allerdings scheint Florentine meinen Plan nicht verstanden zu haben. Ich hoffe sehr, sie hat sich nicht verplappert.

»Florentine, ich habe es dir doch erklärt, bevor ich das Fax losgeschickt habe.«

»Ja, ich weiß ja. Aber Ulf war gerade so aufgebracht am Telefon, und da bin ich irgendwie unsicher geworden, ob das alles so richtig ist.«

Ich seufze.

»Also, noch mal zum Mitschreiben: Der liebe Ulf denkt, es reicht, wenn er dir demnächst eintausendfünfhundert Euro für die Kinder überweist, sie alle zwei Wochen in den Zoo oder ins Kino ausführt und ansonsten sein Leben mit seiner neuen Freundin genießt. Wir müssen ihm einfach aufzeigen, dass dies mitnichten so ist. Wenn du nämlich die Kinderbetreuung einstellst, wird sein Leben so aussehen: Geschiedener Manager mit drei Kindern, also nach Dienstschluss nix *amore mio*, sondern Händchenhalten bei Krankheiten, Goldgeist forte bei Kopfläusen, Elternabende und Üben für die nächste Klassenarbeit. Und falls Blondie keinen Bock auf Stiefmutter hat, wovon ich ausgehe, on top noch dreitausend Euro zahlen für die zickige Kinderfrau, die jederzeit das Weite suchen kann, wenn sie einen besseren Job gefunden hat. Da kann er sich doch mal schön überlegen, ob ihm sein gemütliches Leben nicht noch mal eintausendfünfhundert Euro Betreuungsunterhalt für die Exfrau wert ist.«

Ich hole kurz Luft, am anderen Ende der Leitung herrscht Schweigen. Also mache ich weiter.

»Aber die, und da gebe ich dir Brief und Siegel, wird Ulf nur zahlen, wenn wir ihm jetzt wirklich das Messer auf die Brust setzen. Und wenn das bedeutet, dass du ihm Arthur, Henriette und Charlotte mal für vier, fünf Tage aufs Auge drückst, dann ist das eben so. Ich denke nicht, dass er länger durchhält.«

Ein schnaubendes Geräusch. Ich glaube, Florentine weint. Manchmal hasse ich mein Fachgebiet. Es gibt doch so viele schöne Rechtsgebiete – Steuerrecht, Verkehrsrecht, Bank- und Kapitalmarktrecht –, wieso musste ich Depp eigentlich ausgerechnet Fachanwältin für Familienrecht werden?

»Hey, Süße! Nicht weinen! Glaub mir, das kriegen wir schon wieder hin. Zumindest das Finanzielle. Und wenn wir das erst mal auf der Reihe haben und du dir nicht mehr so viele Sorgen machen musst, dann sieht die Welt auch wieder freundlicher aus.«

Ein Tröten wie von Benjamin Blümchen, offenbar schnäuzt Florentine in ein Taschentuch.

»Meinst du?«, fragt sie dann unsicher.

»Auf alle Fälle! Was hast du denn Ulf gesagt, als er dich angerufen hat?«

»Gar nichts. Ich habe einfach aufgelegt, weil ich keinen Fehler machen wollte.«

»Sehr gut«, lobe ich. »Du wirst sehen, wir kriegen das alles hin. Und dann wirst du dich wahrscheinlich ruck, zuck neu verlieben und dich spätestens in einem Jahr fragen, wie du es nur so lange mit Ulfi Unsympath aushalten konntest. Garantiert!«

Ein weiteres Törööö und ein raschelndes Taschentuch.

»Ach Quatsch. Wer nimmt mich denn? Alleinerziehend mit drei Kindern ...«

Obwohl das eigentlich nicht lustig ist, muss ich laut lachen.

»Hallo? Wir leben doch nicht mehr im Mittelalter. Oder von mir aus in den Fünfzigerjahren. Du bist eine attraktive Frau, und deine reizenden Kinder sind doch eher ein Plus als ein Minus. Sieh dir zum Beispiel Tiziano an: Der kommt die nächsten Tage freiwillig als Babysitter für Max zum Einsatz. Und der ist nun wirklich ein ganz niedliches Kerlchen.«

»Meinst du jetzt Max oder Tiziano?«, kichert Florentine. Ihre Laune scheint sich zu bessern, Gott sei Dank!

»Beide. Aber meinen Sohn finde ich für dich noch zu jung.«

Jetzt lacht Florentine laut los.

»Da hast du Recht. Selbst als Toy Boy müsste er noch etwas älter werden. Tiziano kann ich mir in der Rolle allerdings ganz ausgezeichnet vorstellen!«

»Soll das ein Angebot sein? Dann werde ich es Herrn Felice in den nächsten Tagen unterbreiten. Könnte mir vorstellen, dass er an der Stelle durchaus interessiert ist.«

Schallendes Gelächter.

»Jaaaa, bitte! Vorausgesetzt allerdings, ich komme dir damit nicht ins Gehege. Aber du hast ja Simon, richtig?«

Noch bevor ich zu einer längeren Erklärung ausholen kann, dass ich schon davon ausgehe, irgendwie mit Simon zusammen zu sein oder zumindest auf dem Weg dorthin, aber unser letztes romantisches Date leider meiner Trüffelallergie zum Opfer fiel und ich dann … tja, bevor ich also diese lange Geschichte erzählen kann, zupft mich plötzlich jemand am Ärmel. Es ist Max, der offenbar wieder aufgewacht ist. Mist! Wenn er um diese Uhrzeit noch mal zu mir kommt, dauert es meistens mindestens eine Stunde, bis er wieder im Bett ist. Schließlich hat er schon ein Stündchen geschlafen und ist entsprechend fit.

»Mami?«

»Max, was machst du denn hier? Ich dachte, du schläfst!«

»Aber du hast so laut telefoniert.«

Tatsächlich bin ich bei meinem Gespräch mit Florentine

mit dem Mobilteil im Haus herumgelaufen. Ich bilde mir ein, dass ich so besser denken kann. Dass meine Mitbewohner so allerdings nicht besser schlafen können, leuchtet mir ein. Ich verabschiede mich von Florentine und lege auf.

»Das tut mir leid, mein kleiner Hase. Komm, ich bringe dich noch mal ins Bett und lese dir etwas vor, okay?«

Max nickt und lässt sich von mir wieder Richtung Kinderzimmer scheuchen. Als er im Bett liegt und ich nach seinem Lieblingsbuch »Ricky« greifen will, um eine neue Geschichte über den wütenden Monsterkater vorzulesen, den wir beide so toll finden, schaut mich Max mit einem Mal sehr ernst an.

»Mama«, will er dann von mir wissen, »muss ich jetzt zu Florentine ziehen?«

»Bitte?« Ich gucke ihn völlig erstaunt an. »Wie kommst du denn auf die Idee?«

»Du hast gesagt, dass du Arthur und seine Schwestern Ulfi aufs Auge drücken willst. Das ist doch der Papa von Arthur, oder?«

»Äh ... ja ... aber ...«

»Und dann hast du gesagt, dass du eigentlich findest, dass ich zu jung für Florentine bin. Also ist das doch so: Florentine soll ihre Kinder weggeben. Und dann braucht sie irgendwie neue. Und ich bin dann zu jung, aber sie würde mich trotzdem nehmen, damit sie nicht so allein ist, oder?«

Ich muss schlucken.

»Aber mein Häschen, da hast du etwas in den ganz falschen Hals bekommen! Florentine will und soll doch ihre Kinder nicht weggeben!«

»Nein? Sicher nicht? Denn ich will gar nicht zu Florentine ziehen. Ich ... ich finde sie nett, aber ...«, jetzt klingt Mäxchens Stimme auf einmal ganz rau, »ich will doch hier bei dir und Oma bleiben!«

Nun sehe ich, dass eine dicke Träne über seine Wange kullert. O nein, was habe ich da bloß angerichtet!

»Max, das ist wirklich ein Missverständnis. Florentine und ich waren uns nur einig, dass es ganz gut wäre, wenn der Papa von Arthur mal wüsste, wie viel Arbeit Kinder eigentlich so …«, noch bevor ich den Satz beendet habe, wird mir klar, wie das bei Max ankommen muss, und ich beiße mir auf die Zunge.

Zu spät! Er hat es schon verstanden, und nun fließen die Tränen erst recht.

»Mami, es tut mir leid, dass wir dir so viel Stress machen! Ehrlich! Aber ich mag dich so gern, und ich möchte hier bei dir bleiben! Und bei Oma und Tessa!«

Er richtet sich in seinem Bett auf und schlingt seine Ärmchen um mich. Ich fühle mich wie die schlechteste Mutter der Welt.

»Das war wirklich nur ein schlechter Witz, mein Schatz! Und du machst mir keinen Stress. Meine Arbeit macht mir Stress, aber das habe ich mir doch so ausgesucht. Also, es gibt wirklich nichts Tolleres, als deine Mutter zu sein.«

Er lässt mich wieder los und mustert mich.

»Wirklich?«

Ich hebe die Hand zum Schwur.

»Wirklich. Großes Indianerehrenwort!«

»Ich soll nicht zu Florentine ziehen?«

Ich schüttle den Kopf. »Auf gar keinen Fall.«

»Aber warum sollen denn dann Arthur und die Mädels zu ihrem Papa ziehen?«

»Na, weil …«, ich überlege, wie ich Max das erklären

kann, ohne dass er wieder denkt, wir Mütter wollten unsere Kinder loswerden. »Also, Florentine und Ulf haben gerade Streit. Du weißt wahrscheinlich, dass sie sich getrennt haben. Und wenn Eltern sich trennen, dann braucht es manchmal ein bisschen Zeit, bis sich alles wieder zurechtgeruckelt hat und alle wieder gut miteinander sind. Und solange es noch ruckelt, bekommen das leider auch die Kinder mit. Zum Beispiel, wenn die Eltern darüber diskutieren, wo die Kinder nun am besten wohnen sollen. Das hat aber gar nichts mit den Kinder zu tun, also, dass die nun irgendwie nervig wären. Sondern nur mit den Eltern, die noch Streit haben. Das ist natürlich doof, aber ich verspreche dir, dass am Ende wieder alles gut wird.«

Max guckt sehr nachdenklich.

»Und du hilfst ihnen jetzt dabei?«

»Wobei?«

»Na, dass es sich schnell zurechtruckelt und sich Ulf und Florentine bald wieder vertragen?«

»Äh, ja, irgendwie schon.« Ich bin mir sicher, dass Ulf diese Frage völlig anders beantworten würde, aber der sitzt zum Glück gerade nicht an Mäxchens Bettkante. Und irgendwie hat Max auch Recht: Ein guter Anwalt kann auch zur Beruhigung der Situation beitragen. Hoffe ich jedenfalls.

»Hattest du auch mal Streit mit Papa?«

Nun guckt Max nicht mehr nachdenklich, sondern neugierig. Kein Wunder. Er kann sich an Christoph bestimmt nicht mehr erinnern. Als sein Vater starb, war Max gerade mal ein Jahr alt.

»Aber klar hatten wir auch mal Streit. Zwar nicht oft, aber ab und zu doch. Zum Beispiel beim Autofahren. Wir konnten uns nie einigen, wo genau man langfahren musste. Und Papa wollte nie nach dem Weg fragen, sondern einfach immer weiterfahren. Das hat mich echt verrückt gemacht.«

Max muss lachen. »Und dann habt ihr euch gestritten?«

»Klar. Und nicht nur da. Auch über andere Sachen. Ab und zu wenigstens. Das war ganz normal. Und trotzdem hatten wir uns ganz doll lieb.«

»Echt?«

Max klingt noch nicht völlig überzeugt.

»Ja, ganz echt. Das hat mit Liebe nichts zu tun. Man kann einfach nicht immer einer Meinung sein. Und niemand hat immer nur Recht.«

»Ha!«, ruft Max laut. »Das musst du unbedingt Tessa sagen! Tessa denkt, dass sie immer Recht hat. Nur, weil sie schon so groß ist! Und das ist voll unfair!«

Ich muss lachen.

»Aber so was von. Ich sag dir was: Wenn Tessa nächste Woche zurückkommt, dann sagen wir ihr das mal zusammen.«

Max nickt.«Ja! Das machen wir.« Dann überlegt er kurz. »Ich bin trotzdem froh, dass Tessa bald wieder da ist.«

»Wirklich?«

»Klar. So ganz alleine als Kind ist doof.«

»Warum?«

Er grinst.

»Ist doch logisch: Da könnt ihr viel zu gut auf mich aufpassen. Wenn wir zu zweit sind, ist das viiiiel schwerer.«

»Du kleiner Verbrecher!«, rufe ich gespielt empört und beginne, ihn durchzukitzeln. Und bin verdammt glücklich.

DREIZEHN

Als ich am Freitag früh in mein Büro komme, blinkt der Anrufbeantworter schon unerfreulich hektisch. Komisch, dabei ist Florentine doch längst da, wieso ist sie denn nicht ans Telefon gegangen?

»Sag mal, hast du irgendwelche motorischen Ausfallerscheinungen?«, will ich von ihr wissen.

»Nein, wieso?« Sie blickt erstaunt von ihrem Schreibtisch im Vorzimmer auf.

»Na, weil hier offenbar einige Anrufer auf der Mailbox gestrandet sind und du sie noch nicht einmal abgehört hast.«

»Doch, habe ich. Ich saß dabei, als auf das Band gesprochen wurde.«

»Bitte? Aber warum bist du denn nicht rangegangen?«

»Ganz einfach. Bei dem Anrufer handelt es sich um Ulfis Anwalt. Die Telefonnummer kenne ich mittlerweile auswendig. Und ich hatte überhaupt keine Lust ranzugehen. Hielt ich auch nicht für strategisch klug.«

Gut. Das stimmt natürlich.

»Okay, das ist etwas anderes, das war gut von dir«, lobe ich Florentine. »Und was will der Anwalt?«

»Na, mit dir über die neuen Umgangsregeln sprechen. Klang ziemlich aufgeregt. Ich glaube, du hast Recht. So im Detail kann sich Ulfi nicht vorstellen, sich demnächst dauerhaft um die Kinder zu kümmern.« Sie kichert.

»Hervorragend. Aber wir lassen ihn noch ein bisschen schmoren. Dann hat er Gelegenheit, sich seinen neuen Alltag in den schönsten Farben auszumalen.«

Ich drehe mich um und will in mein Büro gehen.

»Oh, stopp«, bremst mich Florentine, »es ist noch etwas Außergewöhnliches passiert.«

Kurz vor der Tür halte ich an und mache einen Schritt zurück.

»Ja? Was denn?«

»Alexander ist wieder aufgetaucht. Er sitzt in seinem Büro.«

Tatsächlich. Da sitzt er an seinem Schreibtisch, als wäre nichts gewesen. Ich mustere Alexander durchdringend und versuche, seine Gedanken zu lesen. Ist er gekommen, um seine Sachen abzuholen? Oder hat er es sich anders überlegt?

Ich beschließe, dass Telepathie nicht mein Spezialgebiet ist, und versuche es mit einer gezielten Frage.

»Guten Morgen, mein Lieber! Ist deine Anwesenheit jetzt ein gutes Zeichen? Bist du weiter mein Partner? Oder überlegst du nur, wie viele Kartons du für dein ganzes Zeug hier brauchst?«

»Hallo!«

Er lächelt. Hurra! Das ist bestimmt ein gutes Zeichen! Alexander bleibt bei mir!

»Also, es wird leider die Kartonvariante«, sagt er dann.

O nein! Nicht nur, dass ich keine Gedanken lesen kann! Ich kann nicht mal den Gesichtsausdruck eines meiner liebsten Mitmenschen deuten. Verdammt!

»Hey!«, rufe ich laut. »Das darf doch nicht wahr sein! Ich hatte so gehofft, dass du es dir noch mal anders überlegst.«

Alexander zuckt mit den Schultern.

»Es tut mir leid. Aber ich habe sehr gründlich darüber nachgedacht, und es ist die richtige Entscheidung für mich. Glaube ich jedenfalls.«

»Für *dich*. Das ist genau der Punkt. Was wird denn aus uns? Hast du dabei mal an uns gedacht?«

»Ach, komm schon, Nikola! Du willst mir nicht erzählen, dass du hier versauern wirst. Die Kanzlei ist super eingeführt, die Lage ist toll, wahrscheinlich stehen die Bewerber Schlange von hier bis zum Oberlandesgericht. Und was ist eigentlich mit Simon? Hast du schon mit dem gesprochen?«

Ich schüttle den Kopf.

»Nee, hab' ich nicht. Weiß auch gar nicht, ob ich das will. Vielleicht warte ich einfach, bis Aysun mit ihrem Studium fertig ist. So in fünf bis sechs Jahren. Und bis dahin rufe ich bei mir einfach die Achtzig-Stunden-Woche aus.«

Alexander steht von seinem Stuhl auf und kommt zu mir auf die andere Seite seines Schreibtisches. Er zögert kurz, dann legt er seinen Arm um mich.

»Es tut mir leid. Aber du weißt ja – so geht es für mich einfach nicht weiter. Ich hoffe, dass ich dir eines Tages begegnen kann, ohne dieses verdammt miese Gefühl in meiner Herzgegend. Und wenn es so weit ist: Glaube mir, ich rufe dich sofort an. Aber bis es so weit ist, brauche ich einfach Zeit. Und Abstand.«

Ich schaue ihn an und streiche mit einer Hand über seine Wange.

»Du hast Recht. Tut mir leid. Der Spruch war doof von mir. Also, ob du mal an uns gedacht hast. Es ist schon alles richtig so. Und vielleicht ist das mit Simon wirklich keine schlechte Idee.«

Jetzt macht Alexander einen Schritt zurück und atmet tief durch. Klingt, als sei er erleichtert. Ist er wahrscheinlich auch.

»Wollen wir vielleicht mal zusammen mit ihm darüber sprechen? Heute? Bei einem gemeinsamen Mittagessen?«, schlägt er dann vor. Ich denke kurz nach.

»Ja. Warum eigentlich nicht?«

Vor ein Mittagessen mit netten Kollegen haben die Götter leider unerquickliche Gespräche mit aufgebrachten Prozessgegnern gesetzt. In meinem Fall mit dem nicht geschätzten Kollegen Schleitheimer. Wenn er könnte, würde er mich genau jetzt durch das Telefon ziehen. So muss er sich leider darauf beschränken, mich zu beschimpfen.

»Wie stellen Sie sich das eigentlich vor, von heute auf morgen den gewöhnlichen Aufenthalt der Kinder einfach zu ändern? Das geht doch nicht!«

Ich hole Luft und bemühe mich um einen möglichst gelassenen Tonfall.

»Aber, aber, werter Herr Kollege! Es war doch wohl Ihr Mandant, der von Frau Rothenberger verlangte, sie möge bitte unverzüglich Vollzeit arbeiten. Frau Rothenbergers Idee war das ganz sicher nicht. Und Sie werden doch wohl verstehen, dass meine Mandantin mit ihren demnächst sehr beschränkten finanziellen Mitteln faktisch gar nicht in der Lage ist, das Personal zu beschäftigen, das eine Vollzeitbeschäftigung mit drei kleinen Kindern leider verlangt.«

»Bitte? Die wird doch wohl nach so einem gemütlichen Sekretariatsjob noch in der Lage sein, sich um die Kinder zu kümmern. Machen andere doch auch. Die Gute leitet schließlich keinen DAX-Konzern.«

Was für ein arroganter Laffel! Ich muss mich schwer beherrschen, um nicht loszupöbeln.

»Herr Kollege Dr. Schleitheimer, es mag sein, dass Ihr Mandant einfach über die größere Grundenergie verfügt. Insofern ist es doch nur folgerichtig, wenn er demnächst die Betreuung der Kinder übernimmt. Falls er das nicht möchte, kann er das gegen Zahlung eines monatlichen Betreuungsunterhaltes in angemessener Höhe an meine Mandantin verhindern. Andernfalls wird meine Mandantin die Kinder am Sonntag zur Wohnung Ihres Mandanten fahren. Lassen Sie mich bitte bis heute Abend um achtzehn Uhr wissen, wie sich Ihr Mandant entschieden hat. Und nun wünsche ich Ihnen noch einen schönen Tag, ich bin leider sehr beschäftigt. Ich will ja schließlich meinen Sohn rechtzeitig aus der Kita abholen.«

Ohne Schleitheimer noch einmal zu Wort kommen zu lassen, lege ich auf. Ein verdammt gutes Gefühl!

»Du willst wirklich aus der Sozietät mit Nikola ausscheiden?«

Simon kann es nicht glauben. Wir sitzen zu dritt beim Mittagstisch im *September*, und Simon guckt wie ein Auto. Kein Wunder. Ich konnte es zuerst schließlich auch nicht glauben.

»Ja, will ich«, bestätigt ihm Alexander. »Ich habe ein einfach unglaublich gutes Angebot aus Berlin und würde mich spätestens in einem halben Jahr in den A… beißen, wenn ich es nicht annehme.«

Von den persönlichen Verwicklungen mit mir erwähnt er dankenswerterweise nichts, das käme bei Simon wahrscheinlich auch nicht so gut an. Wer schon auf verstorbene Ehemänner eifersüchtig ist, ist mit Sicherheit auch kein Fan von unglücklich verliebten Sozietätspartnern.

Er schüttelt den Kopf.

»Mann, Mann, Mann, Alex! Hoffentlich hast du dir das auch gut überlegt! Ob du es glaubst oder nicht: Ich habe dich die ganze Zeit immer ein bisschen beneidet um deine Partnerschaft mit Nikola. Ich meine – ihr seid gut eingeführt, müsst euch um neue Mandanten gar keine Sorgen machen. Persönlich versteht ihr euch auch, habt zwei sehr nette und fähige Assistentinnen und tolle Büroräume. Hast du dir mal mein Büro angeguckt? Nur fünf Meter entfernt und doch trennen uns Welten.«

Alexander schüttelt den Kopf.

»Nein, ich glaube, ich kenne dein Büro gar nicht von innen.«

»Da hast du nichts verpasst«, erklärt ihm Simon grimmig. »Wo bei euch Stuck prangt, sind bei mir die Decken mit Resopal abgehängt. Und statt Parkett habe ich graue Auslegeware von Anno Dunnepief.«

»Du Armer!«, bemitleide ich ihn. »Ich muss dir allerdings sagen, dass unser Büro auch erst durch eigener Hände Arbeit so stylish geworden ist. Außerdem mussten wir ein ziemlich großes Sparschwein schlachten. Sprich: Als wir es vor zehn Jahren angemietet haben, sah es ziemlich genau so aus wie deine Butze.«

»Die Hände sind nicht das Problem. Allein das Sparschwein fehlt. Schätze mal, bis ich Geld in die Renovierung oder in eine höhere Miete für ein schickeres Büro stecken kann, muss ich noch ein paar Wirtschaftsbosse vor dem Knast retten. Der Streit mit meiner alten Kanzlei hat mich leider ziemlich ins Minus gerissen.«

Simon hat uns erst neulich beim Mittagessen davon erzählt: Er war Partner in einer großen Kanzlei, die sich im

Streit nach einem bösen Haftungsfall selbst zerlegt hat. Leider waren danach nicht nur die Mandanten futsch, sondern auch Simons komplette Einlage auf dem Kanzleikonto. Und so musste er als One-Man-Show in dem kleinen Büro neben uns wieder bei null anfangen.

»Vielleicht ist ein so großes Sparschwein gar nicht nötig, Simon«, sagt er dann.

»Wieso?«

»Na, kannst du dir nicht denken, warum ich gerade dir das mit Berlin erzähle?«

»Willst du mich etwa fragen, ob ich deinen Anteil übernehme?« Simon ist überrascht.

»Genau. Und weil ich ja weiß, dass du gerade ein bisschen klamm bist und ich meiner reizenden Partnerin Nikola aber nur das Beste wünsche, könntest du das Geld für meinen Anteil auch bei mir abstottern.«

»Hm, das klingt wirklich verlockend. Was meinst du denn dazu, Nikola? Ist dir das überhaupt recht?«

Ich muss lachen.

»Klar, Alex und ich haben natürlich vorher darüber gesprochen. Ich denke, wir wären ein gutes Team. Unsere gemeinsame Verteidigung von Sergio und Tiziano hat doch 1a geklappt, und ich glaube, Aysun hat auch schon einen neuen Mandanten für dich, der Ärger mit dem Staatsanwalt hat. Wenn du nun noch bereit wärst, ein paar andere Sachen als Strafrecht zu mache, wäre es perfekt.«

Simon nickt. »Ich bin zwar in erster Linie Strafverteidiger, aber die Abteilung Feld-Wald-Wiese bekomme ich schon hin. Und um mal bei der Wiese zu bleiben: Kleinvieh macht bekanntlich auch Mist. Und den kann ich gerade gut brauchen.«

»Na, es ist aber hoffentlich nicht die pure Geldnot, die dich in meine Arme treibt«, rufe ich und hebe drohend den Zeigefinger.

»Auf gar keinen Fall. Es ist vielmehr die Aussicht darauf, mit einer der besten Juristinnen Hamburgs zusammenarbeiten zu dürfen. Da kann ich bestimmt viel lernen.«

Er grinst, ich buffe ihn in die Rippen.

»Und was ist mit Flöckchen? Du bist doch eigentlich nicht so ein großer Hundefan«, gibt Simon dann noch zu bedenken. »Solange ich noch so viel in Villingen-Schwenningen bin, wohnt sie bei meiner Exfrau, aber irgendwann möchte ich sie schon wieder zu mir zurückholen. Den Hund, nicht die Frau«, fügt er grinsend hinzu.

»Ist für mich in Ordnung. Seitdem ich mit ihr zusammen das Hundetraining an der Alster gemacht habe, habe ich zumindest keine Angst mehr vor ihr. Vielleicht werden wir sogar noch richtig dicke Freunde.«

»Gut«, sagt Alexander, »bevor wir uns jetzt in Details verlieren, die wir besser im Büro mit allen Unterlagen auf dem Tisch klären, bleibt mir nur noch eins zu tun.«

»Nämlich?«, fragen Simon und ich im Chor.

»Den Kellner herbeizuwinken und eine Flasche Schampus zu bestellen. Auf dass wir gleich anstoßen können: Adieu Petersen & Wernicke, bonjour Petersen & Rupprecht!«

VIERZEHN

Erwähnte ich bereits, dass Familienrecht verdammt anstrengend sein kann? Vor allem für den Anwalt? In meinem Fall für die Anwältin? Ja, ich erwähnte es. Und es stimmt: Ich fahre gerade mit einer heulenden Florentine auf dem Beifahrersitz nach Hause. Ulf, der alte Zocker, hat tatsächlich durch Schmierlappen Schleitheimer ausrichten lassen, dass er sich liebend gern in Zukunft selbst um seine Kinder kümmern werde und dass das für ihn sowieso kein Problem darstelle, weil er mit der lieben Julia eine sehr kinderliebe Lebensgefährtin habe.

Das war natürlich starker Tobak für meine arme Florentine. Aber da ich nach wie vor davon ausgehe, dass es sich um einen gigantischen Bluff handelt und Ulfi ganz genau weiß, wie er die liebende Mutter seiner Kinder weichkochen kann, habe ich darauf bestanden, dass sie die Kinder am Samstagnachmittag zu ihm bringt.

Habe dann letztendlich ich selbst gemacht. Florentine hätte das allein nicht hinbekommen. Und ich kam mir auch schon schlecht genug bei der ganzen Aktion vor. Den Kindern haben wir nur etwas von Urlaub bei Papi erzählt, weil doch Schließzeit ist. Sie haben dann auch gleich ganz begeistert ihre kleinen Koffer gepackt. Da hat sich Florentine das erste Mal heulend im Bad eingeschlossen.

Als sie wieder rauskam, habe ich Kinder, Koffer und Flo in

mein Auto eingeladen und bei Ulf vorbeigefahren. Er wartete schon demonstrativ gut gelaunt an der Tür, die unvermeidliche Julia durfte natürlich nicht fehlen. Kurze Kinderübergabe, dann Florentines Frage, ob sie mal kurz das Bad benützen dürfe? Da verharrte sie dann das zweite Mal für eine ziemlich lange Zeit, sodass ich schon fürchtete, sie habe beschlossen, auch einfach bei Ulfi zu bleiben. Als sie nach einer geschätzten halben Stunde wiederauftauchte, tat sie es immerhin mit Anmut und Grazie.

Umso mickriger sitzt sie aber jetzt neben mir im Auto, und ich beschließe, sie nicht wieder zu sich nach Hause zu fahren, sondern sie zu mir nach Howe mitzunehmen. Es ist bestimmt besser, wenn jetzt jemand auf Florentine aufpasst. Und wer könnte das besser tun als Gisela? Morgen sticht sie zwar mit der Queen Mary in See, aber heute kann sie ruhig noch einmal bei Florentine Händchen halten. Wer sich so schmählich um die Betreuung seiner Enkel drückt, hat den Härtefall Rothenberger einfach verdient!

Auf dem Petersen-Hof angekommen, flüchtet sich Florentine wieder, richtig: ins Badezimmer!

Gisela guckt schwer irritiert. »Was ist denn bloß mit Florentine los? Ist sie krank?«

»Nein, nicht wirklich. Aber sie muss gerade ganz tapfer sein und ertragen, dass ihre Kinder erst mal nicht mehr bei ihr wohnen, sondern bei Ulf.«

»Nein!« Gisela schlägt die Hände vors Gesicht. »Das ist ja furchtbar! Was sind denn das für grausame Richter, die so etwas entscheiden? Einer Mutter die Kinder zu nehmen!«

Vornehmes Hüsteln meinerseits.

»Nein, das waren nicht die Richter, sondern unsere eigene strategische Entscheidung.«

»Wie bitte? Sie hat die Kinder freiwillig weggegeben?«
Ich zucke mit den Schultern.

»Was heißt schon freiwillig? Es war notwendig, um ihrem Bald-Exmann mal zu verdeutlichen, wie viel Arbeit Kinder so machen. Ich bin mir zu hundert Prozent sicher, dass das seine Zahlungsbereitschaft an Florentine schon bald deutlich erhöhen wird.«

Gisela schüttelt den Kopf. Fassungslos, wie mir scheint.

»Du hast Florentine geraten, ihre Kinder freiwillig zu diesem Mann zu bringen? Ja bist du denn von allen guten Geistern verlassen?«

»Moment mal, er ist immerhin der Vater der Kinder. Er wird sie schon nicht hungern und dürsten lassen. Und ich sehe offen gestanden keine andere Möglichkeit zu klären, wie viel ihm die Betreuung seiner Kinder denn nun wert ist. Bisher konnte er sich doch immer darauf verlassen, dass Florentine sich um alles kümmert. In diesem Glauben müssen wir ihn ganz dringend erschüttern.«

Wieder Kopfschütteln. »Also, wenn du dich da mal nicht vertust und Florentine am Ende ihre Kinder verliert.«

In genau diesem Moment kommt Florentine wieder zu uns, hört nur noch die letzten Worte und bricht sofort wieder hemmungslos in Tränen aus. Schlechtes Timing, du hast einen Namen. Er lautet: Gisela.

Die Situation beruhigt sich Gott sein Dank im Laufe des Abends. Zum einen weil Ulf noch ungefähr drei- bis fünfmal anruft, um wirkliche Doof-Fragen loszuwerden, die ihn als völligen Laien im Hinblick auf seine Kinder brandmarken und bei denen er von Telefonat zu Telefonat unsicherer klingt. Ob Hustensaft, saubere Unterhosen oder Einschlafrituale – Ulfi hat so gar keinen Plan, und Julia scheint auch nicht die Stütze des Jahrhunderts zu sein. Florentine hingegen beantwortet alles mit einer Engelsgeduld, spricht auch noch mal mit den Kindern, die langsam quengelig zu werden scheinen, und hat ansonsten auch schon einiges von Giselas selbstgepanschtem Eierlikör intus.

Zur Hebung der Stimmung trägt allerdings auch Tiziano bei, der aufgetaucht ist, um zu fragen, ob er und seine Mutter morgen schon als Babysitter benötigt werden. Als er Florentine sieht, die trotz oder wegen zweier Telefonate mit Ulfi und einem halben Liter Eierlikör noch ziemlich mitgenommen aussieht, beschließt er offenbar spontan, dass hier ein charmanter Tischherr vonnöten ist.

»Florentine, heute ist dein Glückstag«, flötet er, während er in der Küche eine Flasche Rotwein organisiert und damit einen dramatischen Wechsel bei der Getränkeversorgung einleitet. Ich ahne schon, dass ich morgen Kopfschmerzen haben werde.

»Was auch immer dir Nikola geraten hat, es war bestimmt richtig. Guck mal, die Staatsanwaltschaft wollte mich wegen Oma Erikas Gewächshaus sogar ins Gefängnis sperren. Nikola hat mich gerettet. Und das wird sie mit dir auch machen.«

»Ihr Wort in Gottes Ohr, Tiziano«, ruft Gisela und geht auch zu Rotwein über. Ich beäuge sie kritisch. Könnte mir vorstellen, dass die Mischung aus Eierlikör und Rotwein am nächsten Tag an Bord eines Schiffes extreme Seekrankheit auslösen könnte. Aber nicht mein Problem. Soll Gorch die Verräterin morgen ruhig mit Spucktüten versorgen. Verdient hat er es!

»Aber was, wenn das alles schiefgeht?«, fragt Florentine ein letztes Mal.

»Das wird es nicht«, verkündet Tiziano mit dem Optimismus eines Menschen, der keine Ahnung hat. »Nächste Woche hast du die Bambini wieder und die Woche drauf einen Haufen Geld.«

Genau. Ich hätte es nicht schöner sagen können. Wo ist eigentlich mein Weinglas?

Am nächsten Morgen wache ich mit höllischen Kopfschmerzen und einer schnarchenden Florentine neben mir auf. Aua! Wieso nur habe ich von Eierlikör nicht auf stilles Mineralwasser, sondern auf Rotwein gewechselt? Ich wusste doch, dass das schiefgeht. Aber Jammern hilft nichts. In ungefähr zwei Stunden muss ich mit Gisela und Gorch am Kreuzfahrtterminal in Altona stehen, die beiden mit ihren Koffern sicher abladen und dann noch mit Max winke, winke machen. Wo zum Teufel habe ich Ibuprofen?

»Ooooh, mir geht es gar nicht gut!« Florentine ist aufgewacht.

»Hey, jetzt mal keine Müdigkeit vorschützen«, schimpfe ich mit ihr. »Wegen dir habe ich mich gestern geopfert und Unmengen von Ethanol zu mir genommen.«

Sie hält sich die Hände an die Schläfen und guckt durch halbgeschlossene Augen.

»Was hast du gemacht?«

»Ethanol zu mir genommen. Alkohol getrunken. Kleiner Scherz, verstehst du?«

Florentine schüttelt den Kopf, nur um kurz darauf wieder zu stöhnen.

»Auweia, schütteln ist gar nicht gut!«

»Na, du warst aber auch in Hochform gestern Abend.«

»Wirklich? Ich kann mich gerade gar nicht mehr erinnern.

Nur, dass ich mit Ulfi telefoniert habe, um ihm zu erklären, welche Zahnbürste für welches Kind ist. Danach wird es dunkel.«

Ich muss grinsen.

»Okay, da kann ich dir helfen: Danach hast du mit Tiziano Lambada getanzt. Aber frag nicht nach Sonnenschein – so habe ich das bestimmt schon zehn Jahre nicht mehr gesehen. Na ja, vielleicht fünf.«

Florentine schlägt sich die Hände vors Gesicht.

»O nein! Was denkt denn nun Gisela von mir?«

»Keine Ahnung. Kann aber so schlimm nicht sein. Denn sie hat auch noch Lambada getanzt. Und zwar mit Gorch. Der war noch kurz da, um die Packlisten abzugleichen.«

Jetzt muss auch Florentine lachen.

»Ehrlich?«

»Hundert Pro. Ich bin sehr gespannt, wie die beiden ihren ersten Tag an Bord verbringen werden. Sie sind mit Sicherheit nicht in Topform.«

Auch wenn sie sich wahrscheinlich schlecht fühlen – äußerlich reißen sich Gisela und Gorch sehr am Riemen, als wir die beiden mit einem stattlichen Abschiedskomitee, bestehend aus Max, Florentine, Tiziano, seiner Mutter und mir, am Kreuzfahrtterminal absetzen. Die beiden dackeln mit ihren Koffern in den Bau, der eine Mischung aus riesigem Glaskasten, Flugzeugterminal und Bahnhofshalle darstellt, drehen sich noch mal kurz um, winken – und verschwinden in einer Traube von ungefähr tausend anderen Passagieren.

Hinter dem Glaskasten liegt sie, die Königin. Und sie sieht wirklich majestätisch aus: Unglaublich riesig, ein blauschwarzer Rumpf, der Aufbau weiß mit großen Schornsteinen, die mich sofort an die *Titanic* erinnern. Wahnsinn! Spontan würde ich auch gern mitfahren, auch wenn das Ende der *Titanic* eher eine Bahnreise in den Harz nahelegt. Aber wären Kate Winslet und Leonardo DiCaprio jemals in den Harz gefahren? Eben!

»Mama, ich will auch mal auf so ein Schiff«, teilt Max meine Gedanken.

Tiziano lacht. »*Certo*. Das verstehe ich. Aber weißt du was: Vielleicht fahren wir nächste Woche einfach mal mit einem Motorboot über die Elbe. Das macht auch sehr viel Spaß.«

Max reißt die Augen auf.

»Ja, das klingt toll! Aber kannst du denn Motorboot fahren?«

»Natürlich. Ich bin an einem riesigen See groß geworden, dem Gardasee. Und deswegen kann ich auch sehr gut Bootfahren. Wollen wir?«

Begeistertes Nicken bei meinem Sohn.

»O ja! Das ist super!«

Ich sag mal: Ahoi!

FÜNFZEHN

Unter kulinarischen Gesichtspunkten ist Giselas Spontanurlaub gar nicht mal schlecht. Signora Felice ist wirklich eine fantastische Köchin, wahrscheinlich nehme ich in den nächsten Tagen mehr zu, als Gisela auf der Queen Mary. Auch Max mampft voller Begeisterung seine Spaghetti Bolognese. Erst hat er sie zwar voller Misstrauen beäugt, weil die Sauce nicht von Herrn Knorr oder Herrn Maggi, sondern in Handarbeit hergestellt wurde, aber nach dem ersten Löffel war er überzeugt. Ich auch.

Überhaupt ist es ein sehr schöner Tag: Nachdem wir mittags alle zusammen Gisela und Gorch zum Hafen gebracht haben, waren wir noch bei bestem Wetter im Zoo. Das war Tizianos Idee – er fand, es wirke für seine Mutter viel »echter«, wenn wir einen richtigen Familienausflug mit Max machen würden. Und tatsächlich strahlte seine Mutter auch die ganze Zeit wie ein Honigkuchenpferd, kaufte an jedem zweiten Stand Süßigkeiten oder Eis für Max und redete die ganze Zeit auf Italienisch auf ihn ein. Was meinen Sohn überhaupt nicht störte – im Gegenteil: Eine Oma, die die Kombination von gebrannten Mandeln, Magnum, Zuckerwatte und Nogger nicht nur durchgehen lässt, sondern sogar finanziert, könnte auch Marsianisch mit ihm reden. Sie wäre trotzdem die Tollste.

Tiziano stellte unter Beweis, dass er nicht nur ein genialer Fußballtrainer und Freizeitkapitän ist, sondern auch ein weltmeisterlicher Giraffenfütterer, Affenbestauner und Im-Elefantenhaus-Vordrängler – immer mit Max auf den Schultern. Ich gestehe, dass ich das mindestens so hinreißend fand wie mein Sohn. Und dass ich versuchte, mir vorzustellen, wie so ein Zoobesuch wohl mit Simon ablaufen würde. Käme auf einen Versuch an. Wobei auf meinem Wunschzettel für Aktivitäten mit Herrn Dr. Rupprecht ein geglücktes Date mit ihm doch eindeutig vor Zoobesuch rangiert.

»Boah, war das lecker!« Max hat seinen Teller geradezu blank gewienert und schiebt ihn von sich. »Aber jetzt kann ich nicht mehr!«

»Dann bedanke dich mal bei Signora Felice«, fordere ich ihn auf. »*Danke* auf Italienisch heißt *grazie*.«

»Grazie!«, kräht Mäxchen fröhlich.

»Prego!«, lächelt Signora und streicht Max versonnen über seinen blonden Schopf. Dann sagt sie etwas zu Tiziano, was ich nicht verstehe und was dieser umgehend und grinsend übersetzt.

»Meine Mutter möchte wissen, ob wir unsere künftigen Kinder zweisprachig erziehen wollen. Das würde sie sehr begrüßen. Sie glaubt außerdem, dass Max auch noch gut Italienisch lernen könnte.«

Max guckt erstaunt zwischen uns hin und her.

»Mama, was sind denn zukünftige Kinder?«, fragt er.

»Äh, das war nur ein Spaß, mein Schatz«, versuche ich, das Thema im Keim zu ersticken. Zu spät.

»Bekommst du noch ein Baby?«, will Max sofort wissen.

»Nein, natürlich nicht«, beeile ich mich zu versichern.

»Aber warum nicht? Das wäre toll! Am liebsten hätte ich einen Bruder. Mädchen sind so zickig!«

»Che ha detto?«, fragt Signora Felice. Wahrscheinlich will sie wissen, was Max gesagt hat.

Tiziano lacht.

»Ha detto che gli piacerebbe avere un fratellino.«

Tizianos Mutter strahlt und wuschelt Max wieder durch die Haare.

»Bravo! Bravissimo!«

»Was ist denn los?«, erkundige ich mich.

»Och, ich habe meiner Mutter lediglich vom Wunsch deines Sohnes nach einem Brüderchen erzählt, und ich würde sagen, sie unterstützt diesen Wunsch sehr.«

Auweia. Worauf habe ich mich da nur eingelassen? Als Max mit Mama Felice sehr brav die Geschirrspülmaschine einräumt, nutze ich die Chance, Tiziano mal auf den Zahn zu fühlen.

»Sag mal, Tiziano – wie lange soll unser kleines Schauspiel eigentlich noch zur Aufführung kommen? Irgendwann hätte ich doch auch mal mein normales Leben wieder zurück?«

Tiziano zuckt mit den Schultern.

»Aber wieso? Jetzt ist es doch eine große Hilfe, wo Gisela nicht da ist.«

»Richtig. Aber du könntest mir auch ohne deine Mutter helfen. Also – wann reist sie wieder ab.«

»Hm, ich denke, vielleicht nächste Woche.«

»Was meinst du denn mit *vielleicht*?«

Er hebt die Hände. »Na, vielleicht auch nicht. Sie wird fahren, wenn sie davon überzeugt ist, dass bei mir alles in Ordnung ist.«

Großartig. Das sind wirklich tolle Aussichten!

»Tiziano, eine Woche mach ich noch mit. Aber spätestens wenn Tessa von ihrer Sprachreise wiederkommt, muss damit

Schluss sein. Eine Dreizehnjährige ist da nämlich mit Sicherheit etwas misstrauischer als ihr fünfjähriger Bruder!«

»*D'accordo*! Eine Woche noch!«

Gut. Ich werde ihn beizeiten daran erinnern.

»Florentine, du schuldest mir jetzt mal einen Gefallen.«

»Warum? Du weißt, dass ich noch ganz schlimme Kopfschmerzen habe.«

»Immer noch? Es ist Montag. Die Kante hast du dir am Samstag gegeben. Nimm eine Kopfschmerztablette und stell dich nicht so an.«

Ich stehe vor Florentines Schreibtisch und versuche, sie für heute Abend als Babysitter zu gewinnen. Simon hat mich gefragt, ob wir einen neuen Anlauf in Sachen Rendezvous unternehmen wollen. Da kann ich schlecht Signora Felice fragen, ob sie auf Max aufpasst, während ich mich von Simon zum Essen ausführen lasse. Das würde sie mit Sicherheit komisch finden. Sie denkt wahrscheinlich, ich verbringe meine Abende hübsch brav zu Hause bei Max – anders wäre doch nicht zu erklären, warum ich mich nicht öfter mit ihrem Sohn treffe. Da will ich sie auch nicht auf dumme Gedanken bringen – nicht dass sie sich noch abends als Babysitter anbietet, damit ich etwas mit Tiziano unternehmen kann!

»Was ist denn mit Aysun? Hat die keine Zeit?«

Ich schüttle den Kopf.

»Nein. Ich habe sie gefragt, und sie hat selbst schon etwas vor. Komm schon, Florentine! Tu mir den Gefallen!«

Der Blick, mit dem mich Florentine nun bedenkt, würde auch Flöckchen, dem Bernhardiner, zur Ehre gereichen.

»Du fragst mich doch nur, weil ich jetzt keine eigenen Kinder mehr habe.«

»Hä? Wie kommst du denn auf das schmale Brett?«

Statt einer Antwort beginnt Florentine zu schniefen.

»Huhu, Erde an Rothenberger! Was ist los?«

»Das ist doch klar«, heult sie, »ich bin allein, verlassen und kinderlos. Und da kann ich natürlich prima auf fremde Kinder aufpassen. Das hast du doch gedacht.«

Tränen laufen über ihre Wangen, ihr Augen-Make-up hat bereits kapituliert. Ich gehe um den Schreibtisch herum und drücke sie.

»Pass auf, wenn du denkst, dass meine Idee mit dem Kindertausch falsch war und du das auch nicht durchhältst, dann rufe ich jetzt Schleitheimer an, sage ihm, dass sich das Jobangebot von Dr. Rupprecht zerschlagen hat und du deswegen die Kinder vorerst wieder nehmen kannst. Da fällt uns gar kein Zacken aus der Krone, und ich werde Ulfi trotzdem noch kräftig im Nacken sitzen.«

Florentine rückt ein Stück von mir ab, nimmt ein Taschentuch aus ihrer Schreibtischschublade und putzt sich erst mal die Nase.

»Nein, ist schon gut. Ich glaube, unsere Strategie ist richtig. Ulfi klingt am Telefon schon nicht mehr ganz so selbstherrlich, dabei sind die Kinder noch keine zweiundsiebzig Stunden bei ihm. Aber trotzdem bin ich unglücklich. Und dann kommst auch noch du und fragst mich, ob ich auf Max aufpassen kann.«

Gut. Vielleicht war das nicht besonders sensibel von mir. Aber wenn das so weitergeht, ist Florentine eher glücklich zum dritten bis fünften Mal verheiratet, als dass ich endlich mal mit Simon essen gehen kann. Was soll's. Dann mache ich mir eben mit Max einen schönen Fernsehabend. Oder Simon besucht uns zu Hause, und wir spielen zusammen »Mensch ärgere dich nicht«. Das ist mindestens genauso spannend wie eine heiße Nacht mit Herrn Dr. Rupprecht.

»Nikola?«

»Was?«

»Hörst du mir noch zu?«

»'tschuldigung, ich war gerade in Gedanken. Ich überlege nämlich, ob ich Simon auch zu Fischstäbchen mit Kartoffelpüree überreden und das Date einfach an den heimischen Küchentisch verlegen kann.«

Florentine lacht.

»Du hast mir wirklich nicht zugehört. Ich sagte gerade, dass ich trotz meiner momentan sehr schlechten Laune beschlossen habe, eine gute Freundin zu sein und heute Abend auf Mäxchen aufzupassen. Du kannst also essen, was du willst. Hauptsache, es sind keine Trüffel.«

»Du siehst einfach umwerfend aus.« Simon zieht meine Hand an seine Lippen und küsst meine Fingerspitzen. Mir wird sehr heiß. Und diesmal ist es keine allergische Reaktion, sondern es liegt an einem sehr wohligen Kribbeln, das sich von der Magengegend langsam in meinem ganzen Körper ausbreitet.

»Danke«, hauche ich und hoffe, dass ich dabei sowohl geheimnis- als auch verheißungsvoll klinge. Im Übrigen hat Simon Recht: Ich sehe tatsächlich gut aus. Ich habe mich in ein für meine Verhältnisse sehr enges schwarzes Kleid gezwängt, das meine eigentlich nicht vorhandenen Kurven betonen soll. Und das hoffentlich nicht à la Mariah Carey, also wie Wurst in Pelle, sondern eher wie ein sehr hübsch verpacktes Geschenk. Ungefähr eine halbe Stunde habe ich zudem meine glatten, feinen Haare über eine große Rundbürste geföhnt, sodass sie nun tatsächlich so etwas wie Volumen haben.

Wir sind auch nicht beim Italiener gelandet, sondern in einem orientalisch angehauchten Restaurant namens *Samira*, das mit einer Atmosphäre aus Tausendundeiner Nacht glänzen kann. Leider sind die Stühle eher mit Samt bezogene, niedrige Sitzbänke mit sehr weichen Kissen, was zwar toll aussieht, aber dazu führt, dass ich fast unweigerlich in eine Art Liegeposition gerate. Das kollidiert ein wenig mit meinem Wunsch, möglichst anmutig zu erscheinen. Und mit meinen halterlosen Strümpfen. Im Halbliegen rutscht nämlich der Saum meines ohnehin recht kurzen Rockes immer wieder nach oben und gibt den Blick auf den Spitzenabschluss der Strümpfe frei. Auch Simon, der direkt neben mir liegt, hat das natürlich schon gesehen und pfeift anerkennend.

»Frau Kollegin, sind wir sicher, dass wir überhaupt etwas essen wollen?«

»Natürlich. Ich liege hier ja nicht aus Leidenschaft, sondern, weil man auf diesen niedrigen Kissen einfach nicht sitzen kann. Ich jedenfalls nicht. Wie bist du überhaupt auf den Laden hier gekommen?«

»Empfehlung eines neuen Mandanten. Der Kommilitone von Aysun, den ihr mir geschickt habt.«

Ich überlege kurz. »Kenn ich nicht. Und der ist Perser? Oder Araber? Oder jedenfalls aus der Region?«

»Nein. Der kommt aus Osnabrück.«

Gut. Das ist ja fast dasselbe.

»Und der betreibt dieses Restaurant?«

Simon schüttelt den Kopf, was ihm im Liegen auch nicht so leichtfällt.

»Nein. Aber der hat irgendwie Connections zu der – ich nenn sie mal »orientalischen« Szene hier und kennt den Wirt um drei Ecken.«

Orientalische Szene in der Kombination mit Simons Schwerpunkt im Strafrecht – als vorurteilsbeladenes Mädchen vom Land denke ich da sofort an eine unheilige Mischung aus Drogen und Waffenhandel. Vielleicht passt Simon doch nicht so gut als neuer Partner? Nicht dass demnächst noch eine Handgranate auf Aysuns Schreibtisch fliegt.

»Und der Osnabrücker handelt hier mit Drogen?«, frage ich nach.

»Quatsch. Wie kommst du denn darauf? Ich rede von dem Typen mit der Scheinehe. Hat Aysun doch erzählt. Und ich glaube, seine Scheinehefrau ist aus Nahost und die Cousine dritten Grades des Zahnarztes vom Wirt. Oder so ähnlich. Jedenfalls hat er mir den Laden empfohlen. Gute Küche und romantisch, sagte er. Also genau das Richtige für uns.«

Stimmt. Die Scheinehe. Jetzt fällt es mir wieder ein. Man kann aber auch wirklich nicht von mir erwarten, geistig voll auf der Höhe zu sein, wenn ich mich in einem engen Kleid in Schräglage auf einem Satinkissen aale.

»Okay, wenn die denn wirklich so eine gute Küche haben, sollten wir uns endlich mal was bestellen«, schlage ich vor.

»Gegenvorschlag: Vielleicht nehmen wir hier nur den Aperitif und verlegen den Hauptgang gleich in meine Wohnung.« Simon rutscht näher an mich heran und küsst mich in den Nacken. »In mein Schlafzimmer …«

»Hey«, ich schiebe Simon wieder auf seine Seite. »Ich habe Hunger. Und ich bin entsetzt, wie plump ich hier angemacht werde.«

Mit einem Ruck setzt sich Simon auf.

»Ehrlich?«

Ich muss lachen.

»Quatsch. Natürlich nicht. Das Einzige, was gegen deine Wohnung spricht, ist die Tatsache, dass ich *wirklich* Hunger habe. Aber wenn du natürlich einen gut gefüllten Kühlschrank hast, dann können wir uns auch von diesen irre ungemütlichen Kissen erheben. Ich kann hier einfach nicht sitzen.«

»Och, im Liegen gefällst du mir sowieso besser«, grinst Simon.

»Ich glaube, du hast es nicht verstanden, aber: Du spielst mit deinem Leben. Wenn ich Hunger habe, kann ich extrem ungemütlich werden. EXTREM!«

»Puh, dann bestell mal lieber schnell etwas Leckeres, denn in meinem Kühlschrank verhungern die Mäuse. Der ist im Grunde genommen nur ein Ausstellungsstück.«

Er winkt der Bedienung zu.

»Weißt du schon, was du essen willst?«

Ich schüttle den Kopf.

»Nein, für mich erst mal einen Aperol Spritz. Ich werfe dann noch mal einen Blick in die Karte.«

»Okay, ich nehme das Gleiche«, entscheidet Simon, woraufhin sich die junge Kellnerin Richtung Bar aufmacht. Versonnen mustere ich Simon. Will ich mich wirklich ganz in Ruhe durch einen libanesischen Vorspeisenteller und einen Haufen Lammkotelets futtern? Oder nicht endlich mal Nägel mit Köpfen machen? Ich hatte schon so lange keinen Sex mehr – ich bin mir gar nicht so sicher, dass ich noch weiß, wie das funktioniert. Obwohl das ja wahrscheinlich wie mit dem Fahrradfahren ist – verlernt man nie. Also: Versuch macht kluch!

»Vielleicht hast du Recht und wir sollten nach dem Aperol wirklich zu dir fahren.«

»Ich dachte, du bist schon halb verhungert?«

»Stimmt. Aber eigentlich habe ich auf etwas anderes Appetit.«

Die Kellnerin stellt zwei Gläser auf den niedrigen Tisch vor uns. Hektisch greift sich Simon eines davon und nimmt einen großen Schluck. Ach, wohl doch nicht so cool, der Herr Doktor?

Ich bemühe mich, mein Getränk möglichst lässig zu mir zu nehmen.

»Na, wie sieht es aus? Bestellen oder bezahlen?«, will ich dann wissen.

Simon räuspert sich.

»Äh«, krächzt er dann, »natürlich eindeutig bezahlen!«

Na also, wer sagt es denn?

SECHZEHN

In Simons Wohnung habe ich wirklich nicht viel Gelegenheit, mir den Kühlschrank oder seine Möbel anzusehen. Schon in dem kleinen Flur zieht er mich ganz eng an sich und beginnt, mich leidenschaftlich zu küssen. Dabei knabbert er zuerst an meinen Lippen, und dann folgt seine Zunge – erst ganz sanft, dann immer fordernder. Gut, dass der Aperol sehr großzügig dosiert war – so bin ich nicht mehr ganz so schüchtern. Es fühlt sich aber auch einfach großartig an, und ich kann mich in seine Küsse regelrecht fallen lassen und sie ebenso leidenschaftlich erwidern.

Er schiebt mich vom Flur weiter in den hinteren Teil der Wohnung. Weil ich aus romantischen Gründen mittlerweile die Augen geschlossen habe, kann ich zwar nicht wirklich erkennen, wo wir sind, aber ich vermute doch stark, dass wir in seinem Schlafzimmer gelandet sind.

Neugierig geworden, blinzle ich. Und richtig: Wir sind im Schlafzimmer. Auch dieses Zimmer ist nicht besonders groß, ziemlich quadratisch, ein Schrank, ein Bett – das war's. Kein Schnickschnack, keine Schnörkel, auch nichts Stylishes. Simon ist eindeutig Anwalt, nicht Inneneinrichter.

Jetzt legt er seine Hände auf meine Schultern und drückt mich sanft nach unten, und zwei Sekunden später sitze ich auf dem Rand seines Bettes. Ich beschließe, dass das ein guter Moment ist, um selbst aktiv zu werden, und beginne, ihm das Hemd aufzuknöpfen. Wie ich schon vermutet hatte, ist Simon für einen Schreibtischtäter ziemlich durchtrainiert. Einen Bauch hat er jedenfalls nicht, dafür sehr ausgeprägte Brustmuskeln. Ob der etwa regelmäßig ins Fitnessstudio geht? Die langen Alsterspaziergänge mit Flöckchen allein werden wohl kaum für diese Figur verantwortlich sein.

Ich fahre mit meiner Fingerspitze langsam von Simons Kinn bis zu seinem Bauchnabel hinunter, und er beginnt zu lachen.

»Hey, das kitzelt!«

»Willst du dich hier gerade beschweren?«, hake ich mit gespielter Strenge nach.

»Auf gar keinen Fall! Ich will mich nur revanchieren.«

Er greift hinter meinen Rücken und öffnet den Reißverschluss meines Kleides. Ich merke, wie ich eine Gänsehaut bekomme. Ein unangenehmes Gefühl ist es aber nicht – ganz im Gegenteil. Ich lasse das Kleid von meinen Schultern gleiten und schmiege mich dann an Simons nackten Oberkörper. Er fühlt sich warm und fast seidenglatt an und verströmt einen verführerischen Duft. Eine Zeitlang liegen wir so nebeneinander auf Simons Bett. Keiner von uns beiden sagt ein Wort, Simon streichelt mit seiner Hand an meinem Oberarm entlang. Dann schiebt er seine Hand hinter meinen Rücken und nestelt am Verschluss meines BHs. Ich muss kichern, weil ich aus unerfindlichen Gründen zwischen den Schulterblättern schon immer sehr kitzelig war.

»Nicht gut?«, will Simon von mir wissen.

Ich schüttle den Kopf. »Nein, im Gegenteil, sehr gut.«

Ich lege den Kopf in den Nacken, Simon beginnt, meinen Hals zu küssen. Aus meiner Gänsehaut wird ein starkes Kribbeln, gleichzeitig ist mir sehr heiß. Ich fahre mit meinen

Händen durch Simons Haare und ziehe seinen Kopf wieder nach oben, um ihn zu küssen. Dann lasse ich meine rechte Hand nach unten gleiten und öffne seine Hose. Er stöhnt auf, ich lege meine Lippen wieder auf seine.

Während ich mich anfangs noch unsicher und fast ängstlich fühlte, bin ich jetzt regelrecht aufgewühlt. Ich schäle Simon aus seiner Hose und habe selbst auch nicht viel mehr an als meine halterlosen Strümpfe.

»Nikola, du bist einfach der Wahnsinn«, flüstert Simon und beginnt, meinen gesamten Oberkörper mit Küssen zu bedecken. »Ich hätte nie gedacht, dass ich mich noch mal so …«

Mein Handy fängt an zu klingeln. Ich beschließe, es zu ignorieren. Irgendwann wird es schon aufhören. Apropos aufhören: Leider hat auch Simon aufgehört, mich zu küssen.

»Musst du nicht rangehen?«

Statt einer Antwort küsse ich nun meinerseits seine Brust und arbeite mich dann über seinen Hals zu seinem Mund zurück. Als ich auf Augenhöhe angelangt bin, halte ich kurz inne.

»Was wolltest du eigentlich gerade sagen?«

»Ich?«

»Na, du sagtest, du hättest nie gedacht, dass du dich noch mal so … was denn?«

Simon schließt kurz die Augen, lächelt dann.

»Ich hätte nie gedacht, dass ich mich in meinem Alter …«

Wieder das Handy. Es ist zum Heulen!

Simon stutzt. »Da will dich aber jemand hartnäckig erreichen. Vielleicht guckst du doch mal nach. Oder schaltest dein Handy ganz aus. Denn so …«, er macht eine kurze Pause und seufzt, »kann sich ein alter Mann wie ich nicht konzentrieren. So heißblütig bin ich leider nicht mehr.«

Ich merke, wie mir das Blut ins Gesicht schießt, so peinlich ist mir das. Nur mit meinen Strümpfen bekleidet hüpfe ich zu dem Kleiderhaufen, unter dem ich meine Handtasche vermute. Tatsächlich, da ist sie! Ich krame das Handy heraus und werfe einen Blick auf das Display: Mist! Florentine. Beide Male. Das ist kein gutes Zeichen. Und auf die Mailbox gesprochen hat sie auch.

Mit dem Handy in der Hand setze ich mich zu Simon auf das Bett.

»Tut mir leid, das war Florentine, der Chefbabysitter des heutigen Abends. Ich fürchte, da muss ich wirklich zurückrufen.«

»Na klar«, Simon klingt verständnisvoll. »Ruf sie zurück.« Dann hängt er mir – wie süß! – mit einer sehr fürsorglichen Geste eine Bettdecke um meine nackten Schultern.

Florentine geht schon beim ersten Klingeln ran.

»Gott sei Dank, Nikola! Warum bist du denn nicht gleich rangegangen?«

»Warum wohl nicht?«, knurre ich.

Kurzes Stocken am anderen Ende. »Oh. Na gut, aber es ist wirklich wichtig.«

»Ist was mit Max passiert?«

»Nein, aber mit Ulf! Er ist verschwunden. Die Kinder haben mich ganz panisch angerufen. Ich muss sofort los! Sofort! Aber Max schläft noch nicht richtig. Was soll ich jetzt machen?«

Scheiße! Das darf doch nicht wahr sein! Warum passiert das ausgerechnet heute Abend. Wenn ich Ulfi das nächste Mal sehe, erwürge ich ihn. Hätte auch den Vorteil, dass Florentine dann einfach alles erbt und sich nicht mehr mit ihm rumstreiten muss.

»Also von hier nach Hause brauche ich mindestens eine halbe Stunde. Eher vierzig Minuten.«

»So lange kann ich nicht warten. Ich brauch' dann ja auch noch mal eine Viertelstunde nach Hause.«

»Okay. Ich versuche, Tiziano zu erreichen. Vielleicht kann der dich ablösen.«

»Danke!«

Als wir beide aufgelegt haben, beginne ich, mich anzuziehen.

Simon steht vom Bett auf. »Hab' ich das richtig verstanden? Probleme mit dem Lütten, und du musst los?«

Ich nicke. »Leider. Aber nicht mit meinem Max, sondern mit Florentines Kindern. Ulf ist verschwunden, und ihre Kinder sind jetzt ganz allein in seiner Wohnung. Also muss sie sofort zu ihnen.«

Simon schüttelt den Kopf. »Gibt's doch nicht. Dass der Typ so schnell versagt, hätte ich nicht gedacht.«

»Tja, was soll ich sagen? Ich hatte es natürlich gehofft. Aber dass das genau jetzt passieren muss … Vielleicht kann Tiziano ja einspringen, aber den möchte ich nicht so gern stundenlang einspannen. Der hat gerade Besuch von seiner Mutter aus Italien, und die beiden haben heute schon tagsüber eingehütet, weil der Kindergarten zu ist und Gisela spontan mit Gorch Feddersen auf eine Kreuzfahrt aufgebrochen ist.«

»Mit Gorch auf Kreuzfahrt? Was ist das denn für eine wilde Geschichte?«

»Gorchs Mutter sollte eigentlich mitkommen, aber die ist krank geworden. Na ja, jedenfalls ist Tiziano jetzt Giselas Urlaubsvertretung.«

»Verstehe. Aber warum auch nicht – der Typ hat schließlich genug Tagesfreizeit. Da kann er sich wenigstens mal nützlich machen.« Er schnaubt verächtlich. Es ist wohl keine Übertreibung zu sagen, dass Simon Tiziano nicht mag. Vor Kurzem war er auch noch ein bisschen eifersüchtig auf ihn. Ein bisschen sehr. Sei's drum, ich muss meinen Aushilfsbabysitter anrufen.

»Pronto?«, meldet der sich gleich.

»Hier ist Nikola. Schläfst du schon?«

»Bitte? Es ist erst neun Uhr.«

»Super. Kannst du mir bitte einen großen Gefallen tun? Kannst du zu uns rübergeben und Florentine ablösen? Sie passt gerade auf Max auf und muss auf einmal dringend nach Hause.«

»Und wo bist du?«

»Ich … äh … bin noch im Büro. Ich fahre aber gleich los und löse dich wieder ab. Geht das?«

»*Certo*, kein Problem. Ich gehe sofort rüber. Ciao, bis später.«

»Du bist noch im *Büro*?« Simon guckt säuerlich. »Wieso hast du ihm denn nicht gesagt, dass du bei mir bist?«

Och nö! Jetzt nicht noch ein beleidigter Simon!

»Ich weiß nicht – ist mir irgendwie so rausgerutscht. Tut mir leid, ich bin gerade etwas überfordert. Sei bitte nicht böse!«, entschuldige ich mich.

Simon denkt kurz nach, und sein Mund verzieht sich von *schmollen* zu *lächeln*. Gefällt mir eindeutig besser.

»Weißt du was? Ich komme mit. Letztes Mal die Trüffel, jetzt Ulfi – und bei dir zu Hause hockt der olle Italiener. Da guckt Herr Dr. Rupprecht lieber selbst nach dem Rechten.«

Er zieht sich ebenfalls an und marschiert mit mir in Richtung Wohnungstür. Ob das eine so gute Idee ist. Nicht dass er nachher noch Signora Felice begegnet und die das in den falschen Hals bekommt. Oder besser gesagt: in den richtigen. Andererseits: Wenn ich Simon nun sage, dass er lieber hierbleiben soll, ist er natürlich erst recht sauer. Es hilft also nichts. Ich muss ihn mitnehmen. Und eigentlich ist die Idee auch sehr niedlich von ihm. Ach, wird schon alles gut gehen.

SIEBZEHN

O nein – es wird nicht gutgehen! Als wir auf die Hofeinfahrt fahren, kann ich durch das Küchenfenster schon sehen, dass Tiziano seine Mutter mitgebracht hat. Einträchtig sitzen die beiden am Küchentisch und trinken ein Glas Wein. Von Max keine Spur, wenigstens der scheint also endgültig in der Falle zu liegen. Ich überlege kurz, ob ich Simon bitten kann, kurz im Auto zu bleiben – nein, ausgeschlossen! Also muss ich da jetzt durch und kann nur hoffen, dass sich die Verwicklungen in Grenzen halten werden.

Tiziano hat anscheinend mein Auto gehört, jedenfalls öffnet er uns die Tür, noch bevor ich den Schlüssel aus meiner Tasche hervorgekramt habe. Als er Simon sieht, verzieht sich sein Gesicht unmerklich.

»Oh, hallo! Wir haben uns auch lange nicht mehr gesehen. Und ihr kommt gerade aus dem Büro? Donnerwetter, ein langer Arbeitstag.«

Simon grinst. »Wie man's nimmt.«

Ich versuche, ihm unauffällig auf den Fuß zu treten. Er zuckt nicht mal. Nun taucht auch noch Signora Felice im Türrahmen auf.

»Ciao, Nikola!« Neugierig beäugt sie Simon, der ihr sofort die Hand entgegenstreckt.

»Guten Abend! Dann sind Sie Tizianos Mutter? Sehr angenehm. Ich bin Simon Rupprecht, Nikolas Freund.«

Sofort fängt Tiziano an zu übersetzen.

»Mamma, questo è il dottor Rupprecht, un collega di Nikola.«

Signora Felice nickt ihm freundlich zu.

Simon allerdings ist mit dieser Übersetzung so gar nicht einverstanden.«

»Nee, nix *collega*! Ich bin ihr Freund. *Amigo*, oder wie das heißt, verstehen Sie?« Dann legt er in schönster Großwildjägermanier seinen Arm um meine Schulter und zieht mich an sich heran.

Signora bekommt große Augen.

»Äh, warum stehen wir hier eigentlich alle in der Tür rum? Lasst uns doch reingehen«, versuche ich, die Situation irgendwie aufzulösen. Dann streife ich Simons Arm von meiner Schulter und stürze Richtung Küche.

Tiziano läuft mir hinterher und erreicht mich, bevor die anderen ebenfalls in die Küche kommen.

»Nikola, bist du bescheuert? Warum bringst du den Typen mit hierher?«, zischt er mir zu.

»Entschuldige«, zische ich zurück, »wer hat denn hier seiner Mutter so einen Bären aufgebunden? Ich jedenfalls nicht.«

»Aber du hast mir versprochen mitzuspielen. Geht wohl kaum, wenn du den *dottore* hier mit anschleppst und der sich meiner Mutter gleich als dein Freund vorstellt.«

»Probleme?« Simon taucht neben mir auf.

»Nein. Wieso?«, versuche ich, möglichst gelassen zu klingen.

Er zuckt mit den Schultern. »Weiß nicht. Nur so ein Gefühl.«

Tiziano nimmt die beiden Weingläser vom Tisch und trägt sie Richtung Spüle.

»Wir gehen dann auch mal wieder.«

Und noch bevor seine Mutter, die mittlerweile in der Küche angekommen ist, Widerspruch äussern kann, hat er sie schon wieder hinaus in die Diele und aus der Haustür geschoben. Rumms! Die Tür fällt mit Schmackes ins Schloss. Gewaltiger Abgang!

Simon schüttelt den Kopf.

»Du kannst mir sagen, was du willst – der Felice will doch was von dir! Hast du gesehen, wie seine Mutter mich angestarrt hat? Und der Felice war völlig ausser sich!«

»Meinst du? Ist mir gar nicht aufgefallen«, lüge ich.

»Doch, doch. Es war goldrichtig von mir mitzukommen. Aber was machen wir denn nun mit dem angebrochenen Abend? Wir könnten doch wenigstens ein Glas Wein trinken. Seine mitgebrachte Flasche hat Tiziano auf dem Küchentisch stehenlassen. Und auch wenn ich ihn nicht besonders mag – ich glaube, dein Nachbar hat zumindest einen guten Weingeschmack.«

Ich zögere. »Bevor ich in Ruhe etwas trinken kann, muss ich erst mal wissen, was da bei Florentine los ist«, erkläre ich.

»Verstehe ich gut. Ruf sie doch an.«

Wir gehen wieder in die Küche, wo nicht nur eine Weinflasche auf dem Tisch steht, sondern auch das Mobilteil meines Telefons liegt. Ich tippe Florentines Nummer, sie geht schon beim ersten Klingeln ran und sprudelt sofort los.

»Nikola, du wirst es nicht glauben: Er hat die Kinder wirklich einfach allein gelassen, weil er den letzten Flug nach Stuttgart kriegen musste. Stell dir das mal vor: Ganz allein!«

Ich stelle es mir mal besser nicht vor. Wer kommt denn auf die verrückte Idee, einen Vierjährigen mit zwei Sechsjährigen allein zu lassen? Das ist eindeutig ein Fall für den Kinderschutzbund. Oder das Jugendamt. Oder alle beide plus Amnesty International.

»Unglaublich! Hast du ihn angerufen?«

»Ich hab's versucht. Geht nur die Mailbox ran.«

»Aber wo steckt denn diese Julia? Ich denke, die ist so kinderlieb und kümmert sich?«

»Das ist ja das Seltsame: Von der fehlt hier jede Spur.«

»Hm. Vielleicht ist sie nur eben etwas besorgen gefahren.«

»Was denn? Und vor allem: Wo denn? Montagabend um zehn? Um eine Tüte Milch an der Tankstelle zu holen, ist man wohl kaum eine Stunde unterwegs. Und außerdem: Wenn ich sage *jede Spur*, meine ich es auch genauso. Hier ist überhaupt nichts von dieser Frau. Keine Zahnbürste, kein paar Schuhe, nichts.«

»Hast du etwa die ganze Wohnung durchsucht?«

»Natürlich. Wenn ich schon mal die Gelegenheit dazu habe! Und ich sag dir: Hier stimmt was nicht. Ich wollte eigentlich mit den Kindern gleich wieder zu mir fahren, aber vielleicht kommst du auch noch mal vorbei und schaust es dir an? Das glaubt mir doch sonst keiner.«

Ich seufze und werfe einen Blick auf Simon, der sich mittlerweile ein Glas Wein eingegossen hat. Wie groß sind wohl die Chancen, dass Simon jemals wieder einen Anlauf unternimmt, eine leidenschaftliche Nacht mit mir zu verbringen, wenn ich ihn jetzt als Babysitter einspanne? Gut, er hat mich eben schon als seine Freundin bezeichnet. Aber das schien mir eher eine Art Reviermarkierung zu sein. Wahrscheinlich habe ich noch Glück gehabt, dass Simon nicht an das Buchsbäumchen neben unserer Haustür gepinkelt hat. Abgesehen davon ist dieser Abend dabei, als nächste Pleite in die bisher kurze Geschichte unserer Romanze einzugehen.

»Was ist denn nun? Kommst du?«, will Florentine wissen.
»Moment, ich kläre das«, sage ich und lege auf.
Simon mustert mich über den Rand seines Weinglases.
»Sag jetzt nicht, du musst noch mal weg.«
Bevor ich diese Frage beantworten kann, legt Simon seinen Zeigefinger auf meine Lippen.
»Psst, lass mich raten: Du musst noch mal weg, und ich soll auf Max aufpassen, richtig?«
Ich nicke. »Bist du jetzt sauer?«
»Quatsch. Wenn du so aufgewuschelt bist, wird es mit der Romantik heute Abend sowieso nichts mehr. Und wenn der Herr Felice auf Max aufpassen kann, dann kann ich das erst recht! Nun fahr schon los!«

Es ist wirklich so, wie Florentine gesagt hat: In Ulfis Wohnung findet sich überhaupt kein Hinweis darauf, dass er hier mit Julia oder irgendeiner anderen Frau zusammenlebt. Keine Fotos auf seinem Schreibtisch oder im Wohnzimmer, kein zweites Kopfkissen oder eine weitere Decke auf dem Bett. Auch im Bad nur After Shave, Duschgel *For Men* und ein Deo von *Boss*. Keine zweite Erwachsenen-Zahnbürste und auch sonst nichts, was auch nur ansatzweise auf ein weibliches Wesen hindeutet. Sehr mysteriös!
Florentine hat angefangen, auch Ulfis Kleiderschrank zu durchwühlen. Ob sie glaubt, dass sie diese Julia darin findet? Die Kinder hocken derweil müde und traurig auf dem Sofa. Ich setze mich neben sie.
»Wir fahren gleich nach Hause. Ihr seid schon ganz blass um die Nase.«
Die Mädchen gucken mich mit großen Augen an, sagen aber nichts. Arthur wiederum gähnt herzhaft und nickt.

»Sagt mal, was hat denn der Papa gesagt, bevor er losgefahren ist?«, erkundige ich mich.

Die Kinder gucken sich kurz an, ganz so, als müssten sie erst überlegen, ob sie mir von ihrem Vater überhaupt erzählen dürfen. Schließlich wagt sich Henriette vor.

»Er hat gesagt, er müsse jetzt schnell zum Flughafen fahren. Und dass Julia gleich kommen würde, um auf uns aufzupassen.«

»Aber die kam nicht«, ergänzt Charlotte. »Und dann hat Arthur irgendwann angefangen zu weinen, und wir haben Angst bekommen.«

Henriette nickt ganz aufgeregt.

»Erst haben wir Papa angerufen. Aber der ging nicht ran. Und dann haben wir Mama angerufen. Obwohl wir das eigentlich nicht sollten.«

»Ihr solltet das nicht?«, frage ich erstaunt nach.

Alle drei schütteln den Kopf, Henriette erklärt.

»Papa hat gesagt, dass er ganz dolle Streit mit der Mama hat, weil sie nicht glaubt, dass er sich richtig um uns kümmern kann. Und dass wir beweisen müssten, dass das doch klappt. Dann hätten sie nämlich keinen Streit mehr, und alles wäre wieder gut. Und deswegen dürften wir Mama auf gar, gar keinen Fall erzählen, wenn etwas nicht klappt.«

Einträchtiges Nicken.

»Ja, genau«, bestätigt Charlotte. »Deswegen haben wir auch erst nicht angerufen und haben versucht, Arthur zu trösten. Aber der hat nicht aufgehört zu weinen, und Julia ist einfach nicht gekommen. Da ging es nicht mehr.«

Ich bin fassungslos. Ulf ist so ein … Im Geiste gehe ich alle Begriffe durch, die ihn zutreffend beschreiben. Vor Kindern kann ich keinen davon verwenden.

»Meinst du, Mama ist böse?«, fragt das Mädchen vorsichtig nach. »Hoffentlich schimpft sie jetzt nicht ganz doll mit Papa. Es soll doch alles wieder gut werden.«

Sie klingt furchtbar niedergeschlagen, und ich habe das Bedürfnis, sie in den Arm zu nehmen. Mache ich auch.

»Charlotte, bestimmt wird es irgendwann wieder gut. Weißt du, momentan sind Mama und Papa ziemlich aufgeregt, weil sich gerade so viel für sie ändert. Aber sie werden bestimmt einen Weg finden, wie es euch allen wieder besser geht.«

Die anderen beiden Kinder hängen regelrecht an meinen Lippen, ich kann ihnen ansehen, wie sehr sie sich wünschen, dass ich Recht habe. Ich fühle mich sehr unwohl, fast so, als hätte ich die Kinder belogen.

Florentine kommt zu uns ins Wohnzimmer.

»Also, in seinen Schränken ist auch nichts von ihr. Ich versteh's nicht!« Sie wirft einen Blick auf uns. »Oh, ist hier in der Zwischenzeit noch was passiert?«, fragt sie die Kinder. »Ihr seht alle so mickrig aus.«

»Deine Kinder müssen ganz dringend ins Bett. Lass uns fahren. Heute werden wir das Rätsel um die verschwundene Julia sowieso nicht lösen. Hast du noch mal versucht, Ulf zu erreichen?«

Sie nickt. »Ja, aber immer nur Mailbox. Ich habe ihm auch schon draufgesprochen, dass er mich sofort anrufen soll.«

Ich stehe von dem Sofa auf.

»Kommt, Kinder. Wir fahren jetzt zu Mama nach Hause. Morgen ist ein neuer Tag, und dann klären wir mal ganz in Ruhe, wie das mit Papa weitergehen soll, in Ordnung?«

Im Gänsemarsch tapsen die drei Richtung Wohnungstür und warten auf uns. Ihre kleinen Rucksäcke geschultert, schleichen sie dann hinter Florentine und mir durch den Hausflur zum Ausgang. Arme Mäuse! Ich muss mir dringend etwas einfallen lassen, damit hier wirklich Friede einkehrt – und nicht nur Geld. Die Frage ist nur: was?

ACHTZEHN

Am nächsten Morgen stolpere ich in der Kanzlei als Erstes über Aysun.

»Guten Morgen! Was machst du denn schon hier?«, will ich von ihr wissen. Normalerweise kommt sie ja immer erst mittags aus der Uni.

»Es sind doch Semesterferien, und diese Woche habe ich mit Florentine getauscht. Die hat ihre Kinder zu Hause – wegen irgend so etwas, das sich Schließzeit nennt. Hab's nicht ganz verstanden, aber du kennst dich damit wahrscheinlich bestens aus. Wobei: Sollte nicht eigentlich Super-Ulfi die Kinder hüten? Und wo wir gerade bei Florentine sind: Dr. Schleitheimer hat heute früh sehr hysterisch auf der Suche nach dir angerufen. Habe ihm schon gesagt, dass du heute später kommst. Hattest ja bestimmt 'ne lange, anstrengende Nacht.«

Sie kichert, ich gähne.

»Stimmt, sie war lang und anstrengend. Aber leider nicht so, wie ich mir das erhofft hatte.«

Aysun kräuselt ihre Nase.

»Nicht? Hattest du dir da mehr versprochen von deinem romantischen Abend mit Simon? Kann er zwar gut küssen, aber der Rest ist nicht so prickelnd?«

»Quatsch!«, fauche ich sie an. Ich hätte Aysun nicht fragen sollen, ob sie babysittet. Sie ist einfach zu neugierig!

»Der Abend begann zwar wunderbar, aber leider habe ich ihn später nicht mit Simon verbracht.«

»Sag bloß, du hast dir wieder Trüffel bestellt. Du lernst es ja auch nicht! Nimm doch mal eine ehrliche Salami-Pizza.«

»Ha, ha, sehr lustig! Nein, mit dem Essen hatte das gar nichts zu tun. Als es mit Simon schon gerade sehr kuschelig war, rief Florentine ganz aufgelöst an. Ulf hatte die Kinder allein zu Hause gelassen, weil er einen Flug nach Stuttgart kriegen musste. Seine neue Freundin sollte eigentlich aufpassen, aber die war nicht da und ist auch nicht mehr gekommen. Irgendwann haben die Kinder völlig verängstigt bei Florentine angerufen, die gerade auf Mäxchen aufpasste. *Du hattest schließlich keine Zeit.*«

»Oh, Mist! Das tut mir leid. Also bist du wieder zu Max, Florentine hat die Kinder geholt, und Simon hat sich mit einem guten Buch ins Bett gelegt.«

Ich nicke nur und lasse es dabei bewenden, weil ich keine große Lust habe, ihr die komplette Geschichte mitsamt Tiziano, seiner Mutter und der Tatsache, dass Simon nicht mehr bleiben wollte, als ich wieder zu Hause ankam, zu erzählen. Sauer war er zwar nicht, sondern nur müde. Aber trotzdem war ich ein bisschen enttäuscht und bin es immer noch. Na ja, aller guten Dinge sind drei, und beim nächsten Date werde ich einfach sämtliche potentiellen Störfaktoren vorher verbannen. Ich hätte für Max, Florentine und ihre Kinder wahrscheinlich auch eine Kabine auf der Queen Mary buchen sollen, dann hätte ich erst mal Ruhe!

»Na, dann ist doch ein spannender Tag mit ein paar Akten genau die richtige Ablenkung für dich«, zieht mich Aysun auf. »Es liegt übrigens auch schon etwas Wichtiges auf deinem höchsten Stapel.«

»Super!«, maule ich schlecht gelaunt und verziehe mich in mein Büro. An meinem Schreibtisch angekommen, verfliegt der Hauch meiner schlechten Laune allerdings schnell wieder. Dort liegt tatsächlich eine einzelne rote Rose, mit einem kleinen Zettel am Stängel.

Keine Sorge: Irgendwann klappt das mit unserem romantischen Abend.
Kuss. S.

Mein Herz macht einen kleinen Sprung. Das ist ja süß! Ich überlege kurz, Simon einen Besuch in seinem Büro abzustatten. Der unerfreulich hohe Aktenstapel auf meinem Schreibtisch hält mich aber davon ab. Also stecke ich die einzelne Rose zu ihren Artgenossen in die Vase auf meinem Fensterbrett und schnappe mir den ersten Aktendeckel.

Uah, Herr Serafimides, ein Mandant der ersten Stunde, will auf Löschung einer Hypothek aus dem Grundbuch klagen. Das ist gruseligstes Immobiliarsachenrecht. Davon habe ich fünfzehn Jahre nach Studienabschluss nun wirklich keine Ahnung mehr. Da müsste ich glatt mal in einen Kommentar gucken. Ich schaue auf mein Bücherregal und ziehe schließlich den Palandt hervor, des fleißigen Juristen Helfer in allen Lebenslagen. Wo genau muss ich da eigentlich noch mal suchen? Das war doch relativ weit hinten ... oder etwa nicht? Meine Güte, heute würde ich sicherlich mit Pauken und Trompeten durch das Staatsexamen fallen! Ich lege den Palandt vor mich auf den Tisch und versuche, ihm durch Hypnose die richtigen Paragraphen zu entlocken. Hilft leider nichts, ich muss wohl doch einen Blick hineinwerfen!

Bevor ich den Palandt aber noch aufschlagen kann, klingelt mein Telefon. Die Nummer kenne ich doch – klar, es ist meine eigene! Jemand ruft von zu Hause aus an. Vielleicht Mäxchen? Das macht er manchmal, wenn er tagsüber zu Hause ist.

»Na, wer ist da?«, rufe ich fröhlich in den Hörer.

»Ich bin's. Tiziano«, kommt es mit Grabesstimme zurück.

Ach du grüne Neune – der war heute früh schon so schlecht gelaunt, als er angetrabt kam, um seinen Dienst als Nanny anzutreten.

»Was gibt's denn?«, frage ich betont gut gelaunt. Kommt gar nicht in Frage, dass der mir die Laune verdirbt!

»Meine Mutter macht sich große Sorgen wegen Simon.«

»Das tut mir leid«, bemerke ich trocken.

Ein herzzerreißender Seufzer am anderen Ende der Leitung.

»Nikola, wirklich! Meine Mutter ist nur noch eine Woche da, und bis jetzt lief es perfekt. Aber wenn sie nun misstrauisch wird, war die ganze Mühe umsonst.«

»Mag sein, aber du kannst auch nicht erwarten, dass ich hier wochenlang auf mein eigenes Privatleben verzichte.«

»Tu ich doch gar nicht. Aber dass Simon nun so einen Auftritt hinlegt, war nicht besonders schön.« Wieder ein tiefer Seufzer. »Ich habe mir deswegen etwas überlegt.«

Da bin ich aber gespannt!

»Was denn? Schieß los!«

»Wir müssen etwas Romantisches zusammen machen. Mit meiner Mutter.«

Nun kann ich mir ein Lachen wirklich nicht mehr verkneifen.

»Tut mir leid, Tiziano!«, bringe ich kichernd hervor. »Da geht doch wohl nur eins von beidem: Entweder machen wir etwas Romantisches. Oder wir machen etwas mit deiner Mutter.«

Der spinnt doch komplett! Im Übrigen helfe ich zwar gern, aber vielleicht kann man von einem Zweiunddreißigjährigen auch erwarten, dass er mal Klartext mit seiner Mutter redet. Ich hoffe sehr, dass sich Max eines Tages nicht imaginäre Verlobte ausdenkt, um mir irgendwie zu gefallen. Gruselige Vorstellung!

»Doch!«

»Was *doch*?«

»Ich habe etwas gefunden, das sowohl romantisch ist, als auch mit meiner Mutter funktioniert.«

Dazu sage ich erst mal nichts, weil ich es für komplett kindischen Unsinn halte.

»Willst du gar nicht wissen, was es ist?« Tiziano klingt schwer enttäuscht.

»Na gut. Schieß los. Was hast du gefunden?«

»Einen Ballon!« Tiziano klingt sehr stolz.

Ich hingegen frage mich, ob wir jetzt endgültig auf das Niveau *Kindergeburtstag* gesunken sind. Was will er denn mit einem Ballon?

»Ich weiß nicht – was soll denn daran romantisch sein? Oder willst du mir so ein Herz aus einem Ballon knoten und es mir vor den Augen deiner Mutter überreichen? Finde ich total kindisch.«

»*Ma no*! Doch nicht so ein Ballon! Ich rede von etwas anderem. so etwas ganz Großem! Das fliegt! Ein *pallone frenato*, verstehst du?«

Nein, tu ich nicht. Ich spreche schließlich kein Italienisch. Der letzte fliegende Ballon, den ich gesehen habe, wurde Max an einem Stand auf dem Hamburger Dom überreicht, das ist ein Rummel, der dreimal im Jahr in der Hansestadt veranstaltet wird und den ich zwar scheußlich finde, meine Kinder aber über alles lieben.

»Tiziano«, sage ich möglichst milde, »ich weiß überhaupt nicht, wovon du sprichst.«

»Aber das ist doch sonnenklar: Ich miete ein *pallone frenato* für Mama, dich und mich. Und dann fliegen wir über Hamburg und *zack*: schenke ich dir einen tollen Verlobungsring. Und dann bist du glücklich und küsst mich, und Mama ist auch glücklich, und alles ist gut. Mama hat nämlich auch schon mit mir geschimpft, dass du noch gar keinen Verlobungsring hast. Sie meint, dann sei es ja kein Wunder, wenn du noch nicht völlig von meinen ernsten Absichten überzeugt seist und andere Männer überhaupt in deine Nähe dürften. Sie hat mir deswegen sogar Geld gegeben, um einen schönen Ring für dich zu kaufen. Glaube mir, Nikola, das wird seeehr romantisch! Ich habe schon eine Fahrt für uns drei gebucht.«

Jetzt geht mir ein Seifensieder auf.

»Ach, du meinst einen Fesselballon! Also einen, mit dem Menschen fliegen können.«

»*Certo*! So heißt das Ding also. Was meinst du dazu?«

»Vergiss es! Das meine ich dazu.«

»Aber warum? Es ist die perfekte Idee!«

»Nein. Auf gar keinen Fall steige ich in so ein Ding. Ich habe Flugangst. Ich würde in dem Ballon sterben! Eher sage ich deiner Mutter, dass die ganze Geschichte mit uns Schmu ist.«

»Dein letztes Wort?«

»Ja.«

Klick. Tiziano hat beleidigt aufgelegt. Spinner!

Es dauert keine zwei Minuten, dann klingelt das Telefon

wieder. Der kann wohl einfach nicht lockerlassen. Ich greife zum Hörer und brülle: »Nein! Hast du es verstanden: Nein! Auf gar keinen Fall! Soll deine Mutter von mir denken, was sie will!«

Schweigen am anderen Ende, dann ein Hüsteln.

»Frau Kollegin, ich wüsste nun wirklich nicht, was meine Frau Mutter mit der ganzen Sache zu tun hätte.«

Auweia. Das ist gar nicht Tiziano. Es ist Herr Dr. Schleitheimer, Ulfis Anwalt.

NEUNZEHN

Das Gute daran, kein Einzelkämpfer zu sein? Wenn man selbst völlig den Überblick verloren hat oder einem die taktischen Ideen ausgehen, hat man immer jemanden, mit dem man sich besprechen kann.

In meinem Fall bedeutet es, dass ich jetzt mit Alexander und Simon in unserer Teeküche sitze und ihnen den Fall »Florentine« von vorn bis hinten erkläre. Simon ist natürlich schon ein bisschen mehr im Thema, aber ich freue mich, dass auch Alexander sich die Zeit nimmt, mir zuzuhören und seinen Senf dazuzugeben.

»Also noch mal für mich zum Mitschreiben: Ulf ist abends abgehauen, und sein Anwalt behauptet, eigentlich sollte schon eine halbe Stunde später seine neue Else aufkreuzen, die aber einen Unfall hatte. Und jetzt sind Anwalt und Ulfi ganz empört, dass du ihm unterstellst, er würde sich nicht richtig um die Kinder kümmern.«

Ich nicke. »Ja, so ungefähr hat der Kollege Schleitheimer das gerade erzählt.«

Alexander zuckt mit den Schultern.

»Aber kann doch so gewesen sein. Ich meine, es ist zwar extrem unglücklich, aber nehmen wir mal an, der denkt, die Trulla kommt gleich, und ich muss jetzt schnell los, sonst verpass ich meinen Flieger. Einen anderen Babysitter habe ich nicht, denn ich habe ja nicht damit gerechnet, dass ich die Kinder plötzlich nehmen muss, und meine Exfrau kann ich kaum bitten einzuspringen, weil ich ja nicht zugeben will, wie schwierig das mit der Kinderbetreuung für mich ist. Also lass ich es drauf ankommen – wird schon gut gehen, oder?«

Ich schüttle den Kopf.

»Nee, irgendwas ist an der Geschichte faul. Er hat vor Gericht behauptet, dass er mit dieser Julia schon seit einem Jahr zusammen ist, sie schwanger ist und mit ihm zusammenlebt. Ich habe es eben noch mal nachgeschaut: Dr. Schleitheimer hat sie für den nächsten Termin auch wieder als Zeugin benannt und Ulfs Wohnung als ladungsfähige Anschrift angegeben. In der rein gar nichts von dieser Frau rumliegt. Nicht mal eine Zahnbürste.«

Simon streicht sich über das Kinn.

»Okay, das ist wirklich seltsam. Also, dass er das Trennungsjahr unzulässig abkürzen will, das scheint auf der Hand zu liegen. Und wenn sie schwanger ist, kann man das ja irgendwie auch verstehen. Aber wie passt das mit deiner Beobachtung zusammen?«

»Genau, das verstehe ich eben auch nicht. Hatte gehofft, ihr könntet euch da einen Reim drauf machen«, seufze ich.

»Tja, oder«, Alexander macht eine kurze Pause, »es gibt irgendwie noch eine zweite Wohnung? Vielleicht will Ulf ja nicht, dass Florentine erfährt, wo er mit der Dame wohnt. Vielleicht ist es so, dass er in ihre Wohnung mit eingezogen ist, aber seine »Junggesellenbude« noch behalten hat? Falls es mit dieser Julia doch nicht so läuft? Ich meine – Ärger genug mit Frauen hat er ja gerade, da wollte er vielleicht auf Nummer sicher gehen.«

Simon lacht. »Sehr weitsichtig von ihm. Sollte ich vielleicht beim nächsten Mal auch so machen. *Falls* es jemals ein nächstes Mal gibt und ich mit einer Frau zusammenziehe. Man kann den Damen einfach nicht trauen.«

Hey, jetzt mal nicht frech werden! Ich werfe ihm einen bösen Blick zu, den er allerdings einfach ignoriert.

Alexander hingegen mustert mich interessiert und schaut dann wieder zu Simon rüber.

»Ähm, also zurück zum eigentlichen Thema«, sagt er dann. »An deiner These könnte natürlich etwas dran sein. Aber wie finden wir heraus, wo die Dame in Wirklichkeit wohnt?«

»Gute Frage!«, lobe ich ihn. »Wenn es nämlich so ist, wie ich mittlerweile vermute, haben die beiden noch gar keine gemeinsame Wohnung, weil sie überhaupt nicht so lange zusammen sind, wie Ulfi behauptet. Und wenn ich ihn da beim Schummeln erwischen könnte, wäre doch auch klar, dass er beim Trennungsjahr lügt und seine tolle Julia auch. Vor Gericht eine falsche Adresse anzugeben, macht jedenfalls keinen allzu guten Eindruck!«

Ich reibe mir instinktiv die Hände. Das wäre doch zu schön! Dann hätten wir noch ein bisschen Zeit, um den weiteren Unterhalt für Florentine zu verhandeln, und stünden nicht so unter Zeitdruck!

Simon schaut mich an und lächelt. »Gut, dann mache ich jetzt mal einen praktischen Vorschlag.«

»Und der wäre?«

»Ich versuche, diese Julia zu beschatten. Mein Prozess in Villingen-Schwenningen ruht sowieso, ich habe etwas Zeit, ich kann das machen.«

Alexander schaut sehr skeptisch. »Und dann? Du läufst ihr hinterher, sie geht in eine andere Wohnung – und was machst du?«

»Ich denke, ich werde dann die Nachbarn befragen. Oder

vielleicht gibt es gegenüber eine Bäckerei, in der sie Brötchen kauft, oder einen Supermarkt oder was weiß ich. Lass das mal meine Sorge sein«, wiegelt Simon ab, »mein zweiter Name lautet Sherlock.«

Simon Sherlock Rupprecht – ein sehr netter Gedanke! Aber natürlich hat Alexander in gewisser Weise Recht. Es reicht leider nicht, dass wir uns alle einig sind, dass Ulfi ein Betrüger ist. Wir müssten auch die Richterin davon überzeugen. Ob Simons Aussage plus seine sehr blauen Augen dafür reichen? Ich bin mir nicht ganz sicher, der erste Auftritt von Julia vor Gericht war schon sehr beeindruckend.

Am schönsten wäre es natürlich, man könnte mit Ulf vernünftig reden. Vor meinem inneren Auge tauchen wieder die traurigen kleinen Mäuse auf. Eine halbwegs friedliche Einigung zwischen Ulf und Florentine wäre für die Kinder sicher das Beste. Vielleicht müssen wir gar nicht die Richterin überzeugen, sondern können Ulfs Verhandlungsbereitschaft fördern, wenn wir ihn beim Lügen erwischen.

»Ich finde Simons Idee gut«, sage ich also. »Sherlock soll ruhig mal gucken, wie weit er kommt. Ich freue mich, wenn er uns demnächst Ermittlungsergebnisse präsentiert.«

»Das ist ja toll, wie einig ihr euch seid«, meint Alexander leicht säuerlich. »Dann steht einer harmonischen Partnerschaft überhaupt nichts mehr im Wege. Also, außer der Tatsache, dass ich noch mein Büro ausräumen muss.«

Simon knufft ihn in die Seite.

»Hey, Kollege, jetzt mal nicht so angefressen hier. Erstens war es deine Idee mit der Partnerschaft. Und zweitens: Was wäre Sherlock Holmes ohne Watson? Du kannst dich bei meiner kleinen Recherche gern einbringen.«

Bei diesem Vorschlag muss selbst Alexander grinsen.

»War ja klar – du Sherlock, ich Watson. Habe ich wohl noch Glück, dass es bei uns beiden nicht auf Tarzan und Jane rausläuft. Aber was soll ich denn machen?«

»Du könntest zum Beispiel gucken, wie Ulfi seine Feierabende verbringt«, schlägt Simon vor. »Vielleicht ist er doch nicht so häuslich, wie er jetzt tut. Mit den Kindern hat er es jedenfalls schon mal nicht hinbekommen.«

Als Simon die Kinder erwähnt, fällt mir ein Schönheitsfehler an Simons Superplan auf: Die Kinder sind wieder bei Florentine. Und dann muss die liebe Julia nicht mehr auf sie aufpassen. Wenn sie das aber nicht muss, dann wissen wir natürlich nicht, wann sie wieder zu Ulf kommt und Simon sie beim Verlassen des Hauses verfolgen kann. Da kann er unter Umständen ewig vor Ulfis Haus rumlungern. Selbst wenn er sich mit Alexander Watson ablöst, ist das vielleicht eine wenig zielführende Aktion.

»Gut, ihr beiden Spitzenermittler – ich werde versuchen, die Kindsmutter dazu zu bringen, die Kinder noch mal bei Ulfi abzuliefern. Und wenn Julia dann als Babysitter aufkreuzt, habt ihr die Gelegenheit, ihr aufzulauern und sie zu verfolgen, wenn sie wieder geht. Okay?«

Simon und Alexander nicken. Einträchtig. Na also, geht doch!

Unsere traute Zusammenkunft wird von Aysun aufgelöst, die erscheint, um Simon daran zu erinnern, dass ein neuer Mandant auf ihn wartet.

»Stimmt. Der Heiratsschwindler!«, ruft er und steht auf.

»Ein Heiratsschwindler? Das klingt ja interessant«, grinst Alexander. »Vielleicht hätte ich dem Strafrecht doch eine Chance geben sollen. Baugenehmigungen durchzudrücken ist nicht immer ganz so sexy.«

Simon zuckt mit den Schultern.

»Du hast es selbst in der Hand – bleib in Hamburg, wir tun uns zu dritt zusammen, und du übernimmst von mir regelmäßig eine schöne Pflichtverteidigung. Das kannst du dann ganz in Ruhe ausbauen. Und dann sind wir die drei Musketiere des Rechts – einer für alle, alle für einen!«

Nun müssen wir alle laut losprusten, bis uns Aysun zur Ordnung ruft.

»Hey, auch auf die Gefahr hin, hier niemals D'Artagnan zu werden: Was ist jetzt mit deinem Mandanten? Lukas Holtkamp wartet schon seit zehn Minuten vor deiner Noch-Bürotür. Und es ist nicht Heiratsschwindel, sondern Scheinehe.«

Simon seufzt.

»Ihr seht, die Pflicht in Person meiner Bald-Mitarbeiterin ruft.« Er geht in Richtung Flur. »Sagt mir einfach Bescheid, wann ihr meinen Einsatz als Sherlock plant.«

»Moment, ich komm' kurz mit!«, rufe ich ihm hinterher und stehe ebenfalls auf. »Ich muss dir noch etwas Dringendes sagen.« Okay. Das ist natürlich gelogen. In Wirklichkeit muss ich ihn dringend küssen. Das erscheint mir ein angemessener Dank für die Rose zu sein. Ich husche also mit ihm zum Ausgang unseres Büros und lege, kaum haben wir den Hausflur erreicht, meine Arme um seinen Hals.

»Danke für die Rose«, flüstere ich ihm dann in sein Ohr und küsse ihn.

»Oh, sehr gern!« Er erwidert meinen Kuss.

Schräg hinter uns, im Dunkel des Flurs, hüstelt jemand. Wir zucken zusammen, Simon tastet nach dem Schalter für das Flurlicht. Als die Deckenbeleuchtung angeht, sehe ich, dass tatsächlich jemand vor Simons Büro steht. Und irgendwie habe ich diesen Jemand schon mal gesehen. Bloß – wo?

Der junge Mann kommt auf uns zu und lächelt verlegen.

»'tschuldigung, Herr Dr. Rupprecht, ich wollte nicht stören, aber ich muss gleich wieder los.«

Simon dreht sich zu ihm um. Falls ihm dieses Zusammentreffen nun peinlich ist, lässt er es sich jedenfalls nicht anmerken.

»Nein, Sie stören doch nicht. Tut mir leid, dass Sie warten mussten, ich war noch in einer Besprechung. Ich schließe sofort auf, und dann legen wir los, Herr Holtkamp.«

Jetzt fällt bei mir der Groschen. Lukas Holtkamp. Der Scheinehemann. Und nun weiß ich auch, wo ich den Jungen schon mal gesehen habe. Vor mir steht Lukas, der Pfleger aus der Uniklinik.

ZWANZIG

Dieser nette, sympathische junge Mann soll ein böser, gewerbsmäßiger Scheineheschließer sein? Das kann ich mir gar nicht vorstellen. Noch dazu, wo er doch eine sehr nette Freundin zu haben schien. Was sagt die denn zu der ganzen Sache? Zu gern würde ich ihn das fragen, aber kaum hat Simon die Tür zu seinem Büro aufgeschlossen, sind die beiden Herren auch schon verschwunden.

Einen Moment stehe ich noch nachdenklich im Hausflur, dann gehe ich zurück in meine eigene Kanzlei, an meinen eigenen Schreibtisch. Dort gibt es schließlich genug zu tun. Als Erstes müsste ich eigentlich ganz dringend mit Florentine telefonieren. Ich werfe einen Blick aus dem Fenster. Strahlend blauer Himmel, keine einzige Wolke, die Sonne taucht die weiße Kuppel des Oberlandesgerichts in gleißendes Licht. Ach was! Ich werde Florentine nicht anrufen, sondern zu ihr fahren. Schließlich sitzt sie gerade deprimiert mit drei Kindern zu Hause. Ich werde also mein eigenes Kind aus den Fängen seines italienischen Babysitters befreien, dann kaufen wir Eis für alle, setzen uns in den nächsten Park, die Kinder spielen, und ich spreche mit Florentine alles durch.

»Willst du etwa schon wieder gehen?« Aysun guckt erstaunt, als ich mit meiner Handtasche unter dem Arm an ihrem Empfang vorbeispaziere.

»Ja. Dringendes Mandantengespräch«, entgegne ich fröhlich.

»Komisch, ist gar nicht in deinem Kalender eingetragen«, murrt Aysun.

»Ist ein Sondereinsatz. Mit Florentine, vier Kindern und zusammengerechnet zwölf Kugeln Stracciatella in der Waffel«, rufe ich ihr zu – und bin weg.

»Ciao Nikola!«, begrüßt mich Signora Felice an meiner eigenen Wohnungstür. Sie hat eine Schürze umgebunden und schaut ein bisschen bekümmert. Tiziano taucht hinter ihr auf.

»Alles in Ordnung?«, frage ich. Ich will doch nicht hoffen, dass seine Mutter die nächsten zwei Wochen beleidigt ist, weil Simon so eine Show abgezogen hat. Ein kurzer Wortwechsel zwischen Tiziano und ihr, sie verschwindet wieder ins Haus, dann übersetzt er.

»Alles in Ordnung. Wir haben nur gerade zu Mittag gegessen, und meine Mutter macht sich Vorwürfe, weil sie dich nicht eingeplant hatte und du jetzt wahrscheinlich Hunger hast. Es gab Cannelloni, aber die haben wir komplett aufgegessen. Max hatte richtig Appetit!«

Das glaube ich sofort – neulich Spaghetti Bolognese, jetzt Cannelloni, wahrscheinlich ohne jegliches Gemüse. Mein Sohn muss sich im Himmel wähnen.

»Na, Gott sei Dank! Ich dachte schon, deine Mutter ist immer noch in Sorge wegen deiner unzuverlässigen Verlobten«, grinse ich ihn an. Er winkt ab.

»Ach, überhaupt nicht. Mama ist glücklich, weil sie die Idee mit dem Ballon so toll findet. Nur du und ich und der Verlobungsring. Und natürlich Mama. Ich werde noch einen guten Champagner besorgen. Den trinken wir dann über den Wolken.«

Ich merke, wie eine gewisse Hitze in mir aufsteigt. Könnte sein, dass es sich dabei um Wut handelt.

»Sag mal, tickst du noch ganz sauber?«, fahre ich ihn an. »Ich habe dir doch wohl ganz klar gesagt, dass ich auf GAR KEINEN Fall mit dir in einen Fesselballon steige.«

»Nikola, bitte!«

Tiziano setzt einen Blick auf, mit dem man vermutlich ganze Gletscher schmelzen könnte. Aber das zieht bei mir nicht.

»Vergiss es. Mit deiner Mutter in den Zoo gehen – gern. So tun, als ob wir Händchen halten – meinetwegen. Aber mit dir in einem Ballon einen Kilometer über dem Erdboden gondeln und eine romantische Ringübergabe inszenieren – Horror! Keine zehn Pferde bringen mich da rein. Sag deiner Mutter, ich hätte eine Edelmetallallergie und gib ihr das Geld für den Ring zurück.«

»Was denn für ein Ballon?« Von mir unbemerkt, hat sich Max angeschlichen und hat Ohren so groß wie Blumenkohlköpfe.

Tiziano geht in die Knie und legt ihm seine Hände auf die Schultern.

»Ein ganz toller Ballon. Nämlich einer, mit dem man hoch am Himmel fahren kann. Da hat man einen viel besseren Überblick und kommt auf klare Gedanken. Das würde ich gern mit deiner Mama zusammen machen und habe sie dazu eingeladen. Aber leider will sie nicht, *peccato*! Ich bin ganz traurig.«

»Oh!«, ruft Max und guckt mich ganz böse an. »Mama! Das geht doch nicht! Der arme Tiziano!«

Ob Max' empfindliche Kinderseele Schaden nimmt, wenn

ich Tiziano vor seinen Augen unangespitzt in den Boden ramme? Oder zu sonst einem Gewaltexzess aushole? Ich atme tief durch und entscheide mich dann dagegen. Meine armen Kinder sind schon Halbwaisen, eine Mutter im Knast wäre da ganz schlecht.

»Komm, Max, hol deine Jacke, wir gehen ein Eis essen«, presse ich durch meine Lippen. Dann laufe ich zurück zum Auto und lasse den blöden Felice einfach stehen.

Nachdem ich Florentine und Kids eingesammelt habe, beschließen wir, uns nicht einfach Schleckeis im Supermarkt zu holen, sondern es uns mal richtig gutgehen zu lassen. Wir steuern also den Biergarten des Zollenspieker Fährhauses an. Hier, direkt an der Elbe, ist Hamburg so schön, dass es schon fast kitschig ist. Der Biergarten ragt wie ein Schiffsbug direkt in den Elbstrom hinein, und während man ein Stück Kuchen oder einen Eisbecher genießt, kann man prima Segelboote und Schiffe beim Vorbeiziehen beobachten und sich vorstellen, mit ihnen auf große Fahrt zu gehen – oder zumindest bis nach Cuxhaven. Nicht weit vom Fährhaus gibt es sogar einen kleinen Strandabschnitt, an dem man sein Badehandtuch ausrollen könnte.

Es ist nicht viel los an diesem frühen Dienstagvormittag, die meisten Hamburger arbeiten oder sind schon in die Sommerferien gefahren. Und so können Florentine und ich auf unserer Bierbank im Schutz der alten Bäume in Ruhe über Ulf sprechen, während die Kinder nach ihrem Eis auf der Wiese vor dem Deich Fangen spielen.

»Ulfi behauptet, Julia und wir müssten uns knapp verpasst haben und dass sie einen Unfall hatte und nur deswegen nicht rechtzeitig da war.«

»Hast du ihm gesagt, dass wir uns in der Wohnung umgesehen haben?«

Sie schüttelt den Kopf. »Nee. Ich dachte, vielleicht brauchen wir das noch mal irgendwie und dass es nicht gut ist, wenn er dann weiß, dass wir das wissen.«

Ich nicke anerkennend. »Du bist ein Fuchs, Florentine.«

»Tja, langsam lerne ich dazu. Ich kann schließlich nicht mein Leben lang ein Schaf bleiben.«

Ein großes Wort gelassen ausgesprochen!

»Und diese Erkenntnis kommt genau im richtigen Moment! Wir müssen uns nämlich wirklich als Fallensteller betätigen: Alexander und Simon haben angeboten, Julia zu beschatten und ihr zu folgen, wenn sie die Wohnung von Ulf verlässt. Wir wollen wissen, wo sie wirklich wohnt. Vielleicht können wir dann auch herausfinden, wie lange Ulf und Julia tatsächlich schon ein Paar sind.«

Florentine runzelt die Stirn. »Wie denn das?«

»Die Jungs wollen Detektiv spielen. Nachbarn befragen und so 'n Zeugs. Und damit wir Julia bei Ulf zu Hause abfangen können, musst du noch mal mit ihm sprechen. Du musst ihm sagen, dass du ihm noch eine Chance gibst und die Kinder vorbeibringst. Weil du einen zweiten Anlauf nimmst, bei Simon zu arbeiten. Und dass du die Kinder dann aber, sagen wir mal, um drei Uhr nachmittags zum Zahnarzt abholst.«

»Zum Zahnarzt? Die waren gerade erst beim Zahnarzt und haben tipptopp Zähne. Auf so etwas achte ich sehr!«

Okay, so ein Fuchs ist Florentine dann doch wieder nicht.

»Das ist doch nur ein Vorwand. Ich hoffe einfach, dass Ulf noch mal Julia als Babysitter einspannt und Simon und Alexander dann um fünfzehn Uhr mit ihren, nennen wir es mal: Ermittlungen anfangen können.«

Florentine reißt die Augen auf.

»Ach so! Sag das doch gleich! Okay, ich rede mit Ulf. Und überhaupt ist ja tatsächlich nicht einzusehen, dass ich die Kinder in der Schließzeit komplett alleine betreue. Sei bloß froh, dass du Gisela als Unterstützung hast!«

Ich räuspere mich. »Also momentan treibt sich meine Spitzenunterstützung, wie du weißt, in einem norwegischen Fjord herum und schwingt abends das Tanzbein auf einem Luxusliner.«

»Aber normalerweise hält sie dir den ganzen Kinderkram vom Hals. Und jetzt macht das Tiziano. Du hast einfach riesiges Glück.«

Eingedenk der Tatsache, dass meine gesamte Betreuungslogistik vor allem deswegen so ausgeklügelt ist, weil ich seit vier Jahren Witwe bin, werfe ich meiner Freundin einen bösen Blick zu. Sie deutet diesen ganz richtig und zuckt zusammen.

»Oh, tut mir leid! Das habe ich nicht so gemeint. Ich wollte nur sagen, dass du ein paar nette Menschen hast, die dich unterstützen. Ich muss mir die erst noch suchen.«

»Schon gut. Wobei ich mir bei Tiziano nicht sicher bin, ob er nicht eher wie ein drittes Kind ist. Der kommt manchmal auf Ideen …«

»Wieso?«

Ich zögere kurz. Kann ich Florentine die Geschichte von der ausgedachten Verlobung erzählen? Aber warum eigentlich nicht? Auf alle Fälle ist die sehr lustig und munter Florentine mit Sicherheit etwas auf.

Tatsächlich lacht Florentine fröhlich, während ich ihr eine kurze Zusammenfassung der ganzen Angelegenheit gebe.

»Stell dir vor«, erzähle ich zum Schluss, »nun will seine

Mutter auch noch ein Brautkleid mit mir kaufen gehen. Aber da habe ich bislang gestreikt.«

»Warum denn?«, wundert sich Florentine, »Brautkleider aussuchen macht doch richtig Spaß!«

»Aber nur, wenn man auch wirklich heiratet«, sage ich.

Sie schüttelt den Kopf. »Finde ich nicht. Ich fand es damals toll, solche irren Kleider anzuprobieren. War eigentlich schade, nach der Hochzeit damit aufzuhören.«

»Na, wenn du jetzt geschieden wirst, kannst du damit wieder anfangen«, bemerke ich trocken und ernte einen bösen Blick. Okay, dann sind wir nun für ihre Bemerkung mit der Betreuungslogistik quitt.

»Das bringt mich allerdings auf eine Idee – Tiziano will unbedingt eine Ballonfahrt mit mir machen, weil er das romantisch findet und er denkt, dass er seine Mutter damit glücklich macht. In einen Ballon kriegen mich allerdings keine zehn Pferde. Vielleicht könnte ich ihm aber als Alternative anbieten, dass wir zu dritt Brautkleider gucken gehen.«

»Mit Bräutigam?« Florentine schüttelt den Kopf. »Das bringt doch Unglück.«

»Nein, mit drei meine ich Frau Felice, dich und mich. Wenn dir das so viel Spaß gemacht hat, komm doch einfach mit!«

Florentine überlegt kurz, dann lächelt sie.

»Ja, eine gute Idee! Und: Ich spreche sogar ein bisschen Italienisch.«

Die Kinder tauchen vor unserem Biertisch auf. Max ist klitschnass. Arthur auch.

»Mama, wir haben am Strand gespielt, und ich bin irgendwie zu nah ans Wasser gekommen.«

»Ich auch.«

Ja. Es ist nicht zu übersehen. Das ist dann wohl das Ende unseres kleinen Ausflugs. Wechselklamotten habe ich jedenfalls unvorsichtigerweise nicht mitgenommen. Warum kann man mit Kindern eigentlich nie in Ruhe ein Eis essen, ohne dass eine Katastrophe passiert?

EINUNDZWANZIG

Zwei Stunden später: Das Kind ist gebadet, geföhnt und neu eingekleidet, und es kündigt sich ein entspannter Nachmittag an. Das ist gut, weil ich dringend Wäsche waschen und eigentlich auch mal wieder einkaufen müsste. Ich fürchte, ich habe nicht einmal mehr Spaghetti Mirácoli im Haus. Ohne Gisela wären wir wahrscheinlich schon längst verhungert! Ob ich Tiziano um eine Dose Ravioli anhauen kann, ohne dass er gleich wieder mit seinem Fesselballon um die Ecke kommt? Lieber nicht drauf ankommen lassen, notfalls bestelle ich nachher Pizza für Max und mich. Jetzt also erst mal die Wäsche.

»Mama, wir kriegen Besuch!« Max kommt zu mir in den Waschkeller gelaufen.

»Lass mich raten: Es ist Tiziano, und der will wieder wegen der Geschichte mit dem Ballon rumnerven.«

Max guckt mich erstaunt an. »Warum bist du denn immer so gemein zu Tiziano, Mama?«

»Bin ich gar nicht!«

Wie kommt Max denn darauf? Nur weil ich keine Lust habe, mich diesem Fesselballonabenteuer auszusetzen, bin ich doch nicht böse und gemein. Aber Tiziano ist nun mal Max' großer Freund und Fußballheld – wer etwas gegen ihn sagt und nicht seiner Meinung ist, ist per se verdächtig.

»Bist du wohl!«, beharrt Max dann auch sofort.

»Nein, bin ich nicht!«, lache ich und strecke Max die Zunge heraus. »Aber sag schon, ist es Tiziano?«
Mein Sohn schüttelt den Kopf.
»Nee, es ist Simon. Mit Flöckchen.«
»Oh! Moment!«
Ich stopfe den Haufen Buntwäsche, den ich gerade sortiert habe, in die Maschine, streiche mir die Haare hinters Ohr und laufe nach oben. Tatsächlich, in der Diele steht Simon mit einer braunen Papiertüte unter dem Arm, neben ihm sitzt sehr brav die riesige Bernhardinerdame Flöckchen.
»Moin!«, grüßt er mich fröhlich.
»Hallo Simon! Was verschlägt dich denn hierher? Oder besser gesagt: euch? Flöckchen habe ich ja schon lange nicht mehr gesehen.«
»Ja, solange ich nicht mehr nach Süddeutschland muss, wohnt sie wieder bei mir. Und als ich eben eine Dose für sie öffnete, hatte ich urplötzlich die ultimative Idee, wie ich zu einem entspannten, ungefährlichen Abendessen mit dir komme.«
»Da bin ich aber gespannt – tatsächlich ist mein Kühlschrank nämlich ganz schön leer, und ich wollte schon das Pizzataxi anrufen. Aber offenbar kannst du Gedanken lesen. Also, was ist deine Idee? Sie hat hoffentlich nichts mit Hundefutter aus der Dose zu tun!«
Er lacht. »Nein, natürlich nicht. Im Gegenteil: Wir kochen selbst! Ich habe alle Zutaten mitgebracht. Aber vorher muss ich noch eine andere Sache erledigen.«
Er stellt die Tüte ab, nimmt mich in den Arm und küsst mich. Genau in diesem Moment kommt auch Max aus dem Waschkeller geflitzt.
»Iiieeeeh!«, ruft er entsetzt. »Was macht ihr denn da?«

Simon lässt mich los und dreht sich zu Max um.

»Ich gebe deiner Mama einen Kuss. Weil ich sie so gern mag.«

Max verschränkt die Arme vor der Brust. »Das darf nur ich. Oder Oma. Oder Tessa.«

Simon kniet sich vor Max hin. »Echt? Wie schade! Und da machst du gar keine Ausnahme?«

Energisches Kopfschütteln.

»Nicht mal, wenn ich dir sage, dass ich das wirklich oberleckere, obercoole Abendessen mitgebracht habe? Garantiert ohne Gemüse?«

Zögern.

Ich mische mich ein.

»Ohne Gemüse? Max, das ist deine Chance! Nicht dass ich doch noch auf die Idee komme, eine große Portion Spinat aus der Gefriertruhe zu holen!«

Spinat? Das schreckt meinen Sohn natürlich sofort ab.

»Okay«, will er deshalb von Simon wissen, »was hast du denn mitgebracht?«

»Alle Zutaten für eine echte Hot-Dog-Station. Genau wie bei Ikea. Und als Nachtisch für deine Mama und mich eine schöne Flasche Wein.«

»Oh!« Mäxchens Augen beginnen zu leuchten. Ich würde sagen: Treffer, versenkt! Max liebt Hot Dogs. Woher Simon das wohl wusste? Gut, er hat natürlich selbst einen Sohn aus erster Ehe. Der ist aber schon einundzwanzig Jahre alt, und ich bin mir nicht sicher, wann der erste Ikea in Deutschland seine Hot-Dog-Station eröffnet hat.

»Gut, dann wäre das also geklärt, und ich habe deinen Segen.« Simon zieht mich wieder an sich und gibt mir noch einen Kuss. Max seufzt, dreht sich dann zu Flöckchen, die immer noch sehr geduldig an ihrem Platz sitzt, und krault sie hinter den Ohren.

»Jetzt, wo ihr das unter Männern geklärt habt, meine Frage: Es ist erst fünf Uhr. Noch ein bisschen früh für das Abendessen, oder?«, will ich von Max und Simon wissen.

»Du spielst doch so gern Fußball«, macht Simon einen Vorschlag. »Wollen wir eine Runde kicken?«

»Ja, tolle Idee!«, ruft Max sofort. »Und wollen wir dann noch Tiziano fragen? Der kann soooo gut Fußball spielen und ist total lustig und nett!«

Simons Miene verfinstert sich.

»Och nö, lass uns mal lieber zu zweit spielen. Der Tiziano hat auch bestimmt gar keine Zeit und muss arbeiten.«

Max lacht. »Nein, der Tiziano hat immer ganz viel Zeit. Der hat nämlich eine Hundepension ohne Hunde. Also, die ist noch nicht ganz fertig renoviert. Der freut sich auch, wenn wir ihm Flöckchen zeigen, weil er Hunde so gern mag. Ach, bitte!«

Tatsächlich ist eines von Tizianos Geschäftsmodellen, aus dem von seiner Tante geerbten Hof eine Hundepension zu machen. Allerdings habe ich ihn schon längere Zeit nicht mehr mit einem Hammer oder einem Farbeimer in der Hand gesehen. Wahrscheinlich war sein Freund Sergio die treibende Kraft, und seitdem der mehr oder weniger ausgezogen ist, ist das Projekt etwas ins Stocken geraten.

Ich kann Simon deutlich seine Begeisterung für den Vorschlag von Max ansehen, Letzterer wiederum hüpft von einem Bein auf das andere, weil er die Vorstellung, gleich mit zwei großen Jungs Fussi zu spielen, einfach so aufregend findet.

»Bitte, Simon, lass ihn uns fragen«, bettelt er nun noch einmal.

Simon hebt kapitulierend die Hände. »Tja, also, wenn sich der Herr Felice bei den Mitgliedern der Familie Petersen so riesiger Beliebtheit erfreut, dann kann ich wohl kaum anders.«

»Jipiieee!«, jubelt Max und flitzt sofort aus der Haustür Richtung Nachbarhaus. Als er weg ist, schüttelt Simon den Kopf.

»Ein netter Abend mit dir allein ist mir offenbar nicht vergönnt. Dabei war ich mir tausendprozentig sicher, dass mein Plan funktioniert.«

Ich streiche ihm sanft über den Kopf.

»Armer schwarzer Kater! Dein Plan war wirklich gut. Aber sieh es mal so – du hast einen kleinen Mann sehr glücklich gemacht. Hot Dogs und Kicken mit dir UND Tiziano, ich würde sagen, mehr geht nicht.«

»Tja, solange ich dich mit Tiziano nicht sehr glücklich mache, soll es mir egal sein.«

Er grinst betont locker, aber so ganz nehme ich ihm diese neue Lässigkeit in Bezug auf meinen Nachbarn nicht ab. Macht nichts, ein bisschen Eifersucht ist durchaus schmeichelhaft.

»Lass uns mal deine wertvollen Hot Dogs in den Kühlschrank verfrachten. Ich glaube, Flöckchen würde liebend gern mal einen Happs in die Tüte machen, wir müssen sie doch nicht unnötig quälen.«

»Wow, langsam wirst du eine richtige Hundefreundin!«, lobt mich Simon anerkennend. »Wie gut, dass ich dich zur Hundeschule geschleift habe.«

Wir räumen die Sachen in den Kühlschrank, dann werfe ich einen Blick aus dem Küchenfenster. Von Max und Tiziano ist nichts zu sehen, aber wahrscheinlich hat Mama Felice irgendeine süße Köstlichkeit zubereitet, mit der sie meinen Sohn noch schnell verwöhnen muss.

»Sag mal, wo wir noch unter uns sind«, schneide ich ein Thema an, das mich interessiert.

»Ja?«, fragt Simon nach und klingt dabei sehr hoffnungsvoll.

»Dieser Lukas, der mit der Scheinehe, was hat der dir denn so erzählt?«

»Och, du willst was Fachliches von mir. Wie doof!«, beschwert sich Simon.

»Hey, immerhin sind wir bald Partner! Da muss ich auch mal über juristische Belange mit dir sprechen und nicht immer nur Wein mit dir trinken.«

»Stimmt. Aber warum fragst du gerade nach dem?«

»Weil ich ihn kenne. Also, *kennen* ist vielleicht ein bisschen übertrieben, aber ich habe ihn schon mal gesehen.«

Simon mustert mich interessiert, sagt aber noch nichts. Also erzähle ich weiter.

»Weißt du noch, der Abend meiner Trüffelvergiftung? Als du mich schmählich im Krankenhaus im Stich gelassen hast?«

Simon wird rot. »Äh, also, dafür habe ich mich meines Wissens mit einem ziemlich großen Blumenstrauß entschuldigt.«

Ich muss lachen. »Genau. Aber darum geht's auch gar nicht. Also, der Nachtpfleger im Krankenhaus – das war dein Mandant Lukas.«

Schulterzucken. »Na und? Nachtwache ist ein guter Studentenjob, und Lukas Holtkamp ist Student. Ein Kommilitone von Aysun. Und überhaupt – die Welt ist klein und Hamburg ein Dorf.«

»Ja, weiß ich. Das meine ich auch gar nicht. Aber dieser Lukas – ich bin mir fast hundertprozentig sicher, dass er nachts Besuch von seiner Freundin hatte.«

Simon guckt mich an, als hätte ich erzählt, dass ich nicht wüsste, was zwei plus zwei ergibt.

»Wirklich? Von seiner Freundin? Das ist ja ein Skandal! Wo soll das noch hinführen mit diesen jungen Leuten!«

Langsam werde ich ein bisschen sauer. Simon versteht offenbar überhaupt nicht, was ich ihm sagen möchte.

»Von seiner FREUNDIN? Verstehst du? Die haben sich geküsst und sahen sehr innig miteinander aus. Wie kann der dann eine Scheinehe führen?«

»Wieso fragst du mich, ob ich das verstehe? Die Frage ist doch eher, ob du das verstehst. Die Scheinehe führt er natürlich nicht mit seiner Freundin, sondern mit einer Ausländerin, die sich mittels der Eheschließung einen Aufenthaltstitel erschlichen hat. Und dafür hat Aushilfspfleger Lukas auch noch Kohle kassiert. Deswegen hat er jetzt Ärger und eine Anklage am Hals, was in seinem Fall besonders schlecht ist, weil er Jura studiert. Da kann eine Verurteilung später schon für Probleme sorgen.«

»Ja, aber die Frau, die er geküsst hat, war keine Deutsche. Es war eine Ausländerin. Wahrscheinlich seine Ehefrau.«

Nachdenklich kratzt Simon sich am Kopf.

»Okay, wenn das so wäre, wäre es seltsam. Denn Lukas Holtkamp ist geständig. Deswegen wollte er diesen Freitag ursprünglich sogar ohne Anwalt vor Gericht erscheinen. Er sagt, er habe die Ehe mit dieser Frau gegen Bezahlung geschlossen. Wenn du ihn dann knutschenderweise mit ihr gesichtet hast, ist das in der Tat kurios. Aber die Freundin könnte natürlich auch eine ganz andere Ausländerin sein und mit der Scheinehe gar nichts zu tun haben. Oder diese sogar vermittelt haben – sagen wir mal für eine Bekannte oder Verwandte, die auch in Hamburg bleiben will.«

Eine Weile schweigen wir beide, und ich versuche, mich zu erinnern, wie der Name der jungen Frau war, die Lukas im Schwesternzimmer besucht hatte. Amila? Alina? Irgendetwas mit L und A, da bin ich mir ziemlich sicher.

»Hast du den Namen der Scheinehefrau parat?«, will ich wissen.

Simon schüttelt den Kopf. »Tut mir leid, da muss ich passen. Kann ich dir aber morgen sagen, wenn ich einen Blick in die Akte geworfen habe.«

Max taucht wieder auf, er hat Tiziano im Schlepptau.

»Ciao!«, begrüßt Letzterer uns fröhlich. »Tolle Idee von dir, Simon! Ein bisschen Fußball spielen, dann gemeinsam etwas essen – ich habe auch eine sehr gute Flasche Wein mitgebracht.«

»Großartig«, bemerkt Simon trocken. »Ich freue mich total auf einen netten Abend mit dir.«

ZWEIUNDZWANZIG

Team Alpha immer noch in Stellung. Wiederhole: Team Alpha in Stellung. Das Zielobjekt hat K1, K2 und K3 vor exakt dreiundsiebzig Minuten übernommen. Seitdem keine Feindbewegungen mehr. Wiederhole: Keine Feindbewegungen mehr.«

»Roger. Team Beta positiv. Roger.«

»K1, 2 und 3?«, frage ich nach.

»Natürlich!«, zischt mich Alexander ungnädig an. »Die Kinder. K1, 2 und 3.«

Aysun und ich brechen in schallendes Gelächter aus.

»Da gibst du den Jungs einmal einen halbwegs investigativen Auftrag, und schon führen sie sich auf wie James Bond und Batman zusammen«, prustet Aysun, als wir uns wieder beruhigt haben.

Tatsächlich scheinen Simon und Alex ihre Aufgabe überaus ernst zu nehmen. Ersterer hat an der Ecke vor dem Haus mit Ulfis Wohnung Stellung bezogen und teilt das Letzterem per Handy mit. Praktischerweise steht der direkt neben Aysun und mir am Empfang und hat sein Handy auf laut gestellt, damit wir auch ja hautnah mitbekommen, auf welch gefährliche Mission sich die Männer begeben haben. Nun allerdings guckt Alexander extrem säuerlich.

»Ja, macht ihr euch nur lustig über uns! Wessen Idee war denn das? Und ist es nicht eigentlich unheimlich nett von uns, dass wir uns so in der Causa Rothenberger gegen Rothenberger engagieren?«

Ich nicke und bemühe mich um einen halbwegs ernsten Gesichtsausdruck.

»Natürlich ist es das. Ich bin euch auch unheimlich dankbar. Aber wenn Simon so *Team Alpha* sagt, dann ...«, weiter komme ich nicht, weil ich leider einen akuten Lachkrampf erleide und kein Wort mehr rausbringe. Das ist mir wahrscheinlich seit der achten Klasse nicht mehr passiert.

»Also, das ist mir jetzt wirklich zu blöd mit euch«, schnaubt Alexander. »Dann arbeite ich lieber ein paar Akten weg. Schließlich muss ich Simon in drei Stunden bei seiner Observation ablösen, falls Julia bis dahin immer noch nicht das Haus verlassen hat.«

Spricht's und rauscht vom Empfang zu seinem Büro. Unser wieherndes Lachen begleitet ihn, und schließlich knallt er mit Wucht seine Bürotür zu. Gut, vielleicht haben wir es ein wenig übertrieben. Dass die Jungs aber auch immer keinen Spaß verstehen!

Aysun schaut ihm hinterher und schüttelt den Kopf.

»Back to work, würde ich sagen. Ich glaube, unser Alexander tut nur so beleidigt. In Wirklichkeit findet er es doch auch spannend, mal hinter seinen Aktenbergen hervorzukommen, und nimmt unseren Spott dafür gern in Kauf.«

»Glaub' ich auch.« Beim Stichwort Aktenberg fällt mir ein, dass ich Simon heute unbedingt fragen will, ob der Name der Scheinehefrau von Pfleger Lukas in der Prozessakte steht. Müsste er doch eigentlich. Ich weiß gar nicht, warum, und es ist natürlich auch nicht mein Fall: Aber ich habe das Gefühl, dass die junge Frau, die ich nachts im Krankenhaus gesehen habe, etwas mit der Geschichte zu tun haben könnte.

Dann kommt mir eine noch bessere Idee – Aysun! Vielleicht kennt sie die Freundin ihres Studienkameraden.

»Sag mal, dieser Kumpel von dir, der Ärger wegen einer angeblichen Scheinehe hat«, beginne ich.

»Ach, du meinst Lukas?«

»Genau. Lukas Holtkamp. Kennst du den näher?«

Aysun zuckt mit den Schultern.

»Na, was heißt schon näher? Wir haben schon mal zusammen gelernt. Er ist ein netter Kerl und wohnt in der WG einer gemeinsamen Freundin. Als ich mitbekommen habe, dass er Stress hat, habe ich ihm Simon empfohlen.«

»Und kennst du seine Freundin?«

»Nein. Hat der denn eine?«

»Ja. Ich glaube schon. Jedenfalls habe ich mitbekommen, dass ihn nachts eine junge Frau im Krankenhaus besucht hat. Auffallend hübsch und von auswärts.«

Aysun hebt die Augenbrauen. »Auswärts? So wie Mannheim oder Paderborn?«

»Ne. Auswärts so wie Teheran oder Dubai.«

»Interessant. Ich glaube, die Frau, um die es in dem Prozess geht, kommt aus dem Oman. Vielleicht war das der nächtliche Besuch, und die beiden wollten heimlich etwas wegen der Gerichtsverhandlung besprechen?«

Ich zucke mit den Schultern. »Kann natürlich sein. Aber die beiden waren sehr vertraut miteinander. Also, SEHR vertraut. Sie haben sich geküsst und sich gegenseitig ihre Liebe gestanden. Das finde ich für eine Scheinehe zu kuschlig. Ich habe das Simon schon erzählt, aber er meinte, der Besuch könne natürlich auch eine andere Frau gewesen sein. Leider fällt mir der Name der jungen Frau im Krankenhaus nicht mehr ein.«

»Würdest du ihn denn wiedererkennen, wenn du ihn noch mal hörst?«

Schon am Tonfall von Aysuns Stimme höre ich, dass sie irgendetwas Verbotenes plant.

»Ich glaube schon.«

»Dann lass uns doch mal bei Simon nachgucken. Ich habe einen Schlüssel für sein Büro.«

Wie gut ich meine Assistentin mittlerweile kenne! Sie verfügt einfach über erhebliche kriminelle Energie.

»Ich weiß nicht – das können wir doch nicht einfach so machen.«

Im Gegensatz zu Aysun bin ich mental eher der Typ gesetzestreue Bürgerin. Bösartig könnte man auch sagen: Typ ängstliche Büroklammer. Ich würde auch niemals ohne Fahrkarte die U-Bahn besteigen oder fremde Tankquittungen bei der Steuer einreichen. Allein der Gedanke, in Simons Büro zu schleichen und dort auf seinem Schreibtisch herumzuwühlen, bereitet mir großes Unbehagen, welches man mir offenbar auch ansieht.

Jedenfalls seufzt Aysun, schüttelt den Kopf und sagt dann: »Wirklich, Nikola! Was ist denn daran so schlimm? Ich dachte, Simon wird sowieso demnächst dein Partner?«

»Aber noch ist er es nicht.«

»Hm. Aber ich mache doch auch ab und zu Telefondienst für Simon. Es könnte doch sein, dass Lukas mich angerufen hat und ich für eine Auskunft in seine Akte sehen musste.«

Ich sehe schon: Aysuns Neugier ist geweckt. So einfach wird sie nicht lockerlassen.

»Tja, falls Lukas anruft, ist das natürlich auch eine Option. *Falls*. Aber noch höre ich hier kein Telefon klingeln.«

Statt einer weiteren Bemerkung bückt sich Aysun und angelt ihre Handtasche unter ihrem Schreibtisch hervor. Eine Weile kramt sie darin herum, dann zieht sie ihr Handy heraus und tippt eine Nummer ein.

»Ella? Hallo, Aysun hier. Sag mal, ist Lukas da? Kannst du ihn mir mal geben?«

Sie wartet kurz, ich starre sie mit offenem Mund an. Ich kann nicht glauben, dass sie den jetzt einfach so anruft! Aber die Idee ist an sich Weltklasse.

»Hallo, Lukas, grüß dich! Du, ich erreiche meinen Chef gerade nicht. Nur, falls die Staatsanwaltschaft sich bei uns meldet: Wie heißt deine Frau noch mal? Aha. Danke! Nee, sonst ist alles klar. Tschüss!«

Als sie aufgelegt hat, strahlt sie mich triumphierend an.

»Siehst du – war doch ganz einfach. Und völlig legal.«

Sie macht eine Pause.

»Nun sag schon, Aysun! Spann mich nicht länger auf die Folter! Wie heißt die Frau?«

»Djamila. Djamila al-Balushi.«

»Bingo! Genau so hieß die: Djamila!« Ich hüpfe aufgeregt von einem Bein aufs andere, weil ich das Gefühl habe, eine sensationelle Entdeckung gemacht zu haben. Aysun guckt erstaunt.

»Ja, toll. Die Scheinehefrau heißt Djamila. Und? Was heißt das?«

»Na, die Freundin von auswärts! Die hübsche, junge Frau, die Lukas nachts im Krankenhaus besucht hat, die hieß auch Djamila. Ich bin mir ganz sicher. Und das war nicht nur eine Bekannte, mit der Lukas besprechen wollte, wie man am besten durch die Gerichtsverhandlung kommt. Nee – die beiden haben sich geküsst und sich gegenseitig gesagt, dass sie sich lieben. Sehr romantisch war das.«

Dafür ernte ich einen skeptischen Blick und ergänze deshalb: »Na gut, so romantisch das halt in einem Krankenhaus sein kann. Aber ich schwöre dir: Lukas und diese Djamila sind ein echtes Liebespaar. Und wenn sie noch dazu verheiratet sind, dann kann das doch keine Scheinehe sein, verstehst du?«

»Ich bin ja nicht blöd«, weist mich Aysun auf das Offensichtliche hin. »Aber wenn ich Simon richtig verstanden habe, ist Lukas geständig, und es geht nur noch um eine möglichst milde Strafe.«

»Das ist doch genau der Punkt, den ich nicht verstehe. Warum gesteht er eine Scheinehe, wenn er die Frau, die er geheiratet hat, liebt? Das ist doch alles sehr seltsam.«

»Vielleicht hat er sich nachträglich in sie verliebt? Ich habe neulich mal so einen alten Schinken gesehen – mit Gérard Depardieu und Andie MacDowell. »Green Card« hieß der. Da hat er eine Amerikanerin geheiratet, um die Green Card zu bekommen. Und dann kam das irgendwie raus, und erst als er kurz vor der Abschiebung stand, haben die beiden gemerkt, dass sie sich tatsächlich lieben.«

Stimmt. An den Film kann ich mich noch erinnern. Wobei: Alter Schinken? Ist es wirklich schon so lange her, dass der im Kino lief? Wahrscheinlich hat Aysun damit leider Recht – ich erinnere mich vage, den mit einer Schulfreundin gesehen zu haben. Und die Handlung war ungefähr so wie von Aysun beschrieben. Das wäre also auch bei Lukas und Djamila eine Möglichkeit. Wobei mir dann immer noch nicht einleuchten würde, warum man etwas gesteht, was einem auch der schärfste Staatsanwalt wohl kaum beweisen kann, wenn aus der Scheinehe auf einmal eine echte Liebesbeziehung geworden ist. Ich bin gespannt, was Simon dazu sagt.

In diesem Moment stürmt Alex wieder in unser Büro.

»Mädels, schwingt die Hufe! Team Alpha hat Feindkontakt.«

Wir gucken ihn verständnislos an. Diese Agentensache war offenbar nicht gut für sein Gemüt.

»Hallo, ihr beiden! Aufwachen! Simon hat diese Julia gerade zu ihrer mutmaßlichen Wohnung verfolgt. Und nun hätte er zumindest dich und mich gern vor Ort, um eine großangelegte Zeugenbefragung durchzuführen.«

Ich werfe einen Blick auf meine Uhr. Es ist erst elf. Florentine hatte sich um fünfzehn Uhr für den angeblichen Zahnarzttermin angekündigt. Wieso ist Julia denn jetzt schon wieder ohne die Kinder unterwegs?

»Und die ist jetzt einfach so weggefahren, diese Julia? Hat sie denn die Kinder mitgenommen? Oder sind die wieder allein in der Wohnung?«

Alexander schüttelt den Kopf.

»Nein. Vor ungefähr einer halben Stunde ist Ulf wieder aufgekreuzt. Dann kam kurze Zeit später die Zielperson aus der Wohnung, stieg in ihr Auto und fuhr weg. Team Alpha natürlich gleich hinterher. Jetzt hat er sie in einem Mehrfamilienhaus lokalisiert und bittet um Verstärkung.«

Wieder muss Aysun kichern.

»Und, sollen wir jetzt das MEK alarmieren? Oder den MI6? Oder wenigstens Cobra 11?«

»Schön, dass du mit Ernst beim Job bist, liebe Aysun«, lässt sich Alexander davon diesmal nicht ärgern. »Dann würde ich vorschlagen, dass du hier das Telefon bewachst, während Nikola und ich Team Alpha unterstützen. Aber nicht wieder so früh Feierabend machen, gell?«

»Auf gar keinen Fall!«, antwortet Aysun immer noch grinsend. »Und wenn Q, M oder Dr. Blofeld anrufen, lasse ich euch das natürlich sofort wissen.«

Aysun, unsere neue Miss Moneypenny.

DREIUNDZWANZIG

»Hier, in diesem Haus ist sie eben verschwunden. Und jetzt ist sie in der Wohnung im Hochparterre. Ich habe sie schon am Fenster gesehen!«

Simon steht vor einem schmucklosen Rotklinker-Mehrfamilienhaus in Hamm, einem ziemlich dicht bebauten Innenstadtteil von Hamburg. Das heißt – eigentlich steht er nicht direkt vor dem Haus, sondern hat sich hinter eine Litfaßsäule gestellt, die unserem Hobbyagenten wahrscheinlich als Tarnung dienen soll. Entsprechend diskret verhalten sich Alexander und ich auch – wir schleichen uns von rechts an Simon heran und versuchen, möglichst unauffällig in die Richtung zu schauen, in die sein Arm weist.

Das besagte Fenster hat keine Gardinen oder Vorhänge, insofern kann man tatsächlich eine Frau dahinter hin und her huschen sehen – aber ob das wirklich Julia Schröder ist?

»Steht ihr Name am Klingelschild?«, frage ich Simon.

»Nein. Überhaupt nichts mit Schröder.«

»Dann ist es vielleicht nicht ihre Wohnung«, stelle ich fest.

»Oder nicht ihr Name«, ergänzt Alexander.

»Meinst du? Aber dann hätte sie eine falsche Aussage vor Gericht gemacht. Warum sollte sie das tun?« Wie gesagt – ich gebe nicht einmal eine Tankquittung in die Buchhaltung, die mir nicht gehört. Die Vorstellung, vor Gericht zu lügen, verursacht bei mir fast körperliche Beschwerden.

»Was weiß ich!« Alex hebt die Hände.

»Na ja«, wirft Simon ein, »es gibt kein Gesetz, das Menschen verpflichtet, ihren Namen aufs Klingelschild zu schreiben. Vielleicht will Julia Schröder ihre Ruhe. Vielleicht hat sie einen eifersüchtigen Exfreund. Es gibt noch eine Menge Möglichkeiten, warum sie ihren Namen nicht an der Haustür haben möchte.«

Ich sehe mich ein bisschen um. Direkt neben dem Haus steht ein kleineres Gebäude mit einem Flachdach und einer Glasfront. Eine Neonreklame mit dem Schriftzug *Papas Pizza* lässt mich vermuten, dass hier ein Lieferservice für italienische »Feinkost« residiert. Ob Julia hier Kundin ist? Neben dem Flachdach schließt sich wieder Rotklinkerbebauung an – hier gibt es im Hochparterre eine Änderungsschneiderei, eine Reinigung und einen Schlüsseldienst. Wenn wir ein Foto von der Schröder hätten, würde ich hier überall mal nach ihr fragen. Falls sie tatsächlich in dem Haus wohnt, vor dem wir jetzt stehen, wären die Chancen bestimmt nicht schlecht, dass jemand sie erkennt. Ich zupfe Simon am Ärmel.

»Kannst du von hier unten ein Foto von ihr machen? Dann können wir die Nachbarn nach ihr fragen.«

»Na klar. Für diese Zwecke habe ich doch mein Super-Teleobjektiv im Kofferraum. Mit dem mache ich normalerweise Fotos für die *Gala* und die *Bunte* und verdiene mir so ein kleines Zubrot als Paparazzo.«

»Echt?« Ich bin beeindruckt.

»Natürlich nicht! Ich habe hier nur ein ganz normales Smartphone am Mann. Wenn ich mit dem versuche, durch das Küchenfenster zu fotografieren, sieht man mit Sicherheit original gar nichts.«

»'tschuldige«, mosere ich. »Hätte ja sein können, dass du

wirklich eine Kamera dabeihast. Aber du hast Recht – für Paparazzo bist du nicht cool genug.«

»Hey, hey, hey – ich könnte das, wenn ich wollte!«, verteidigt sich Simon. »Die Klatschpresse würde sich um einen smarten Typen wie mich reißen und mich mit Geld geradezu …«

»Pssst, haltet beide mal die Klappe!«, zischt Alexander uns an. »Ich glaube, da kommt jemand aus dem Haus. Vielleicht haben wir Glück.«

Tatsächlich. Die Haustür schwingt auf, und hinaus kommt Julia Schröder. Oder jedenfalls die Frau, die sich so nennt. Geistesgegenwärtig hat Alexander schon sein Handy gezückt und schießt, während Simon und ich noch wie angenagelt dastehen und glotzen, aus der Deckung der Litfaßsäule heraus ein paar Fotos von ihr. In Sachen Agententätigkeit können wir eindeutig noch etwas von Alexander lernen!

Die Frau geht zu einem Fahrrad, das an der Hauswand lehnt, schließt es auf und radelt dann links die Straße hinunter.

»Sollen wir ihr folgen?«, fragt Simon.

Ich schüttle den Kopf.

»Nein, vielleicht ist es ganz gut, wenn sie gerade nicht da ist. So können wir in Ruhe mit den Nachbarn sprechen, ohne dass uns gleich jemand bei ihr verpetzt.«

Alexander gibt mir sein Handy. »Hier, das ist dann dein Job. Ich glaube, dir werden die Leute eher etwas sagen, als wenn zwei Typen nach einer jungen Frau fragen.«

Stimmt, da könnte Alexander Recht haben. Ich werfe einen Blick auf das Display. Auch ohne Superteleobjektiv und Paparazzi-Kamera kann man Julia Schröder erstaunlich gut erkennen. Ich marschiere also los zu *Papas Pizza*.

Im Ladenlokal riecht es nach Essen, direkt hinter der Eingangstür befindet sich ein Tresen, auf dem sich Pappkartons für Pizzen stapeln. Am Tresen lehnt ein junger Mann, offenbar einer der Lieferfahrer, und studiert einen Kassenbon.

»Hallo!«, grüße ich ihn freundlich. »Können Sie mir vielleicht weiterhelfen? Ich suche eine junge Frau, die wahrscheinlich im Nachbarhaus lebt.«

Der Kurier dreht sich zu mir um und mustert mich interessiert. Ich halte ihm das Smartphone entgegen.

»Hier, das ist sie. Haben sie die schon mal gesehen?«

Er schüttelt den Kopf.

»Nein, aber ich arbeite auch noch nicht so lange hier. Wieso suchen Sie die überhaupt? Sind Sie von den Bullen?«

Ich lache. »Nein, keine Sorge. Ich … äh …« Mist! Ich hätte mir mal vorher eine gute Story zurechtlegen sollen. Nun muss ich improvisieren. Ich denke kurz nach und hoffe, dass mein Zögern nicht schon völlig unglaubwürdig wirkt. »Also, mein Bruder hat sich in das Mädchen verliebt. Aber leider hat er ihre Adresse und ihre Telefonnummer nicht. Sie haben sich in der Disko kennengelernt, aber er war zu schüchtern, sie nach ihrer Nummer zu fragen. Und dann …«, ich überlege, wie es dann weitergegangen sein könnte, »und dann hat er sie zufälligerweise heute auf der Straße gesehen, als sie in diesem Haus verschwunden ist, und schnell ein Foto gemacht. Nun würde er ihr gern ein paar Blumen mit einer Nachricht schicken, aber er ist sich eben nicht sicher, ob sie wirklich hier wohnt und wie sie heißt. Und außerdem ist er furchtbar schüchtern. Deshalb habe ich ihm meine Hilfe angeboten.«

Uff. Was für eine irre Geschichte. Wahrscheinlich haut mir der Typ gleich einen Pizzakarton mitsamt Inhalt um die Ohren!

»Oh, das ist aber romantisch! Zeig mir das Foto mal!«

Diese Begeisterung kommt von einer jungen Frau, die gerade in diesem Moment am Tresen aufgetaucht ist. Sie trägt eine Haube, Gummihandschuhe und eine weiße Schürze und ist hier offenbar die Küchenhilfe. Neugierig betrachtet sie das Bild.

»Hm, könnte schon sein, dass die im Nachbarhaus wohnt. Ich glaube, ich habe sie schon mal gesehen. Allerdings weiß ich nicht, wie sie heißt. Da könnte dir wahrscheinlich Murat helfen. Der nimmt nämlich immer die Bestellungen auf und kennt daher die meisten Kunden auch mit vollem Namen. Mit Glück haben wir dann sogar die Telefonnummer. Murat ist aber noch nicht da. Wir öffnen offiziell erst um zwölf, du müsstest also noch ein bisschen warten.«

»Danke für den Tipp! Das ist nett, und mein ... äh ... Bruder wird total happy sein, wenn wir sie auf diese Weise finden. Der war einfach ... schockverliebt! So war das!«, bekräftige ich mein Märchen.

Die junge Frau lächelt. »Das ist doch toll! Tim, ist doch wirklich romantisch, oder?«, haut sie den Kurier an, und ich bilde mir ein, dass sie ihn dabei irgendwie auffordernd ansieht.

Der allerdings zuckt nur mit den Schultern und murmelt so etwas wie *muss kurz ins Lager* und verschwindet.

Das Mädchen seufzt. »Hat leider nicht jeder so einen Sinn für Romantik wie dein Bruder!«

Ich verabschiede mich bei ihr und gehe wieder nach draußen. Simon und Alexander stehen immer noch hinter der Litfaßsäule.

»Und?«, will Simon wissen.

»Könnte klappen. Der Typ, der die Bestellungen aufnimmt, kennt sie vielleicht. Der kommt aber erst in einer halben Stunde. Wollen wir so lange noch einen Kaffee trinken? Zum Beispiel da drüben?« Ich deute in Richtung einer kleinen Bäckerei, die schräg gegenüber unserem Observationsobjekt liegt. »Dort können wir im Übrigen auch noch mal nach Julia Schröder fragen. Ich habe mir inzwischen eine Geschichte ausgedacht, die offenbar so haarsträubend ist, dass sie jeder sofort glaubt.«

Simon und Alexander nicken.

»Dann mal los!«, grinst Alexander. »Bin seeehr gespannt auf deine Geschichte.«

Die Jungs bestellen sich in der Bäckerei einen Cappuccino, und ich tische der Verkäuferin wieder die Geschichte vom unglücklich verliebten Bruder auf. Diesmal geht sie mir schon viel leichter über die Lippen. Einzig die Tatsache, dass Simon und Alexander dicht neben mir stehen und bei meiner dramatischen Schilderung des schlimmen Herzschmerzes meines Bruders schon anfangen zu lachen, könnte meine Befragung noch gefährden

Aber nichts da: Auch diesmal: volles Mitgefühl. Die Verkäuferin betrachtet das Bild und zeigt es auch ihren Kolleginnen – leider ohne Ergebnis. Wahrscheinlich mag Julia Schröder keine Brötchen. Schade! Aber ich bleibe ganz entspannt, denn wir haben schließlich noch ein As im Ärmel: Murat von *Papas Pizza*. Als Simon und Alexander endlich ihren Cappuccino geleert haben, ist es auch schon zwölf Uhr. Zeit, diesem Murat das Foto unter die Nase zu halten!

Beim Lieferservice scheint man schon auf mich zu warten: Die junge Frau, die vorhin noch eine Haube trug, steht jetzt mit offenem Haar hinter dem Tresen und winkt mir zu, als ich den Laden betrete.

»Hallo! Ich habe meinem Kollegen schon Bescheid gesagt.« Sie winkt einem schlanken, jungen Mann mit großen schwarzen Locken zu.

»Murat, komm mal, die Frau mit dem verliebten Bruder ist da!«

Er stellt sich neben sie, und ich gebe ihm das Handy. Nachdenklich betrachtet er das Bild und räuspert sich.

»Okay, die kenne ich wirklich. Das ist Svea von nebenan.«

»Svea?«, hake ich nach. »Nicht Julia? Julia Schröder?«

Er schüttelt den Kopf. »Nein, das ist Svea Jansen, ganz sicher. Sie wohnt nebenan. Ich kann dir auch die Telefonnummer von ihr geben. Sie bestellt wirklich oft hier.« Er grinst. »Ist nämlich keine gute Köchin. Aber macht nichts. Dafür eine gute Schauspielerin.«

Ich lege den Kopf schief. »Wie meinen Sie das?«

»Na, wie ich es sage. Svea ist Schauspielerin. Hat sie mir mal erzählt. Geht dauernd zum Vorsprechen. Aber wenn du mich fragst: Irgendwann wird er schon kommen, der Durchbruch. Sie muss nur ein bisschen Geduld haben. Denn Svea ist echt hot. Also heiß, verstehst du? Tolle Frau. Ich kann deinen Bruder verstehen.«

Julia Schröder heißt in Wirklichkeit Svea Jansen und ist Schauspielerin. Das ist schon mal eine echte Erkenntnis. Damit lässt sich doch arbeiten! Bin gespannt, ob mir Murat auch etwas zu meiner nächsten Frage sagen kann.

»Sag mal, weißt du, ob Svea noch Single ist? Ich meine, das ist für meinen Bruder natürlich echt 'ne wichtige Frage.«

Murat muss keine drei Sekunden nachdenken, er antwortet wie aus der Pistole geschossen: »Ja. Svea ist solo.«

»Ganz sicher? Nicht vielleicht so ein älterer Kerl? Typ Sugar Daddy? Seriös und mit viel Geld?«

Kopfschütteln. Murat ist sich offenbar ganz sicher.

»Und … äh«, hake ich nach, »auch wenn das jetzt seltsam klingt: Dann ist deine Nachbarin Svea wahrscheinlich auch nicht schwanger?«

Jetzt muss Murat laut lachen. Klar, der muss sich mittlerweile denken, dass ich besonders begriffsstutzig bin.

»Nein. Ganz klares Nein. Svea hat kein Glück mit den Männern. Und schwanger ist sie auch nicht. Sie hat ja keinen Freund, nicht mal 'nen Lover, nix. Und der Klapperstorch bringt ja leider keine Kinder mehr. Also Fehlanzeige. Hat sie mir neulich erst erzählt. Da war sie nämlich ganz traurig, weil ihre Schwester schon das dritte Kind bekommt und sich bei ihr so gar nichts tut. Unglaublich eigentlich, ne? Bei so 'ner schmucken Hecke! Aber vielleicht ist dein Bruder ja der Richtige. Und dann ist heute Sveas Glückstag.«

Ich nicke freundlich. »Ja, bestimmt. Bestimmt ist das heute ihr Glückstag.«

VIERUNDZWANZIG

Dass heute Svea Jansens alias Julia Schröders Glückstag ist, wage ich nach meinem Gespräch mit Pizzabäcker Murat wirklich stark zu bezweifeln. Eins hingegen steht schon mal fest: Heute ist Florentines Glückstag! Wir haben ihren Ulfi erwischt! Und zwar in flagranti mit beiden Händen in der Portokasse, um es bildlich auszudrücken. Ein schönes Bild! Einfach wunderbar! Ich bin in Hochstimmung! Und auch meine Mitstreiter sind so blendend gelaunt, als hätte ihr HSV gerade die Meisterschaft, den DFB-Pokal und die Champions League gleichzeitig gewonnen – also das Triple klargemacht.

Wir sitzen an unserem Besprechungstisch in der Küche und schildern Aysun, was wir durch unsere Beschattungsaktion herausgefunden haben. Alexander reibt sich immer wieder die Hände und sieht aus wie Rumpelstilzchen, das der Königin gerade ihr Kind abgeluchst hat. Zwischendurch kichert er leise.

»Wahnsinn!«, sagt er dann, »Zeugin Julia Schröder heißt in Wirklichkeit Svea Jansen und ist eine junge, erfolglose Schauspielerin. Und schwanger ist sie auch nicht. Und schon gar nicht vom ollen Rothenberger. Der saubere Ulfi hat hier also eine falsche Zeugin angeschleppt und zur Falschaussage angestiftet. Und das alles nur, um seine arme Exfrau um ein paar Kröten zu betuppen. Einfach unglaublich!«

Simon nickt. »Ja, es ist nicht zu verstehen. Und was machen wir jetzt?«

»Also, erst mal rufe ich Florentine an und berichte ihr von unserem kleinen Ausflug nach Hamm, und dann«, ich hole kurz Luft und mache eine kleine Kunstpause, »mache ich für morgen einen Termin mit dem Kollegen Schleitheimer. Ich würde ihm unser, nennen wir es mal *Recherche-Ergebnis* gern persönlich präsentieren. Und wo wir gerade bei persönlich sind: Ulf muss natürlich auch dabei sein. Denn dann sehen wir gleich sein dummes Gesicht, und er kann sich nicht hinterher mit Schleitheimer oder Julia absprechen.«

»Eine schöne Idee«, gibt mir Alexander Recht, »da wäre ich eigentlich auch gern dabei.«

»Ich auch«, ruft Simon, »ihr wisst schon: Viel hilft viel. Gilt bestimmt auch bei Anwälten. Und du hast deine beiden Belastungszeugen gleich parat, falls Ulf frech wird.«

Ich muss grinsen. »Also erscheinen wir da morgen in unserer Paraderolle der drei Musketiere? Von mir aus gern! Ich sage euch Bescheid, wenn ich den Termin gemacht habe.«

»Na toll, und an mein Amüsemang denkt natürlich wieder keiner!«, beschwert sich Aysun. »Während ihr euren Starauftritt bei Schleitheimer habt, darf ich hier das Telefon bewachen und Gerichtskosten nachrechnen.«

»Komm schon«, tröste ich sie, »höchstens noch fünf, sechs Jahre, dann bist du selbst Anwältin und kannst so richtig mitmischen. Die Zeit vergeht doch wie im Flug!«

Aysun rollt mit den Augen, Alexander und Simon lachen. Dann greifen die beiden sich ihre Kaffeebecher vom Tisch und wollen aus der Küche gehen. Sie sind schon fast aus der Tür, da fällt mir ein, dass ich mit Simon noch gar nicht über Djamila al-Balushi gesprochen habe.

»Oh, Simon – kannst du noch kurz dableiben?«, rufe ich ihm hinterher.

Er dreht sich um und wirft einen Blick auf die Uhr. »Klar, was gibt's?«

Ich habe dich doch gefragt, wie die Scheinehefrau von deinem Mandanten Lukas Holtkamp heißt.«

»Stimmt. Habe ich aber immer noch nicht nachgeguckt, tut mir leid! Ich bin nämlich seit Neuestem beim Secret Service beschäftigt, und meine Chefin ist ganz schön anstrengend, weißt du?«, grinst er mich an.

»Na, ist doch schön, wenn dich endlich mal einer ans Arbeiten kriegt. Aber Spaß beiseite – du musst nicht mehr nachgucken, Aysun wusste es auch so.«

Die Umstände, wie sie an dieses Herrschaftswissen gekommen ist, verschweige ich lieber. Ich bin mir nicht sicher, ob Simon damit hundertprozentig einverstanden wäre. Andererseits: Was gibt es Schöneres als Mitarbeiter, die selbstständig denken und handeln?

»Schön. Aber ich verstehe immer noch nicht so ganz, warum dir der Name so wichtig ist.«

»Ganz einfach«, mischt sich nun Aysun ein, »weil die Ehefrau genauso heißt wie die Freundin: Djamila. Da liegt doch der Verdacht nahe, dass es sich um ein und dieselbe Person handelt. Und wir fragen uns natürlich, warum jemand eine Scheinehe gesteht, wenn er gar keine führt.«

»Und das, obwohl eine Verurteilung sowohl für ihn als auch für seine Frau mit erheblichen Nachteilen verbunden wäre«, ergänze ich.

Simon rollt mit den Augen.

»Meine Damen, ich weiß es nicht. Aber könnte es sein, dass ihr hier gerade die Flöhe husten hört?«

Ha! Von wegen! Ich bin mir sicher, dass hier etwas nicht stimmt. Fragt sich nur, was.

Heute Abend bin ich einigermaßen zeitig zu Hause. Und ich bin bester Dinge, denn mein Plan mit Schleitheimer scheint aufzugehen: Ich habe es tatsächlich geschafft, schon morgen früh einen Termin mit ihm und Ulf zu bekommen. Florentine ist auch offiziell mit von der Partie, aber dass wir noch von Simon und Alexander begleitet werden, habe ich ihm verschwiegen. Schließlich geht doch nichts über einen echten Überraschungsangriff!

Tiziano hingegen ist aus irgendeinem Grunde sehr übellaunig, als ich ihn von seinem Babysitterdienst erlöse. Er sitzt mit Max am Tisch und sieht ihm beim Malen zu, von seiner Mutter keine Spur weit und breit. Als ich mich dazusetzen will, steht er auf und stapft wort- und grußlos an mir vorbei zur Haustür.

»Hey«, rufe ich ihm hinterher, »was ist denn los?«

Er dreht sich kurz um.

»Nichts. Wie heißt es bei Shakespeare? *Der Mohr hat seine Schuldigkeit getan, der Mohr kann gehen.* Nun bin ich zwar kein Mohr, aber ein Italiener. Und der kann jetzt eben auch gehen. Ciao, Nikola!«

Uah, wenn ich etwas wirklich hasse, dann ist es Melodramatik. Und Pathos. Und am schlimmsten finde ich die Kombination aus beidem. Wenn also Signor Felice meint, hier rausrauschen zu müssen, ohne mir zu sagen, was eigentlich los ist, dann soll er es ruhig machen. Ich laufe ihm jetzt nicht hinterher!

Mit einem lauten Knall fällt die Tür ins Schloss, Max zuckt zusammen.

»Mama, ist Tiziano sauer auf dich?«

Ich zucke mit den Schultern. »Scheint so. Aber frag mich nicht, warum.«

Max stützt sein Gesicht auf seine Hände und sieht sehr nachdenklich aus. Jedenfalls für einen Fünfjährigen.

»Vielleicht hat es was mit seiner Mama zu tun.«

»Wie kommst du denn darauf, Schatz?«

»Na, seine Mama war hier. Sie hat für uns gekocht, und wir haben Memory gespielt. Und dann hat sie ihn irgendetwas gefragt. Was, habe ich nicht verstanden. Aber ich habe gemerkt, dass Tiziano ihre Fragen nicht gepasst haben. Und ihr seine Antworten nicht. Und dann haben sie angefangen, sich zu streiten. Es ist richtig laut geworden. Fast so laut wie manchmal bei mir und Tessa.«

Entsetzt starre ich Max an. Das darf doch wohl nicht wahr sein! Am liebsten würde ich hinter Tiziano herstürmen und ihn zur Rede stellen. So habe ich mir das mit der Kinderbetreuung natürlich nicht vorgestellt.

Max scheint mir meinen Unmut anzumerken, denn nun legt er seine kleine, warme Kinderhand auf meine und zwinkert mir zu.

»Keine Sorge, Mama! Ich hatte keine Angst. Weißt du, mit Tiziano und seiner Mama ist das doch wie mit uns beiden. Wir streiten uns doch auch schon mal, aber wir haben uns trotzdem immer lieb!«

Oh, da geht mir aber gerade das Herz auf! Ist mein Sohn nicht zauberhaft? Aber trotzdem finde ich es unmöglich, dass Tiziano sich hier mit seiner Mutter kloppt, anstatt ordentlich auf mein Kind aufzupassen!

»Max, das ist lieb, dass du Tiziano in Schutz nehmen willst. Aber trotzdem muss ich wohl mal ein ernstes Wort mit ihm sprechen. Denn ich möchte nicht, dass irgendjemand hier im Haus vor dir rumbrüllt. So geht das nicht, und das werde ich ihm auch sagen.«

Max schüttelt den Kopf. »Nein, Mama! Mach das nicht! Tiziano ist sowieso schon so traurig. Und ich glaube auch, es ging irgendwie um dich. Denn sie haben ganz oft *Nikola* gesagt, ich habe es genau gehört.«

»Wirklich?«

Energisches Nicken. »Wirklich!«

Ich gehe zum Fenster und gucke hinüber auf das Nachbarhaus. Ob Tiziano tatsächlich gerade drüben mit seiner Mutter streitet? Vielleicht weil er seinen Verlobungsring nicht an den Mann beziehungsweise an die Frau bringt? Okay, alles nicht meine Schuld. Aber ein bisschen leid tut er mir schon. Er hilft mir schließlich gerade sehr.

»Mama?«

»Ja?«

»Warum bist du eigentlich nicht netter zu Tiziano? Magst du ihn gar nicht?«

Ich komme wieder zurück und setze mich zu Max an den Tisch.

»Wie kommst du denn darauf, mein Schatz? Natürlich mag ich Tiziano. Und ich finde schon, dass ich ziemlich nett zu ihm bin.«

»Nee, also das stimmt nicht! Wenn Tiziano etwas zu dir sagt, siehst du echt schnell genervt aus. Und seine Ballonidee war so toll, und du fandst sie echt doof. Dabei hatte er schon einen kleinen Ballon für dich gebastelt. Ich hab's selbst gesehen. Kein Wunder, dass der gerade traurig ist!«

Dazu sage ich nichts, sondern denke erst mal nach. Hat Max vielleicht Recht? Klinge ich schnell genervt, wenn Tiziano auftaucht? Na ja, es stimmt schon – dieses Schauspiel für seine Mutter geht mir langsam auf den Keks, und ich bin froh, dass sie nächste Woche wieder nach Hause fährt. Und mit der Ballonidee konnte er auch nicht bei mir landen. Aber ansonsten?

»Nun mach dir mal keine Sorgen um deinen großen Freund«, sage ich dann. »Ich werde mit ihm sprechen, und dann räumen wir das aus. Du wirst sehen, danach ist Tiziano bestimmt wieder ganz fröhlich!«

Als Max eingeschlafen ist, versuche ich es erst einmal mit einer Runde Fernsehschauen. Aber unser Gespräch über Tiziano geht mir nicht mehr aus dem Kopf. Also nehme ich schließlich den Haustürschlüssel und gehe kurz zum Nachbarhaus rüber. Klingeln will ich nicht mehr, könnte schließlich sein, dass Signora Felice schon zu Bett gegangen ist. Wäre mir sogar am liebsten. Ich laufe also einmal um das Haus herum und werfe einen Blick durch das Küchenfenster. Tatsächlich: Tiziano sitzt allein am Tisch. Vor sich ein Laptop, auf dem er etwas zu lesen scheint, neben sich ein Weinglas.

Ich klopfe leise ans Fenster. Es dauert einen Moment, bis Tiziano das Klopfen richtig zuordnen kann, dann begreift er, steht auf und geht zum Fenster. Ich winke ihm zu, er öffnet das Fenster einen Spalt.

»Hey, Nikola! *Buona sera!* Was machst du denn hier?« Er sieht erstaunt aus und längst nicht mehr so griesgrämig wie vorhin. Im Gegenteil, er scheint sich zu freuen, mich zu sehen.

»Willst du reinkommen?«

»Gern. Wenn es nicht zu spät ist. Ich wollte dir etwas erzählen.«

Keine zwei Minuten später sitze ich neben Tiziano in seiner Küche und habe auch ein Weinglas vor der Nase.

»Was gibt's?«, fordert er mich auf, nachdem er uns beiden etwas Rotwein eingeschenkt hat. »Ich bin natürlich sehr neugierig, warum du hier spätabends noch rumschleichst.«

Ich nehme erst einmal einen großen Schluck. Rotwein kann jetzt bestimmt nicht schaden, dann bringe ich mein Angebot wahrscheinlich etwas leichter rüber.

»Max meinte, dass ich in letzter Zeit zu unfreundlich zu dir bin. Falls das wirklich so ist, tut es mir leid. Ich bin so froh, dass du dich gerade um ihn kümmerst, und weiß auch, dass das nicht selbstverständlich ist.«

Tiziano hört mir ruhig zu, sagt aber erst einmal nichts. Also nehme ich noch einen Schluck von dem Wein, der ziemlich gut schmeckt, dann rede ich weiter.

»Aber selbst wenn du dich gerade nicht um Max kümmern würdest, gäbe es keinen Grund, unfreundlich zu sein. Ich mag dich wirklich sehr gern, und wenn ich in letzter Zeit etwas schroff war, möchte ich mich dafür entschuldigen. Vielleicht war ich mittlerweile einfach etwas genervt von dieser Schauspielerei für deine Mutter. Aber die fährt ja nun bald nach Hause, richtig?«

Tiziano nickt. »Ja, tut sie. Und mir wiederum tut es leid, dass ich dich da so eingespannt habe. Ich hätte einfach mit ihr sprechen und ihr die ganze Geschichte erklären sollen. Schließlich bin ich kein Kleinkind mehr. Ich dachte nur …« Er macht eine kleine Pause, als ob er nach den richtigen Worten suchen würde, schüttelt dann aber den Kopf. »Ach, nein, ich weiß eigentlich auch nicht, wie genau ich mir das vorgestellt hatte. Die Sache mit der Ballonfahrt – ich dachte, es sei eine gute Idee. Ein toller Abschluss für Mama. Und deswegen war ich so enttäuscht, als du nicht wolltest. Aber natürlich hast du Recht. Man kann es mit der Schauspielerei auch übertreiben.«

Ich muss grinsen. Wenn der wüsste, welch großes Schauspiel Florentine und ich aufgeführt haben!

»Klar. Aber als Zeichen meines guten Willens habe ich mir nun ein Alternativprogramm für den Abschied deiner Mutter ausgedacht, das bestimmt genauso eindrucksvoll ist.«

Damit hat er mich natürlich sofort!

»Wirklich? Was denn?«

»Erinnerst du dich noch an den Wunsch deiner Mutter, mit mir ein Brautkleid kaufen zu gehen?«

Tiziano nickt, und ich bilde mir ein, dass er sogar ein bisschen rot wird.

»*Certo*, das wünscht sie sich. Aber das darfst du ihr nicht übelnehmen – Mama ist nun mal romantisch und liebt schöne Kleider.«

»Nehme ich ihr nicht übel. Im Gegenteil. Es ist sogar eine richtig gute Idee.«

Ein ungläubiger Blick tritt auf Tizianos Gesicht. »Ich glaube, ich verstehe nicht ganz.«

»Dann erkläre ich es: Bevor deine Mutter nach Hause fährt, gehen Florentine und ich mit ihr shoppen und suchen ein richtig schönes Brautkleid für mich aus. So mit allem Drum und Dran. Wir machen auch Fotos von mir in den verschiedenen Kleidern, die kann sie dann mit nach Hause nehmen und dort allen zeigen. Und gleichzeitig sage ich ihr, dass ich meiner Mutter auch ein paar Fotos schicken werde, weil ich mich noch nicht entscheiden kann. So verhindere ich, dass deine Mutter vor lauter Begeisterung schon ein Kleid kauft. Aber sie fährt dann mit Sicherheit in dem guten

Gefühl nach Italien, dass hier in Hamburg alles in bester Ordnung ist, und ich muss dafür nicht mal in einen Fesselballon steigen. Und du keinen teuren Ring kaufen. Wie findest du das?«

Statt einer Antwort beugt sich Tiziano zu mir nach vorn, nimmt mein Gesicht in seine Hände. Und küsst mich.

FÜNFUNDZWANZIG

Falls Dr. Schleitheimer irritiert sein sollte, dass wir seine Kanzlei zu viert stürmen, lässt er es sich jedenfalls nicht anmerken. Florentine kennt er schon, Simon und Alexander stelle ich nur kurz mit Namen als Kollegen vor. Über ihre Funktion als Geheimagenten schweige ich mich lieber aus, das klingt laut ausgesprochen doch ein bisschen seltsam.

Also holt Schleitheimer zu seinem altbekannten Vortrag über das längst verstrichene Trennungsjahr, das geänderte Unterhaltsrecht und – dieser Teil des Vortrags ist tatsächlich neu – die völlige Abwegigkeit von Florentines Idee aus, dass Ulf nunmehr die Kinder betreuen solle. (»Im Ernst, Frau Kollegin, das ist doch bei dem geringen Gehalt Ihrer Mandantin wirtschaftlicher Wahnsinn!«) Ulf sitzt die ganze Zeit daneben und grinst selbstgefällig. Offenbar haben ihn zwei Tage Kinderbetreuung noch nicht mürbe genug gemacht.

Aber das kratzt mich nicht. Unser großer Auftritt kommt erst noch. Ich lausche also scheinbar andächtig dem Kollegen Schleitheimer und bemühe mich, nicht dabei zu grinsen. Nicht dass der noch Verdacht schöpft.

Als er zum Ende gekommen ist, lehne ich mich leicht vor, fixiere Ulfi und werfe dann die Handgranate.

»Herr Rothenberger, sagt Ihnen der Name *Svea Jansen* etwas?«

Sofort fangen seine Augenwinkel an zu zucken, und der

Rest seines Gesichts ist mit dem Ausdruck *Entgleisung* ganz gut beschrieben. Ich würde sagen: Volltreffer!

»Äh ... Wie ... Wer ...«, stammelt er.

Dr. Schleitheimer hingegen verzieht keine Miene. Er scheint den Namen tatsächlich zum ersten Mal zu hören.

»Svea Jansen, wohnhaft in der Pirminstraße in Hamburg-Hamm. Klingelt es da irgendwie bei Ihnen, Herr Rothenberger?«, frage ich in liebevoll-bösartigem Tonfall nach.

Ulfi ist mittlerweile aschfahl im Gesicht, sagt aber nichts mehr, sondern schüttelt nur den Kopf.

Sein Anwalt dreht sich zu mir. »Wieso? Was hat es denn mit dieser Frau Jansen auf sich? Könnten wir nicht lieber mal beim Thema bleiben?«

»Oh, Herr Kollege, wir sind beim Thema. Und zwar mehr, als Ihnen lieb sein dürfte. Mein Kollege Herr Wernicke hat da mal etwas vorbereitet. Herr Wernicke, sind Sie so lieb und zeigen Herrn Schleitheimer das Dossier?«

Alexander nickt, zieht eine Klarsichtmappe aus seiner Aktentasche und legt sie vor uns auf den Besprechungstisch. Auf dem Deckblatt findet sich ein eindrucksvolles Schwarz-Weiß-Porträt von Svea Jansen, überschrieben mit den Worten »Set Card«.

Herr Schleitheimer schaut verständnislos, Ulfi ist kurz vor der Schnappatmung.

»Was ist das?«, will Schleitheimer wissen.

»Das ist«, fängt Alexander in einem wunderbar sonoren Tonfall an, »die Set Card des Models und der Gelegenheitsschauspielerin Svea Jansen. Kommt Ihnen die Dame irgendwie bekannt vor?« Er schiebt die Mappe in Schleitheimers Richtung, der nimmt sie in die Hand und blättert darin herum. Erst jetzt scheint er zu erkennen, wen er hier vor sich hat.

»Oh«, kommentiert er nur knapp und schaut dann seinen Mandanten an, der mittlerweile sicher gern in einem Erdloch verschwinden würde, wenn es denn ein solches im noblen Konferenzraum des Herrn Dr. Schleitheimer gäbe.

»Also, ich kann das erklären, es ist, also ... die Julia ... ich meine, also Svea ist ja nur der Künstlername ... und ich ... äh ...«, auf seiner Stirn bilden sich kleine Schweißperlen, und seine Stimme klingt brüchig.

Nun mischt sich Simon ein. »Ich habe mich bei den Nachbarn von Frau Jansen erkundigt. Von einer Schwangerschaft ist diesen nichts bekannt. Frau Jansens Agentur übrigens, die uns netterweise dieses Dossier geschickt hat, weiß auch nichts davon. Im Gegenteil – man hat mir versichert, dass der Buchung von Frau Jansen für einen Bademoden-Werbespot überhaupt nichts im Wege stünde. Sie sei tipptopp in Form, inklusive eines schönen, flachen Bauches.«

Herr Dr. Schleitheimer holt tief Luft. »Würde es Ihnen etwas ausmachen, wenn ich mich mit meinem Mandanten kurz unter vier Augen bespreche? Ich werde mein Sekretariat bitten, Ihnen eine Erfrischung zu bringen.«

Ohne seinen Ulfi eines weiteren Blickes zu würdigen, steht er auf und marschiert aus dem Raum. Ulf dackelt wie ein begossener Pudel hinterher – und das meine ich so wörtlich, wie man sich einen dackelnden Pudel nur vorstellen kann!

Kurze Zeit später erscheint eine gute Fee und bringt uns ein hübsch arrangiertes Tablett mit Obst, Keksen, Säften und Mineralwasser, selbstverständlich fragt sie auch unsere Wünsche nach Kaffeespezialitäten ab. Ich versuche mir gerade vorzustellen, ob wir Aysun auch in so einen dienstbaren Geist verwandeln könnten – verwerfe die Idee aber wieder. So, wie Aysun ist, ist sie sowieso die Beste! Und wenn sie erst mal Anwältin ist, könnten wir die Nummer mit dem Tablett sowieso vergessen.

Als die Fee wieder verschwunden ist, öffnet Simon vorsichtig die Tür, damit wir ein bisschen auf den Flur lauschen können. Eine gute Idee von ihm, denn das lohnt sich wirklich! Bis zum Konferenzraum kann man nämlich Wortfetzen von der Unterredung des Kollegen Schleitheimer mit Ulfi hören. Wobei es Unterredung nicht ganz trifft – vielmehr scheint Schleitheimer seinem Mandanten gehörig die Meinung zu geigen. Wir hören Wortfetzen wie »von allen guten Geistern verlassen!«, »Prozessbetrug!« und »strafbare Handlung« – alles in allem Belege dafür, dass Herr Dr. Schleitheimer den Ernst der Situation erkannt hat.

Florentine nagt nervös an einem Keks.

»Könnt ihr verstehen, was die sagen?«, will sie dann von uns wissen. »Klappt unser Plan?«

Simon greift nach ihrer Hand und drückt sie kurz zur Beruhigung.

»Ich würde sagen, der geht genau auf. Wenn ich das richtig verstehe, erklärt Schleitheimer deinem angehenden Exmann gerade, dass er dabei war, eine schwere Straftat zu begehen. Vermutlich findet es der Kollege auch nicht gerade lustig, unwissentlich Beihilfe zu so einer Aktion wie Prozessbetrug geleistet zu haben.«

»Prozessbetrug?«, wiederholt Florentine ängstlich.

»Klar. Ulfi hat eine Schauspielerin engagiert, um vorzutäuschen, dass er schon längst mit seiner schwangeren Lebensgefährtin zusammenlebt und das Trennungsjahr mit dir um ist – er also sofort geschieden werden kann. Mit der Nummer hätte er dich in große wirtschaftliche Not stürzen können. Genau genommen reden wir hier also von Betrug in besonders schwerem Fall – also Freiheitsstrafe von sechs Monaten bis zu zehn Jahren. Und die Anstiftung zu einer Falschaussage ist da noch gar nicht im Preis enthalten.«

»Besonders schwerer Fall«, murmelt Florentine fast ehrfürchtig.

Ich nicke ihr zu. »Natürlich. Und mit erheblicher krimineller Energie ausgeführt. Denn wenn seine *Julia* die Kinderübergabe nicht verpasst hätte, hätten wir vermutlich nie gemerkt, dass Svea-Julia überhaupt nicht bei Ulf lebt. Wie auch? Er hat ihr ja sogar einen falschen Namen gegeben. Bei ihrem echten Namen wären wir wohl misstrauisch geworden, wenn wir sie gegoogelt und festgestellt hätten, dass sie eine Kleindarstellerin ist und die Geliebte und Sekretärin nur mimt.«

Alexander schüttelt den Kopf.

»Ich kann nicht fassen, dass jemand so etwas macht, nur um seine Frau beim Unterhalt über den Tisch zu ziehen. Einfach unglaublich! Bin gespannt, was Schleitheimer seinem Mandanten jetzt rät.«

»Na, ich hoffe doch mal: bedingungslose Kapitulation. Ansonsten habe ich die Strafanzeige nämlich in fünf Minuten runterdiktiert«, stellt Simon sarkastisch fest und spricht damit offen aus, was auch ich mir als optimales Verhandlungsergebnis vorstelle. Ich bin allerdings wirklich zuversichtlich.

Und kann es auch sein, wie sich zwei Minuten später herausstellt. Es erscheinen: Dr. Schleitheimer, immer noch mit hochrotem Kopf. Und Ulfi, der in den letzten zehn Minuten um ungefähr fünfzehn Zentimeter geschrumpft ist. Die beiden setzen sich wieder zu uns an den Tisch, Schleitheimer ergreift das Wort.

»Zunächst einmal lassen Sie mich hier im vertraulichen

Kreise versichern, dass ich bis zum heutigen Tage immer von der absoluten Glaubwürdigkeit der Zeugin Schröder ausgehen musste.«

»Zeugin Jansen«, entgegne ich trocken, woraufhin Schleitheimer zwar kurz zusammenzuckt, aber nichts dazu sagt.

»Äh, wie auch immer«, fährt er fort. »Ich bin mir mit meinem Mandanten einig, dass wir den unglücklichen Eindruck, der nun bei Ihrer Mandantin entstanden sein muss, außerordentlich bedauern und uns – auch und vor allem im Interesse der gemeinsamen Kinder – sehr an einer gütlichen Einigung gelegen ist.«

»Ha!«, ruft Florentine und schlägt mit der flachen Hand auf den Tisch. »Auf einmal!« Ich strecke meine Hand aus und streiche ihr beruhigend über den Unterarm. Sie verstummt daraufhin.

»Gütliche Einigung?«, hake ich nach und bemühe mich um größtmögliche Coolness. »Ihnen ist schon klar, welche Delikte hier im Raume stehen.«

Schleitheimer hüstelt, die Sache ist ihm sichtlich unangenehm.

»Nun hören Sie sich unser Angebot doch erst einmal an, Frau Kollegin. Ich bin mir sicher, es ist im Interesse aller.«

Simon beugt sich zu mir und flüstert, gerade so laut, dass Schleitheimer wahrscheinlich Teile davon hören kann.

»Ich sag mal, der Typ hat doch richtig Asche. Alles unter zwei fünf für Florentine – und ich zeig den sofort an. Entweder der greift jetzt richtig tief in die Tasche, oder er kann einpacken.«

Ulfi schnappt fast unmerklich nach Luft, nickt seinem Anwalt dann aber zu. Der nickt ebenfalls und spricht dann weiter.

»In Anbetracht aller Umstände und auch der erheblichen Betreuungsleistung seiner Frau ist mein Mandant bereit, ihr einen monatlichen Unterhalt von zweitausendfünfhundert Euro monatlich zu zahlen. Und zwar auch nach rechtskräftiger Scheidung zuzüglich zum Kindesunterhalt.«

Ich gucke Florentine scharf an, damit sie nicht gleich anfängt zu jubeln. Sie versteht meinen Blick und sagt nichts. Das erledige ich lieber für sie. Und mein Ziel steht fest: Wo zwei fünf sind, sind auch drei.

»Herr Kollege, ich freue mich, dass Ihr Mandant langsam bereit ist, wieder auf den Pfad der Vernunft zurückzukehren. Wenn wir allerdings an die erheblichen Einkünfte denken, die Ihr Mandant als Unternehmensberater erzielt, scheint mir Ihr derzeitiger Vorschlag noch nicht ausgewogen genug.«

Jetzt ist es Ulfi, der sich einmischt. »Ja, Herrgott noch mal, ich habe einen Fehler gemacht. Einen dummen Fehler. Aber auf dieses Basar-Geschacher habe ich jetzt wirklich keine Lust. Sag mir einfach, was du willst, Florentine, damit du endlich Ruhe gibst!«

»Also, bitte, Herr Rothenberger«, will Schleitheimer Ulfi zurückpfeifen, aber der hat wohl endgültig genug von unserer kleinen Besprechung und redet einfach weiter.

»Komm schon, Flo – wie bringen wir das hier schnell zu Ende, ohne dass du mich nächste Woche anzeigst? Vier? Reicht dir das? Vier plus die Kinder, und zwar, bis das letzte Kind achtzehn ist und bei dir auszieht?«

Jetzt muss ich mich beherrschen, um nicht laut »Hurra« zu schreien. Das ist immerhin mehr als das Doppelte von dem, was ich mir jemals für meine Freundin erhofft hatte. Florentine hingegen jubelt nicht, sondern nickt sehr huldvoll.

»In Ordnung, Ulf. Aber das bekomme ich von dir schriftlich vorm Notar. Viertausend Euro bis Arthur achtzehn ist, danach zwei. Und keinen Cent weniger.«

Wow! Was ist denn auf einmal mit Florentine los? Aber was es auch ist – es gefällt mir. Und zwar verdammt gut!

SECHSUNDZWANZIG

»Champagner für mich und meine Freunde!«, jubelt Florentine, als wir im *September* ankommen. Sie ist immer noch völlig aus dem Häuschen – ganz so, als könne sie selbst gar nicht glauben, dass sie ihrem Ulf eben dermaßen die Zähne gezeigt hat.

»Hammwa nich«, teilt uns die Bedienung einigermaßen unemotional mit. Offenbar werden hier selten große Siege gefeiert. »Wir ham nur Sekt oder Prosecco.«

»Schade! Und was empfehlen Sie uns dann?«

Die Bedienung, eine junge Frau mit kurzen weißblonden Haaren, zuckt mit den Schultern.

»Keine Ahnung. Von dem Sprudelzeug krich ich immer Sodbrennen. Ich trink nur Bier oder Cola.«

Florentine zieht die Nase kraus. Bier oder Cola sind eindeutig keine Alternative für sie.

»Na gut, dann bringen Sie uns bitte eine Flasche Sekt. Und fünf Gläser. Ich muss Aysun anrufen, die soll unbedingt auch rüberkommen. Was für ein toller Tag!«

Damit hat sie natürlich vollkommen Recht. Gewinnen ist ja so viel schöner als verlieren.

Aysun trudelt in etwa zeitgleich mit der Flasche Sekt ein, die unsere Kellnerin mitsamt Kühler an den Tisch bringt.

»Oh, es gibt etwas zu feiern!«, sagt sie mit Blick auf die Gläser. »Ist es so gut gelaufen bei Schleitheimer?«

»Besser als gut!«, ruft Florentine und drückt ihr ein frisch gefülltes Glas in die Hand, danach versorgt sie Simon, Alexander und mich.

»Und jetzt erst mal: prost! Auf meine weltbeste Anwältin und das tollste Team überhaupt! Ihr wart einfach großartig zusammen.«

Wir stoßen an, dann erzählt Florentine Aysun noch einmal haarklein von unserem Termin, und in dieser Schilderung klingen wir wirklich wie die Superhelden. Ich muss darüber fast lachen, und auch Simon grinst ziemlich breit, nur Alexander, der neben mir sitzt, wirkt sehr nachdenklich.

»Hey, alles in Ordnung?«, flüstere ich ihm zu.

Er nickt, sagt aber nichts.

Als Florentine zur Stelle kommt, an der sie Ulfi die Zusage für 4000 Euro Unterhalt abringt, schnappt Aysun nach Luft.

»Wahnsinn! So viel Geld! Willst du dann überhaupt noch weiter bei uns arbeiten?«

»Na klar!«, kommt es wie aus der Pistole geschossen. »Zum einen weiß man ja nie, was das Leben so bringt – da ist selbstverdientes Geld immer gut. Und zum anderen macht mir die Arbeit mit euch richtig viel Spaß – ich könnte mir keine besseren Kollegen wünschen, ehrlich!«

Alexander entfährt ein tiefer Seufzer.

»O Mann, und ich Idiot gehe nach Berlin! Wahrscheinlich werde ich das noch bitter bereuen und euch wahnsinnig vermissen.«

Simon klopft ihm auf die Schulter.

»So ist es, Kollege. Du wirst es natürlich bitter bereuen. Ist ja auch 'ne doofe Idee. Aber da habe ich einen super Tipp für dich: Bleib doch einfach!«

Alexander guckt ihn zweifelnd an. »Ich weiß nicht. Ich war

eigentlich fest entschlossen – aber nun bin ich mir nicht mehr so sicher. Soll ich vielleicht doch bleiben? Aber was wird dann aus Petersen & Rupprecht?«

»Tja, der arme Rupprecht wird einfach weiter traurig und allein in seiner versifften Anwaltsbutze hocken und ab und zu neidisch einen Kaffee bei den erfolgreichen Kollegen von nebenan schnorren. Und sich nachts in den Schlaf weinen.« Bei den letzten Worten legt Simon ein richtiges Zittern in seine Stimme, es ist ein großes Schauspiel.

»O Gott, wie furchtbar! Nein, das kann ich natürlich nicht verantworten. Also doch Berlin!«

»Halt, stopp, Jungs!«, rufe ich und wedle mit meinem Sektglas in der Luft herum. »Irgendwie habe ich gerade das Gefühl, hier wird die Rechnung ohne den Wirt gemacht. Beziehungsweise die Wirtin. Nämlich mich.«

»Und was meint die Wirtin?«, erkundigt sich Simon.

»Die Wirtin meint, dass sie auch traurig ist, wenn Alexander nach Berlin geht. Aber er hatte seine Gründe dafür. Ich finde also, er sollte sich das alles noch mal ganz in Ruhe überlegen. Und was Petersen & Rupprecht anbelangt – wieso könnte es eigentlich nicht Petersen, Wernicke & Rupprecht sein? Also, wenn wir hier sowieso noch mal ganz neu überlegen, sollten wir auch darüber mal sprechen.«

»Hey, die Idee finde ich eigentlich am besten!«, meldet sich nun auch Aysun zu Wort. »Die erste Mandantin, die mit dieser Kombination sehr glücklich war, sitzt doch schon hier und schlürft Schampus.«

Simon lacht. »Da hast du mit fast allem Recht, Aysun. Ich sehe es genau so.«

»Und wieso habe ich dann nur mit fast allem Recht?«, wundert sie sich.

»Weil es kein Schampus ist, sondern Sekt. Der Rest stimmt. Und ich finde die Idee hervorragend.«

Alexander kratzt sich am Hinterkopf.

»Puh, jetzt bringt ihr mich wirklich alle zum Grübeln. Es stimmt schon, Nikola. Ich sollte noch mal gründlich über alles nachdenken. Wenn das also für euch okay ist, dann schlafe ich noch mal ein bis drei Nächte drüber. Über Berlin. Und über unser neues Kanzleischild.«

Zurück im Büro fällt mir auf, dass zwei Glas Sekt meine Arbeitsmoral nicht gerade verbessern. Im Gegenteil: Man könnte sogar sagen, dass sie sie total ruiniert haben. Lustlos wühle ich in meinen Akten rum und stelle nach fünf Minuten fest, dass ich gar nicht genau weiß, wonach ich suche. Gut wäre etwas, wobei ich nicht nachdenken muss. Das ist überhaupt die Idee! Ich weiß, was ich genau jetzt tun könnte! Ich springe auf und trabe ins Vorzimmer. Florentine und Aysun sind ins Gespräch vertieft. Offenbar werden hier auch nicht gerade Bäume ausgerissen.

»Na, ertrinkt ihr in Arbeit?«, erkundige ich mich etwas scheinheilig.

Die beiden zucken zusammen, als hätte ich sie ertappt.

»Äh, ich, also«, setzt Florentine zu einer Rechtfertigung an.

Ich mache eine wegwerfende Handbewegung.

»Kein Problem. Ich habe auch schon überlegt, den Rest des Tages anders zu verbringen. Deswegen meine Frage: Willst du mitkommen?«

»Wohin denn?«

»Ich sage nur: Shoppen mit Mama Felice. Ich brauche dich als Dolmetscherin.«

Jetzt ist der Groschen bei Florentine gefallen.

»Ach so. Na, das wäre natürlich sehr lustig. Ein bisschen Zeit habe ich auch noch. Die Kinder hole ich nämlich erst abends bei Ulf ab. Der hat doch heute Nachmittag tatsächlich einen Ausflug mit seinen Kindern geplant.«

»Gut, dann rufe ich mal bei Tiziano an.«

Aysun guckt neugierig. »Was wollt ihr denn zusammen machen?«

»Tut mir leid – streng geheim!«

»Hey, das ist Mobbing!«, empört sich Aysun.

»Du hast Recht. Ein klarer Fall für den Betriebsrat! Ach – wir haben ja gar keinen!«, rufe ich fröhlich und spaziere wieder in mein Büro, um Tiziano anzurufen. Der ist von meinem Vorschlag, spontan mit seiner Mutter auf Brautkleidsuche zu gehen, naturgemäß begeistert und verspricht, sie sofort zu uns in die Innenstadt zu fahren. Er selbst will sich mit Max einmal das berühmte Miniaturwunderland anschauen. Ein schöner Plan! Dann sind doch alle gut versorgt und glücklich – außer Aysun.

Nicht weit von der Kanzlei gibt es ein großes Brautmodengeschäft. Auf dem Weg zum Mittagessen bin ich ab und zu dort vorbeispaziert und habe einen Blick ins Schaufenster geworfen. Mein eigenes Brautkleid hätte mit den unglaublichen Kreationen, die dort ausgestellt sind, niemals mithalten können. Es war zwar weiß, aber ganz schlicht und gerade geschnitten, ohne Spitze, Perlen und Glitzer und hat nicht einmal ein Drittel von dem gekostet, was allein für manchen der Schleier hier in der Auslage aufgerufen wird. Ach so – und einen Schleier hatte ich sowieso nicht. Fand ich damals viel zu spießig.

»Hach, sind das traumhafte Kleider«, seufzt Florentine,

nachdem sie das Schaufenster genau inspiziert hat. »Und diese Schleier dort hinten erinnern mich wirklich genau an meinen eigenen. Ein Traum!«

»Vielleicht kannst du ihn dir bald wieder erfüllen«, bemerke ich trocken. »Wenn ihr erst mal die Scheidungsfolgevereinbarung beim Notar unterschrieben habt, ist der Rest nur noch Formsache, das geht bestimmt flott.«

Florentine wirft mir einen unfreundlichen Blick zu.

»Nein danke! Vom Heiraten bin ich erst mal kuriert. Ein schönes Kleid kann ich mir auch so kaufen.«

In diesem Moment taucht die Hauptperson des heutigen Nachmittags auf: Mama Felice. Tizianos alter, rostiger Lieferwagen hält kurz am Straßenrand, seine Mutter windet sich vom Beifahrersitz. Ich laufe kurz zum Auto, um zu überprüfen, ob Tiziano auch wirklich die Sitzschale für Max mitgenommen hat – hat er, wobei das Teil in dem alten Pritschenwagen bestimmt schwer zu installieren war.

»Hallo Mama!«, begrüßt mich mein Sohn fröhlich. »Wir fahren jetzt ins Mini… äh, Minion… ach, wir machen was ganz Tolles. Nur für Jungs!«

Ich muss lachen. »Das passt ja. Wir machen jetzt nämlich etwas ganz Tolles nur für Mädchen.«

»Buon giorno, Signora Felice!«, mühe ich mir mein dürftiges Italienisch ab. »Questo es mia … äh, amiga, Florentine«, versuche ich dann, Florentine vorzustellen.

Die rollt ob dieses untauglichen Versuchs mit den Augen und erledigt das lieber selbst.

»Buon giorno! Mi chiamo Florentine, sono un'amica di Nikola. L'accompagno per fare l'interprete.«

Signora Felice strahlt. »Piacere. Sono contenta di fare la Sua conoscenza.«

Tiziano und Max brausen davon, wir betreten die Boutique. Im Inneren des Ladenlokals bin ich fast geblendet vor lauter Weiß und Creme, und ich kann die Seide der bauschigen Röcke, die auf den Kleiderständern links und rechts hängen, geradezu rascheln hören.

Signora Felice strahlt selig.

Eine Verkäuferin kommt auf uns zu. Sehr elegant gekleidet, mit Twinset und Perlenkette, vielleicht Anfang fünfzig, begrüßt sie uns freundlich.

»Einen schönen guten Tag, wie kann ich den Damen weiterhelfen?«

»Oh, ich heirate.« Mehr fällt mir erst mal nicht ein.

»Herzlichen Glückwunsch! Wie schön!«, erwidert sie freundlich. »Und nun beginnt der schönste Teil für den schönsten Tag im Leben einer Frau, nicht wahr? Die Hochzeitsvorbereitungen!«

Ich frage mich gerade, ob die Gute mich verarschen will. Ich bin eindeutig älter als einundzwanzig, genau genommen auch älter als einunddreißig – mir hier mit dem schönsten Tag meines Lebens zu kommen, finde ich wirklich albern. Aber egal – the show must go on. Wir sind schließlich nicht zum Spaß hier. Also lächle ich freundlich zurück.

»Ja, es ist einfach fantastisch. Und deswegen habe ich als Beraterinnen meine künftige Schwiegermutter und meine Trauzeugin mitgebracht.«

Florentine nickt dienstbeflissen und übersetzt Signora Felice kurz unseren Dialog, woraufhin sie noch mehr strahlt.

»Darf ich Ihnen zu Beginn vielleicht ein Glas Prosecco anbieten? Es ist doch wirklich ein besonderer Tag!«

Okay, das ist durchschaubar wie nur sonst was, weil ein paar Promille die Kauflaune bestimmt heben dürften. Mama

Felice scheint aber durchaus interessiert an etwas Prickelndem zu sein. Also nicke ich zustimmend und warte, bis wir alle ein volles Glas in der Hand halten.

»Ich sag mal: Salute!«

Und dann mal los zu den Klamotten! Signora Felice schlendert an den Ausstellungsstücken entlang, die neben den Regalen auf Kleiderpuppen präsentiert werden. Dann scheint sie eines entdeckt zu haben, das ihr besonders gefällt. Sie zeigt auf das Modell und nickt mir zu. Wäre ich zwanzig Jahre jünger, wäre ich auch begeistert. Nein, stimmt gar nicht, es wäre wohl eher vor dreißig Jahren mein Traum gewesen – denn es erinnert entfernt an das Brautkleid von Cinderella. Bodenlang, mit wallendem, weitem Rock und Schleppe, einer engen Taille und darüber eingearbeitet einem glitzernden Bustier. Am oberen Abschluss der Puffärmel sind ungefähr fünftausend Perlen aufgenäht, was ihnen die Optik einer Christbaumkugel verleiht.

Ich zögere kurz, aber Signora Felice hat schon die Verkäuferin angeschleppt.

»Questo!«, ruft sie begeistert, und auch die Verkäuferin freut sich. Kein Wunder – ich meine, auf dem Preisschild eine drei mit vier Nullen erkennen zu können.

»Oh, eine gute Wahl hat Ihre Schwiegermutter da getroffen. Ein exklusives Designermodell von Sergio Barbarossi! Sie brauchen Größe achtunddreißig?«

»Ich weiß nicht, ich dachte eher an etwas Schlichteres und …«

Bevor ich der Dame klarmachen kann, dass ich nicht geschmückt wie ein Weihnachtsbaum vor den Traualtar treten will, kommt Florentine und stupst mich in die Seite.

»Das ist ja ein krasses Kleid«, flüstert sie dann, »das musst du unbedingt anziehen. Komm, denk an die tollen Fotos, die Mama mit nach Italien nehmen wird.«

So gesehen hat sie natürlich Recht, also seufze ich ergeben und sage: »Ja, Größe achtunddreißig. Ich ziehe es gern mal an.«

Mal anziehen trifft es allerdings nicht richtig, wie ich schon zwei Minuten später feststelle, als ich mit einem Riesenberg Stoff in der Kabine stehe. Von draußen bekomme ich Handlungsanweisungen.

»Sie müssen erst die Korsage anziehen und dann den Reifrock. Dann sagen Sie mir kurz Bescheid. Die Korsage muss hinten nämlich noch geschnürt werden, dabei muss ich Ihnen helfen. Genauso beim Kleid, bitte nicht versuchen, es selbst anzuziehen! Das mache ich dann, dafür brauchen wir einen Hocker.«

Bitte was? Ich kann Florentine kichern hören. Wenigstens eine, die hier definitiv ihren Spaß hat!

Mühsam winde ich mich in die Korsage, indem ich sie erst vor meiner Brust mit Häkchen verschließe und dann mit einer halben Körperumrundung auf meinen Rücken schiebe. Ich finde die Korsage schon so recht eng, aber tatsächlich hat sie links und rechts an den Seiten noch Bänder, die mich entfernt an Schnürsenkel erinnern und die man wahrscheinlich noch enger ziehen kann. Leider bekommt die Braut dann keine Luft mehr, aber das tut wahrscheinlich nichts zur Sache. Der Reifrock ist genau genommen nicht nur ein Rock, sondern besteht aus einem oberen Rock und vier Unterröcken, die wiederum Reifen eingenäht haben und die ganze Geschichte auf einen Durchmesser von fast zwei Metern bringen. Wer denkt sich bloß so etwas aus? Als ich das Monstrum angelegt habe, linst die Verkäuferin schon in die Kabine.

»Schon fertig? Sehr gut! Dann will ich mal …«

Sie tritt neben mich und schiebt die Reifröcke gekonnt zur Seite. Ein Ruck an den Schnüren der Korsage und schon habe ich eine Taille von höchstens fünfundfünfzig Zentimetern. Und einen Pneumothorax.

»Hilfe!«, japse ich, »das ist viel zu eng.«

»Ach, da gewöhnen Sie sich schnell dran. Ein, zwei Stunden, dann merken Sie das gar nicht mehr.«

Ein, zwei Stunden? Ich glaube, in spätestens zehn Minuten bin ich erstickt!

Die Verkäuferin redet ungerührt weiter. »Es sieht jedenfalls gleich ganz toll aus. Warten Sie mal.«

Jetzt holt sie einen kleinen Tritt in die Kabine, nimmt das Kleid vom Bügel, steigt auf den Tritt und stülpt mir das Kleid gewissermaßen über den Kopf. Ich höre die Seide rascheln und spüre sie an mir entlanggleiten. Kein schlechtes Gefühl, muss ich gestehen!

Die Verkäuferin steigt wieder ab, macht einen Schritt zurück und betrachtet mich.

»Einfach perfekt!«, ruft sie dann und öffnet den Kabinenvorhang. »Kommen Sie mal raus, damit wir Sie alle sehen können.«

Ich tue wie mir geheißen. Kaum stehe ich vor der Kabine, bricht wilde Begeisterung aus.

»Ma come sei bella! Perfetto!« Signora Felice ist offenbar spontan überzeugt.

»Wow, du siehst umwerfend aus«, gibt ihr Florentine Recht.

Ich gucke in den großen Spiegel neben der Kabine. Okay, es ist wirklich eine Wucht: Ich sehe nicht aus wie Cinderella. Und auch nicht wie ein Weihnachtsbaum. Nein, es ist eher eine Mischung aus Sisi und Madame Pompadour. Ich bin mir absolut sicher, dass man in Garda sehr beeindruckt sein wird.

Florentine zückt ihr Handy. »Das müssen wir unbedingt auch deinen Eltern zeigen«, sagt sie wie vorher verabredet und knipst ein paar Fotos.

»Moment«, ruft die Verkäuferin. »Ich stecke noch rasch einen Schleier, dann ist das Bild vollständig.«

Sie läuft in eine andere Ecke der Boutique und kommt mit einem Traum von Brüsseler Spitze wieder zurück. Geschickt steckt sie mir diesen mit zwei Klammern in die Haare – fertig ist die Braut! In Signora Felices Augen glitzert es verdächtig, so gerührt ist sie von meinem Anblick.

Florentine macht wieder ein Foto, dann ruft sie fröhlich: »Okay, hab ich im Kasten! Das nächste bitte!«

Zwei Stunden später haben wir uns sehr gewissenhaft durch die Hälfte der Kollektion von Herrn Barbarossi und einem halben Dutzend anderer Kollegen gearbeitet. Ich spüre eine gewisse Erschöpfung, wahrscheinlich erste Anzeichen von Wedding-Burnout. Aber Signora Felice ist glücklich, und wir haben ungefähr sieben Fantastillarden Bilder von mir als Braut. Wer jetzt noch skeptisch ist, ob Tiziano und ich wirklich heiraten wollen, der hat einfach Paranoia.

»Vielen Dank!«, sage ich zur Verkäuferin. »Ich glaube, meine Favoriten sind die eins und die fünf.«

»Ja, die haben mir an Ihnen auch am besten gefallen.«

»Ganz sicher bin ich mir allerdings noch nicht. Ich komme nächste Woche noch einmal mit meiner Mutter«, schwindle ich dann und hoffe, dass mir der Schutzpatron der Brautkleidverkäuferinnen diese kleine Notlüge verzeiht.

Die Verkäuferin verzieht leicht den Mund, lässt sich ansonsten aber nicht anmerken, ob sie enttäuscht ist. Gott sei Dank kündigt in diesem Moment die Türglocke eine neue Kundin an und lenkt sie etwas von der Tatsache ab, dass wir heute leider nicht mit dem Dreitausend-Euro-Modell aus dem Laden marschieren werden.

»Natürlich, tun Sie das!«, sagt sie deshalb nur kurz und geht zum Eingangsbereich, um die neue Kundin zu begrüßen. Die hat interessanterweise einen großen Kleidersack über dem Arm, scheint also etwas vorbeibringen zu wollen. Ich sehe genauer hin – und erkenne die junge Frau: Es ist Djamila al-Balushi!

»Hello!«, spricht sie die Verkäuferin schüchtern an. »Do you also buy dresses? I have a beautiful one and want to sell it. Look! It's from Dior!«

Sie öffnet den Kleidersack und gibt den Blick auf cremefarbene Seide frei. Verstehe ich das richtig? Djamila, die Scheinehefrau, hat ein Brautkleid dabei, das sie gern verkaufen möchte? Und seit wann braucht man für eine falsche Hochzeit ein echtes Brautkleid? Noch dazu von Dior?

Dieser ganzen komischen Geschichte werde ich jetzt endlich auf den Grund gehen! Und zwar sofort! Schließlich ist schon morgen die Verhandlung. Viel Zeit bleibt also nicht mehr.

SIEBENUNDZWANZIG

»Verstehe ich das jetzt richtig? Sie haben aus Liebe geheiratet, aber Ihr Vater darf das nicht wissen? Bitte noch mal von vorn die ganze Geschichte, die ist nämlich einfach unglaublich.«

Simon rollt mit den Augen. Ich habe Djamila direkt von der Brautboutique in sein Büro geschleift und Florentine beauftragt, sich um Mama Felice, Tiziano und Max zu kümmern. Nun sitzen wir an seinem Besprechungstisch und versuchen, auf Englisch, Deutsch und mit Händen und Füßen herauszufinden, was genau es mit der Ehe von Lukas Holtkamp und Djamila al-Balushi auf sich hat.

»Ja, ist richtig«, radebrecht Djamila. »Wenn Papa in Krankenhaus, Mama und ich auch Hamburg. He had to stay in Hamburg for three months. We lived in a little apartment and I visited him every day.«

Offenbar hatte sich der Vater von Djamila Anfang des Jahres einer komplizierten Herz-OP an der Uniklinik unterzogen. Mutter und Tochter hatten ihn dabei aus dem Oman begleitet. Wenn ich es richtig verstanden habe, ist es nicht unüblich, dass Patienten aus dem arabischen Raum für bestimmte medizinische Eingriffe nach Europa fahren. Es gibt Agenturen, die die Patienten an Krankenhäuser vermitteln und sich dann auch vor Ort um sie und ihre Angehörigen kümmern. Auch al-Balushis wurden von so einer Agentur betreut.

»The agency helped us with visa, tickets and apartment. Sie sehr nett und gehelft viel.«

»Wie schön. War ja sicher auch nicht ganz billig«, stellt Simon sarkastisch fest. »Aber um den Lukas, um den haben Sie sich selbst gekümmert, richtig?«

Djamila schaut Simon mit großen Augen an. Für Ironie spricht sie ganz offensichtlich zu schlecht Deutsch.

Ich lächle sie also freundlich an und frage noch mal nach: »Und Lukas haben Sie dann im Krankenhaus kennengelernt? You met Lukas at the hospital, correct?«

Sie nickt. »Yes. He worked there at night. Immer in Nacht er hat gekümmert um Papa. Ich ihn getroffen da. Ich gleich finde Lukas hubsch.«

Sie lächelt verschämt.

»Wir viel reden. Ich erzähle über Oman. Ist ganz anders Land. Und Lukas erzählt über Deutschland. We talked and talked every night. It was very interesting. He was interesting. And finally, he asked me for a date. I could feel my heart beat like never before.«

Süß! Ihr Herz schlug wie nie zuvor, als Lukas um ein Rendezvous bat. Jetzt wird Djamila tatsächlich ein bisschen rot.

»Papa darf nicht wissen. Er auch mag Lukas, aber niemals erlaubt Treffen. Never ever!«

»Im Oman ist man da vermutlich ziemlich streng, oder?«, will ich von Djamila wissen. Statt ihrer antwortet Simon und outet sich als Oman-Experte.

»Ich habe zur Vorbereitung des Prozesses mal ein bisschen gegoogelt und mich über den Oman informiert. Er gilt im Hinblick auf Frauenrechte als fortschrittlichstes Land der arabischen Halbinsel. Die meisten Frauen haben eine gute Schulausbildung, an der Universität des Landes sind die

Hälfte der Studenten Frauen. Trotzdem ist der Oman natürlich nicht mit Deutschland zu vergleichen, und ich könnte mir vorstellen, dass Herr al-Balushi einen Herzkasper bekommen würde, wenn er von einem deutschen Freund der Tochter Wind bekäme.«

»Herzkasper?«, fragt Djamila verwirrt nach.

»Djamila, your father wouldn't allow a German boyfriend, would he?«, fasse ich Simons kleinen Vortrag kurz zusammen.

»No boyfriend!«, nickt Djamila mit ernster Miene. »The parents choose a good husband for their daughter. Mussen suchen gut Ehemann für Tochter. Nicht deutsch Ehemann. Sie nicht erlauben.« Sie seufzt.

»Also haben Sie sich heimlich mit Lukas getroffen? In secret?«, frage ich sie und sie nickt.

»Zurück im Oman haben Sie es vor Liebeskummer nicht mehr ausgehalten und Ihrem Vater erzählt, dass Sie gern ein Praktikum bei der Hamburger Agentur machen würden, die seinen Krankenhausaufenthalt organisiert hat. Weil Sie die Geschäftsidee gern im Oman bekannter machen wollten.«

»Ja, hab ich gesagt ich will sein Geschäftsfrau. An Universität studiere ich Business Administration. Papa immer sehr stolz auf mich.«

»Also hat er Ihnen erlaubt zu fliegen«, stelle ich fest.

»Ja, er mir gibt Geld für Reise und Wohnen in Hamburg. Und dann ich wieder hier und glücklich mit Lukas.«

»Aber nach drei Monaten lief Ihr Touristenvisum aus.« Simon schlägt die Akte auf dem Tisch vor sich auf und blättert darin herum. »Und deshalb haben Sie am fünfzehnten Mai auf dem Standesamt des Bezirksamtes Eimsbüttel geheiratet.«

»Ja.«

»Da kann man ja nicht einfach so auftauchen und sagen *Jetzt traut uns mal*. Man braucht schon gewisse Unterlagen«, halte ich Djamila vor. »Wieso hatten Sie die denn dabei? Ihre Eltern werden die Ihnen doch kaum hinterhergeschickt haben. Die waren doch ahnungslos.«

Schweigen.

Ich hake nach. »Oder etwa nicht?«

Immer noch Schweigen.

»Kommen Sie, Djamila, Sie hatten Hilfe, richtig? Ihre Mutter hat Ihnen geholfen, stimmt's?«, ziele ich einfach mal ins Blaue und treffe damit ins Schwarze.

»Ja«, flüstert Djamila. »Mama hat geholfen. Sie war erst sehr böse mit mir und wollte nicht. Aber dann ich sage, dass ich ohne Lukas nicht mehr will leben. Dass ist Lukas mein groß Liebe. Und ich bin Lukas groß Liebe. Er sogar wird Muslim, damit kann heiraten mich ohne Zorn von Allah. Dann Mama hat geweint, aber hat gesagt sie helft. Und schickt birth certificate.«

Nun weint auch Djamila. Der Gedanke an die Mutter im fernen Oman ist offenbar zu viel für die junge Frau.

Simon hingegen bleibt ungerührt.

»Okay, stimmt, in der Akte liegt das alles in Kopie. Auch die Feststellung des Standesbeamten, dass die nach omanischem Recht vorgesehene Genehmigung der Eheschließung von Innenministerium und Vormund der Braut nicht vorliegen und die Ehe nach dem Heimatrecht der Braut möglicherweise nicht gültig geschlossen ist.«

Djamila wischt sich die Tränen mit dem Handrücken ab und nickt.

»Ja, kein Genehmigung. Weil dann hätte Papa gewusst. Und das nicht gut. Er nicht erlaubt. We couldn't tell him.

My mother didn't want him to get angry because of his weak heart. Sein Herz noch sehr schwach. Und zu gefährlich wenn Aufregung.«

»Also haben Sie heimlich geheiratet. Mit dem Kleid von Dior? Das wundert mich etwas«, gebe ich zu.

»Ja, weil wir haben trotzdem gefeiert Fest mit Freunde. Und ich wollte schön sein an Hochzeit. Das immer war mein Traum. Also hab ich letzte Geld von Papa bezahlt für Kleid. Und jetzt habe ich versucht, das Kleid verkaufen. Weil fast kein Geld mehr.« Nun lächelt Djamila wieder und sieht dabei einfach zauberhaft aus.

Simon schüttelt den Kopf. »Tut mir leid, ich verstehe es immer noch nicht. Sie haben also geheiratet, um hier mit Lukas Holtkamp in ehelicher Gemeinschaft leben zu können. Aber wieso sagt Lukas dann bei seiner Vernehmung aus, er habe Sie gegen Zahlung von fünftausend Euro geheiratet, um Ihnen widerrechtlich eine Aufenthaltsgenehmigung zu ermöglichen?«

»Oh, ich versteh leider nicht.«

»Also: Lukas sagt, die Ehe ist Betrug. Er hat nur wegen des Geldes geheiratet, das Sie ihm bezahlt haben«, erkläre ich es ihr noch einmal einfacher.

Sie nickt. »Ja. Das hat aber nur gesagt, damit Papa nicht vor Wut krank wird.«

»Wie bitte? Das verstehe nun wiederum ich nicht.«

»Na, wir geheiratet heimlich, aber haben gemacht Fest in omanische Restaurant.«

Aha! Das omanische Restaurant kenne ich doch. Ich frage mich, ob es Djamila gelungen ist, mit einen langen Kleid von Dior einigermaßen anmutig auf diesen Sitzkissen Platz zu nehmen.

»Und Fest war toll, aber auch große Fehler. Denn jemand von Restaurant hat erzählt jemand anderes von Feier. Und der erzählt weiter und weiter und weiter – und schließlich Papa in Oman hört davon.« Sie schlägt die Augen nieder.

»Bad news travel fast. Selbst um die halbe Welt«, bemerkt Simon trocken.

»Sehr große Streit mit Papa dann. Sehr aufgeregt. Mama sagt, Papa Herzschmerz. This was very bad for him. His heart started to beat much too fast. My mother was very worried. Hat groß Sorge gemacht um Herz.«

Das kann ich mir lebhaft vorstellen. Man muss wahrscheinlich kein strenger omanischer Vater sein, um sich aufzuregen, wenn die eigene Tochter heimlich fern der Heimat heiratet. Würde es Tessa so machen, würde ich mich auch sehr aufregen! Apropos: Ich beschließe, mein Töchterlein heute Abend mal anzurufen und zu fragen, wann genau ihre Reisegruppe am Samstag eigentlich ankommt. Hoffe doch sehr, dass sie inzwischen nicht heimlich geheiratet hat und einfach in Brighton bleibt.

»Und dann?«, will Simon wissen.

»Dann ich habe mit Papa geredet. Per Skype. Und habe ihm erzählt, dass Hochzeit gar nicht echt. Dass nur gemacht, weil ich noch will weiter arbeiten in Deutschland und lernen für gutes Geschäft. Und dass ich habe gegeben Lukas Geld, damit er heiratet mich. Das alles nur Luge wegen Polizei ist. Dann Papa wieder glucklich. Er zwar noch geschimpft, aber nicht mehr so bose.«

»Also war erst mal alles gut. Aber was ist dann passiert?« Eigentlich war doch alles in Butter. Papa beruhigt, Djamila glücklich mit Lukas. Frage mich, warum das noch so schiefgegangen ist.

Djamila seufzt. »Dann leider ist noch mal so gekommen Erzählung von Feier. Wie sagt Doktor? Bad news travel fast. Papa froh und hat erzählt in Oman, dass alles nur Trick. Und irgendwann jemand hat geschrieben E-Mail an Polizei in Deutschland. Und Geschichte genau so erzählt. Ich glaube, ich weiß, wer hat gemacht. Mein Cousin Ahmat. Weil er will, dass ich muss zurück. Weil er immer gedacht, dass ich werde sein Frau.«

Der Klassiker. Ein eifersüchtiger Nebenbuhler erstattet Anzeige. Schätze mal, die Hälfte der Tipps ans Finanzamt in Sachen Steuerbetrug kommen so zustande, und offenbar ist die Methode auch im Oman sehr beliebt. Das war natürlich Pech.

»Aber warum haben Sie denn bei der Vernehmung nicht die Wahrheit gesagt? Wissen Sie eigentlich, in welche Schwierigkeiten Sie sich und Herrn Holtkamp da gebracht haben? Sie werden nach dem Prozess abgeschoben, und Herr Holtkamp kann sein Jurastudium eigentlich auch gleich in die Tonne kloppen!« Simon ist fassungslos.

»Ich wollte sagen Wahrheit!«, verteidigt sich Djamila. »Aber Papa hat schon gehört von Prozess. Und wenn ich sagt Wahrheit, dann alles kommt raus. Und dann große Unglück in mein Familie. Also Lukas sagt, er will nicht Unglück für mich. Dann er lieber Gefängnis.«

Meine Güte, das ist ja wie bei Romeo und Julia! Fehlt nur noch, dass Djamila vor dem Prozess ein Giftfläschchen an die Lippen setzt!

Simon schüttelt den Kopf. »Nein, bei aller Liebe – und davon scheint ja hier reichlich vorhanden – als sein Anwalt muss ich Herrn Holtkamp dringend raten, seine Aussage Richtung Wahrheit zu korrigieren. Und Sie erzählen vor Gericht bitte auch keinen Unsinn. Das ist ja unglaublich! Ich hoffe nur, dass uns der Staatsanwalt und das Gericht die Wahrheit überhaupt noch abnehmen. Das klingt ja alles wie in einem schlechten Hollywoodfilm!«

Djamila holt tief Luft. »Aber wenn ich vor Gericht so erzähle, dann Papa wird erfahren!«

»Vielleicht können wir die Öffentlichkeit irgendwie ausschließen lassen?«, schlage ich vor.

»Puh, das wird schwierig. Können wir natürlich versuchen. Aber jetzt brauchen wir erst mal ein verdammt gutes Argument, um zu beweisen, dass die Scheinehe keine ist. Und ich fürchte, ein Kleid von Dior wird da nicht reichen.«

Ich überlege kurz. Und da ist er auch schon, der dringend benötigte Geistesblitz! Ich lehne mich zurück und reibe mir zufrieden die Hände.

»Ich glaube, mir ist da gerade der perfekte Zeuge eingefallen! Wenn wir ihn finden, bringen wir ihn morgen einfach zur Verhandlung mit.«

ACHTUNDZWANZIG

»Herr Meier, würden Sie uns bitte erzählen, wann und wie Sie Herrn Holtkamp kennengelernt haben?«

Die Richterin lächelt Nils Meier freundlich zu, er scheint ein wenig aufgeregt zu sein.

»Ja, also, das war vor ungefähr einem halben Jahr. Ich leite eine Gruppe für neu konvertierte Männer in der al-Madina Moschee. Lukas hatte auf unserer Homepage gelesen, dass ich auch Menschen berate, die über eine Konvertierung nachdenken, und hatte mich in der Moschee aufgesucht.«

»Und dann haben Sie ihn beraten?«

»Ja. Ich bin selbst vor fünfzehn Jahren zum Islam übergetreten und weiß deshalb ziemlich genau, welche Fragen unsere neuen Glaubensbrüder bewegen. So kam ich auch auf die Idee, diese Gruppe und die Sprechstunde anzubieten. Wird übrigens sehr gut angenommen. Und auch Lukas war ganz dankbar, sich mal mit jemandem über das Thema austauschen zu können.«

»Hat Ihnen Herr Holtkamp etwas über seine Motive hinsichtlich der Konvertierung erzählt?«, fragt die Richterin nach.

Meier nickt. »Ja, er hatte sich in ein Mädchen aus dem Oman verliebt und wollte sie gern heiraten. Da sie aus einer gläubigen Familie stammte, kam eine Hochzeit mit einem Nicht-Muslim für sie nicht in Frage.«

Bingo! Ich könnte jubeln! Das ist genau die Aussage, die wir brauchen! Ich gratuliere mir selbst zu der Idee, Lukas Holtkamp zu fragen, ob er seinen Wunsch, zum Islam überzutreten, mit irgendjemandem außer Djamila besprochen hatte. Ich habe zwar überhaupt keine Ahnung, hatte aber die leise Hoffnung, dass man vor dem Konvertieren an einer Art Unterricht teilnehmen muss. Das wäre dann ein Topbeweis, dass diese Heirat eine echte zwischen Liebenden gewesen ist. Es stellte sich dann zwar heraus, dass man keinen Unterricht oder ein besonderes Aufnahmeritual braucht, um Muslim zu werden – aber immerhin hatte sich Lukas ein paarmal mit diesem Nils Meier in der al-Madina Moschee getroffen und besaß auch noch seine Telefonnummer.

Und so wendet sich hier im tristen kleinen Sitzungssaal des Amtsgerichts Hamburg gerade das Blatt sehr zugunsten von Lukas Holtkamp. Wobei auch ungemein hilfreich ist, dass sowohl Staatsanwaltschaft als auch Gericht von Frauen vertreten werden – und diese sofort die hochromantische Note der ganzen Angelegenheit verstanden haben. Simon hatte einen Antrag auf Ausschluss der Öffentlichkeit von dem Verfahren gestellt und in diesem schon die ganze komplizierte Liebesgeschichte von Lukas und Djamila geschildert, verbunden mit der Warnung, dass Djamila an Leib und Leben bedroht sei, wenn ihre Familie von der Wahrheit erfahre. Gut, das ist hoffentlich stark übertrieben, aber mit mächtig Ärger müsste sie bestimmt rechnen.

Die Damen scheinen Lukas also zugetan, wenngleich die Staatsanwältin zu Beginn der Sitzung darauf hinwies, dass der Angeklagte zuvor noch etwas ganz anderes erzählt habe und die Geschichte so unglaublich sei, dass ein guter Entlastungszeuge nicht schaden könne. Aber den haben wir nun präsentiert, einem Freispruch dürfte also nichts im Wege stehen. Simon, der zwischen mir und Lukas sitzt, sieht sehr zufrieden aus.

Er beugt sich zu Lukas vor und flüstert: »Sehen Sie, Holtkamp, das läuft hier. Hätten wir gleich so haben können. Seien Sie bloß froh, dass ich Sie von Ihrer Schwachsinnsidee abgebracht habe! Und dass Frau Petersen so eine Eingebung hatte!«

Die Richterin räuspert sich. »Alles in Ordnung, Herr Dr. Rupprecht?«

»Ja, entschuldigen Sie, Frau Vorsitzende«, murmelt er.

Sie wendet sich wieder Nils Meier zu. »Haben Sie die Verlobte von Herrn Holtkamp kennengelernt?«

Meier nickt.

»Und sehen Sie sie hier im Saal?«

»Klar, sie sitzt dort. Hallo, Djamila!« Meier winkt ihr zu.

»Haben Sie die beiden auch als Paar erlebt?«

»Ja, wir waren mal zusammen essen, und außerdem war ich auf ihrer Hochzeit eingeladen. Ein tolles Fest!«

»Ist Herr Holtkamp dann zum Islam übergetreten?«

»Klar, sonst hätte Djamila ihn ja nicht geheiratet«, grinst Meier. »Er hat es sogar vor Zeugen gemacht und in unserer Moschee unser Bekenntnis, die Schahada, gesprochen. Er hat daraufhin auch eine Urkunde über die Konvertierung ausgestellt bekommen. Die braucht er, wenn er zum Beispiel auf die Hadsch gehen will.«

»Verstehe. Danke, Herr Meier. Ich habe keine weiteren Fragen.« Die Richterin blickt zur Staatsanwältin und zu Simon. Beide schütteln den Kopf.

»Gut, auch keine Fragen mehr von Staatsanwaltschaft und Verteidigung. Dann ist der Zeuge Meier entlassen.«

Weitere Zeugen gibt es nicht. Die Staatsanwältin steht für ihr Plädoyer auf.

»Ich mache es kurz: Ein ungewöhnlicher Fall, das falsche Geständnis des Angeklagten hätte ihm hier um ein Haar eine Menge Ärger eingebracht. Allerdings war seine Motivation so ungefähr das Romantischste, was ich je an diesem doch so unromantischen Ort gehört habe. Für mich sind alle Zweifel an der Echtheit der Eheschließung ausgeräumt. Ich wünsche den beiden viel Glück und hoffe, dass sie ihren Frieden mit der Familie machen können. Ich plädiere auf Freispruch.«

Nun steht Simon auf. »Ich schließe mich der Frau Staatsanwältin an und plädiere ebenfalls auf Freispruch.«

Die Richterin nickt. »Das letzte Wort hat der Angeklagte.«

Lukas räuspert sich und steht auf. »Ich … Es tut mir leid, dass ich nicht gleich gesagt habe, was Sache ist. Aber ich hatte Angst um Djamila und wollte sie schützen. Ich hoffe sehr, dass irgendwann alles wieder in Ordnung kommt.«

Die Richterin sieht ihn an, dann steht sie auf und nimmt ihre Unterlagen vom Richtertisch.

»Das Gericht zieht sich zur Beratung zurück.«

Vor dem Gerichtsgebäude fällt mir Djamila spontan um den Hals.

»Thank you, Nikola! Thank you for dragging me out of that bridal shop! Danke Sie, dass Sie mich aus Geschäft geholt und alles wieder gut gemacht!«

Auch Lukas sieht sehr erleichtert aus und reicht Simon die Hand.

»Vielen Dank, Herr Dr. Rupprecht, dass Sie so hartnäckig waren und mir die Geschichte nicht abgekauft haben. Als die Richterin eben ansetzte, um ihr Urteil zu verlesen, ist mir doch einen Moment mulmig geworden, und ich habe mich gefragt, wie zum Teufel ich auf die blöde Idee gekommen war, etwas zu gestehen, was ich gar nicht getan habe. Und das als angehender Jurist.« Dann grinst er. »Na ja, ist ja noch mal gut gegangen.«

Simon nickt. »Ja, manchmal kommt man auf seltsame Ideen. Nur gut, wenn einem das noch rechtzeitig auffällt.«

Wir verabschieden uns von den beiden. In der Küche unserer Kanzlei angekommen, atmet Simon tief durch.

»Puh, das war ein hart erarbeiteter Freispruch! Hätte auch schiefgehen können. Widersprüchliches Aussageverhalten mag ja nicht jeder Richter. Nur gut, dass du diesen Herrn Meier noch aufgetrieben hast.«

»Ja, manchmal machen es einem die Mandanten wirklich nicht leicht!«, gebe ich ihm Recht. Auf diese Erkenntnis muss ich erst mal einen Kaffee trinken und werfe deshalb unsere Maschine an. Dann drehe ich mich wieder zu Simon.

»Aber immerhin war das doch heute ein echtes Happy End! Djamila hat mir vorhin erzählt, dass sie mit ihrer Mutter schon einen Plan schmiedet, wie sie es dem Vater doch noch schonend beibringen.«

»Ich hoffe, sie haben Erfolg. Ich wünsche es den beiden jedenfalls. Was mich übrigens auf den nächsten Fall mit bisher ausstehendem Happy End bringt: uns beide!«

Ich muss schlucken. »Wie meinst du das denn?«

»Ganz einfach: Bei uns steht doch wohl eindeutig noch ein ungestörtes Date aus, schon vergessen? Und irgendwann wird mein Mandant in Villingen-Schwenningen auch wieder aus dem Krankenhaus entlassen, dann geht der Prozess dort weiter, und ich bin wieder ziemlich viel unterwegs.«

»Du hast völlig Recht! Sag mir, wann du Zeit hast, ich

kümmere mich um einen Babysitter. Am Sonntag kommt auch Tessa aus Brighton wieder, die kann ganz problemlos auf Max aufpassen. Und nächste Woche kehrt Gisela von der Kreuzfahrt zurück.«

Simon lächelt. »Ich habe mir tatsächlich schon so meine Gedanken gemacht. Und dabei die perfekte Ausgangslage für ein ungestörtes Date gefunden. Und du wirst lachen: Tiziano hat mich dabei beraten.«

»Seit wann berätst du dich denn mit Tiziano? Du hast doch gar nichts mit dem zu tun.«

»Na ja, das gemeinsame Hot-Dog-Essen neulich war doch ganz nett, und weil ich immer noch auf der Suche nach einen verlässlichen Hundesitter bin, falls meine Ex Flöckchen mal nicht nehmen kann oder will, hab ich ihn angerufen und gefragt, ob er gelegentlich auf meine treue Hundedame aufpassen könnte. Und siehe da: Sein Hundehotel ist zwar noch nicht fertig, aber Flöckchen darf trotzdem ab und zu bei ihm einziehen. Tja, und wie wir uns so über Damen unterhielten, die in unserem Leben wichtig sind, egal ob vier- oder zweibeinig, kam die Sprache eben auch auf dich.«

»Oh.« Mehr fällt mir dazu nicht ein, aber ich habe das Gefühl, dass Röte in mein Gesicht schießt. Der Gedanke, dass sich Simon und Tiziano über mich unterhalten, gefällt mir ganz und gar nicht. Sofort muss ich wieder an den Kuss in Tizianos Küche denken. Ich habe ihn nicht erwidert, und wir haben auch nie darüber gesprochen, aber es kommt mir trotzdem wie ein Verrat an Simon vor. Verrückt eigentlich, aber ich bin doch eine ausgesprochen treue Seele.

Simon mustert mich. »Hey, alles in Ordnung? Du guckst auf einmal so verschreckt.«

»Nein, nein, alles gut!«, beeile ich mich zu versichern.

»Ich bin nur kein großer Fan von Tizianos Ideen und hoffe, du hast dir da nicht irgendeinen Unsinn aufschwatzen lassen.«

Er lacht. »Keine Sorge. Diesmal war seine Idee wirklich gut. Perfekt, sozusagen.«

Auweia. Tiziano und eine perfekte Idee? Da muss ich mich wohl überraschen lassen.

NEUNUNDZWANZIG

Als ich Tiziano zu Hause von seinem Babysitterdienst ablöse, widerstehe ich der Versuchung, ihm mal gründlich auf den Zahn zu fühlen, was genau er mit Simon besprochen und welch tolle Idee er ihm präsentiert hat. Das fällt mir insofern leicht, da mich neben Tiziano und Max auch ein geradezu himmlischer Duft empfängt. Lecker! Was ist das denn?

»Hm, was brutzelt denn hier Schönes«, will ich wissen und schnuppere dem Duft hinterher.

»Meine Mutter kocht ihr Abschiedsessen. Involtini alla mamma, und vorher gibt es Risotto alla Milanese. Also Kalbsrouladen gefüllt mit einer Parmesanpaste, Salbei und Parmaschinken. Schmeckt einfach umwerfend!«

»Oh, Abschiedsessen?« Ich bemühe mich, nicht zu erfreut zu klingen.

Tiziano nickt. »Ja, sie fährt morgen früh. Eigentlich wollte sie bis zum Wochenende bleiben, um Tessa noch kennenzulernen. Ich habe ihr aber klargemacht, dass es keine gute Idee ist, meinen armen Vater so lange allein zu lassen. Außerdem ist sie auch noch völlig beseelt von eurem Brautkleidshopping und will die vielen tollen Fotos unbedingt ihren Freundinnen zeigen. War genau die richtige Idee von dir, vielen Dank!«

»Gerne. Dann haben wir die Kuh doch wohl vom Eis, und deine Mutter kann ganz beruhigt nach Hause fahren. Sehr schön!«

Der Anblick in der Küche lässt mein Herz aufgehen: Mama Felice in Giselas Blümchenschürze und direkt daneben Max, dem sie ebenfalls eine kleine Schürze verpasst hat – gebastelt aus einem Küchenhandtuch. Einträchtig stehen sie da und kochen zusammen: Mama Felice ist gerade dabei, die Involtini zu füllen, Max steht auf einem Hocker am Herd und rührt in dem Topf mit dem Risotto. Als er mich sieht, begrüßt er mich fröhlich.

»Guck mal, Mama, was ich schon kann! Ich koche Reis für dich.«

Ich komme zu ihm und werfe einen Blick in den Topf.

»Oh, klasse! Da läuft mir schon das Wasser im Mund zusammen!«

»Iste auch fertig subito!«, verkündet Signora Felice in dem ersten (halb)deutschen Satz, den ich aus ihrem Mund höre.

»Sie lernen Deutsch? Das ist aber toll!«, lobe ich sie.

»Nur eine bisschen. Schwer Sprach, aber wenn Hochzeit, dann ich besser!«

Sie strahlt mich an, ich fühle mich ein klitzeklein wenig schlecht. Andererseits: Es ist einfach nicht meine Schuld, dass Tiziano nicht endlich Klartext mit seiner Mutter redet. Das ist doch fast wie bei Djamila, die ihrem Vater irgendein Märchen aus Tausendundeiner Nacht über ihre Scheinehe in Hamburg auftischt.

Tiziano hat mittlerweile den Tisch gedeckt, und kurz darauf hat jeder von uns ein dampfendes Häuflein Risotto, und oberköstliche Involtini mit gedämpftem Gemüse und Rosmarinkartoffeln vor sich auf dem Teller. Es ist einfach ein Traum! Ich überlege kurz, ob Signora Felice ihre künftige Schwiegertochter wohl an den Gardasee mitnehmen würde?

Andererseits halten sich meine Kenntnisse in italienischem Recht in engen Grenzen, und nachher wäre ich noch gezwungen, meinen Lebensunterhalt ebenfalls mit einer Hundepension zu verdienen. Nein, ich muss wohl hierbleiben. Und Giselas Küche ist ja auch nicht zu verachten.

Nach dem Essen spielen wir mit Max Mau-Mau, dann bekomme ich einen gründlichen Überblick über die gesamte Familie Felice, samt der Info, wer UNBEDINGT zur Hochzeit eingeladen werden muss – eine Anfrage beim Congress Center Hamburg für den großen Saal wäre demnach unausweichlich – , und am Ende bringt uns Mama Felice noch italienische Volksweisen bei, während Max ihr im Gegenzug das einzige Lied vorträgt, das er wirklich auswendig kennt: *Laterne, Laterne, Sonne, Mond und Sterne.*

Kurz gesagt: Wir haben großen Spaß, und ich lasse Max einfach so lange herumtoben, bis er sich von allein auf das Sofa legt und einschläft. Schließlich ist morgen Samstag, und niemand von uns muss früh aufstehen.

Um kurz vor zwölf bin ich allerdings auch ganz schön müde. Der Tag mit dem Prozess gegen Lukas steckt mir in den Knochen, und überhaupt war die gesamte Woche zwar erfolgreich, aber auch sehr anstrengend. Ich muss ein Gähnen unterdrücken.

Tiziano bemerkt das und lächelt. »Oh, ich fürchte, du musst schnell ins Bett. Du schläfst gleich ein, oder?«

Ich schüttle den Kopf. »Ach nein, so schlimm ist es nicht, aber ...« Bevor ich weiterreden kann, übermannt mich das Gähnen dann doch. »Okay, du hast Recht, ich bin ziemlich müde.«

Tiziano steht von seinem Platz auf. »Soll ich Max noch in sein Bett tragen, bevor wir gehen?«, erkundigt er sich.

Hm, eigentlich keine schlechte Idee.

»Das wäre wirklich nett!«, antworte ich also.

Keine drei Minuten sind Tiziano und ich am Kinderbett von Max. Tiziano legt meinen Sohn behutsam hinein, ich decke Max zu. Dann stehen Tiziano und ich uns gegenüber. Er zögert kurz.

»Also … ich … Vielen Dank! Das wollte ich noch mal sagen. Ich glaube, meine Mutter fährt morgen sehr glücklich nach Hause, den Rest regle ich schon irgendwie.«

»Schon in Ordnung.«

»Wenn ich noch mal irgendwas für dich tun kann, sag mir Bescheid.«

»Mach ich.«

Tiziano lächelt, dann kommt er mir wieder gefährlich nah. Dabei sieht er wirklich sehr verführerisch und sehr anziehend aus. Ich muss an Simon denken. Tiziano neigt seinen Kopf zu mir. Ich stoppe ihn, indem ich ihm meine Hand auf die Brust lege.

»Und hier kommt schon meine erste Bitte: Hör damit auf!«

Er guckt mich aus seinen großen blauen Augen an.

»Womit?«

»Das weißt du ganz genau«, antworte ich kurz angebunden und gehe aus dem Kinderzimmer.

Unten hat Signora Felice schon ihre Tasche in der Hand und den Mantel unter den Arm geklemmt. Also Abmarsch!

»Liebe Frau Felice, ich wünsche Ihnen eine gute Heimreise! Es war schön mit Ihnen!«, verabschiede ich sie freundlich.

Tiziano übersetzt. Sie lächelt.

»Maria«, sagt sie dann. »Mi chiamo Maria.« Dann nimmt sie mich in den Arm und drückt mich ganz fest an sich.

DREISSIG

Das Klingeln meines Handys reißt mich aus dem Tiefschlaf. Benommen taste ich mit einer Hand auf meinem Nachttisch herum, bekomme das Handy zu fassen und ziehe es an mein Ohr.

Eine sehr fröhliche Stimme dröhnt mir entgegen: »Guten Morgen, meine Liebste!«

Aua! Nicht so laut! »Morgen.«

Ich werfe einen Blick auf das Display. 4:30 Uhr.

»Das ist jetzt nicht dein Ernst, Simon! Es ist noch mitten in der Nacht!«

»Quatsch. Morgenstund hat Gold im Mund, und der frühe Vogel fängt den Wurm.«

Ich muss gähnen. »Der frühe Vogel kann mich mal. Was willst du?«

»Ich habe dir doch von dem perfekten Plan erzählt? Heute ist der perfekte Tag dafür.«

»Wofür?«

»Das wirst du noch sehen. Die entscheidende Frage: Wie schnell kannst du einen Babysitter besorgen?«

Solche Fragen liebe ich ja, wenn ich noch nicht richtig wach bin!

»Simon, ich finde es wirklich zauberhaft, dass du einen perfekten Plan hast. Aber erstens bin ich selbst noch sehr müde, und zweitens wäre jeder potentielle Babysitter, den ich zu dieser frühen Stunde aufscheuchen würde, wahrscheinlich extrem unwillig. Was hältst du davon, wenn wir beide noch ein Stündchen schlafen, und dann mache ich mich auf die Suche nach jemandem, der sich heute um Max kümmert.«

»Na gut.« Simon klingt sehr enttäuscht. Das muss offensichtlich etwas enorm Wichtiges oder Zeitkritisches sein. Aber ich kann es nicht ändern. Um diese Uhrzeit kann ich weder Florentine noch Tiziano belästigen.

»Ich melde mich später«, verspreche ich also. Dann drehe ich mich wieder um und schlafe noch eine Runde.

Wieder mein Handy, das mich weckt. Wieder Simon.

»Okay, jetzt ist es amtlich halb sechs Uhr morgens. Wenn das alles noch klappen soll, musst du in die Puschen kommen.«

»Das ist Psychoterror!«, beschwere ich mich. »Wieso kann ich an einem Samstag nicht einfach ausschlafen? Selbst Max liegt noch friedlich in seinem Bettchen und schläft!«

»Süße, ich sag nur: Thermik. Es liegt an der Thermik. Also, besorg einen Babysitter und ruf mich wieder an.«

Es nutzt anscheinend nichts. Dieser Mann meint es ernst. Ich winde mich also aus dem Bett und wanke ins Bad. Während ich mir die Zähne putze, denke ich nach. Wen frage ich? Florentine oder Tiziano? Tiziano schuldet mir noch ungefähr hunderttausend Gefallen, aber wenn es um ein Date mit Simon geht, ist Florentine vielleicht die bessere Ansprechpartnerin.

Ich werfe einen Blick auf mein Handy. Viertel vor sechs. Ein entspannter Samstagmorgen sieht anders aus. Das kann ich eigentlich niemandem zumuten. Also wieder ein Telefonat mit Simon.

»Guten Morgen! Ich hab's mir überlegt – ich kann Florentine nicht überfallartig anrufen. Wenn sie überhaupt ans Telefon geht, was ich bezweifle, sagt sie mir bestimmt, dass ich komplett spinne. Was auch immer es ist – lass es uns verschieben, okay?«

»Och, das hätte so gut gepasst! Sie hatten gerade noch zwei Plätze frei.«

»Wer hat was?«, frage ich.

»Wird nicht verraten. Soll ja eine Überraschung sein. Ich sage nur: Es ist perfekt, wenn man ungestört sein will. Geht es wirklich nicht? Ich hatte dich doch gebeten, schon mal nach einem Babysitter Ausschau zu halten.«

»Das hast du. Aber leider hast du vergessen, die exzentrische Uhrzeit zu erwähnen. Selbst wenn ich mich schon gekümmert hätte, das hätte nicht hingehauen. So spontan ist man mit kleinen Kindern leider nicht.«

Simon seufzt. »Ja, hast ja Recht. Ich erinnere mich dunkel. Na gut, ich werde versuchen, einen anderen Termin klarzumachen. Ich melde mich wieder.«

Nachdem er aufgelegt hat, stelle ich meine Zahnbürste zurück in meinen Zahnputzbecher und lege mich wieder ins Bett. Mein Handy stelle ich diesmal auf lautlos, dem Verrückten ist zuzutrauen, dass er mich gleich noch mal aus süßen Träumen reißt. Aber nicht mit mir!

Zwei Stunden später werde ich ganz entspannt von allein wach. Die Idee, den Ton auszustellen, war allerdings ganz ausgezeichnet, denn der Blick auf mein Handy zeigt mir, dass Simon in der letzten Stunde schon fünfmal versucht hat, mich zu erreichen. Stalking?

»Na, was gibt es so Dringendes«, will ich wissen, als ich ihn zurückrufe.

»Wir haben Riesenglück!«, ruft er aufgeregt, »Es klappt

tatsächlich gleich heute Abend noch mal. Ist ja im Grunde auch viel besser als morgens, dann plane ich jetzt noch das Anschlussprogramm. Also, ruf Florentine an. Oder Tiziano. Oder den Kinderschutzbund. Egal wen – Hauptsache, ich kann dich heute um halb sieben abholen, und du kannst über Nacht bleiben. Oh, und keine Partykleidung! Jeans, Pulli, Jacke und feste Schuhe wären gut. Vergiss die Zahnbürste nicht. Das wird so toll!«

Bevor ich noch nachfragen kann, was denn so toll wird und warum man dazu ausgerechnet einen Pullover anziehen muss, hat er schon aufgelegt. Pulli UND Zahnbürste? Ich stehe vor einem Rätsel …

Obwohl ich mir auch bis zum Abend nicht zusammenreimen kann, was genau Simon eigentlich plant, stehe ich Punkt halb sieben geschniegelt und gestriegelt und zur Abholung bereit in unserer Diele. Max habe ich schon nachmittags zu Florentine gefahren, er macht mit Arthur und den Zwillingen eine Übernachtungsparty. Jetzt ist es bei mir im Haus so still, dass man auch hier ungestört wäre. Wobei man natürlich niemals ganz ausschließen kann, dass Signore Felice seinen Kopf durch die Tür steckt.

Zwanzig vor sieben. Gerade will ich anfangen, mich zu ärgern, da höre ich Simons Wagen vorfahren. Ich schnappe mir meine Handtasche und gehe aus dem Haus.

»Hey, Süße!«, begrüßt mich Simon fröhlich. »Bereit zu Date Nummer vier?«

Ich nicke. »Wie die Pfadfinder: Allzeit bereit!«

Simon zieht ein Seidentuch aus der Hosentasche und faltet es zweimal.

»Komm mal her, ich muss da noch etwas vorbereiten.«

Neugierig stelle ich mich direkt vor ihn. Er zieht mich zu sich heran und küsst mich, dann nimmt er das Tuch und bindet es mir über die Augen.

»Was wird das denn? *Shades of Grey*?«

Er lacht. »Nein, viel besser.«

Mit seiner Hilfe lande ich auf dem Beifahrersitz, sehen kann ich schließlich nichts mehr. Dann brausen wir los. Die Fahrt ist sehr kurz, vielleicht zehn, fünfzehn Minuten. Trotzdem hat diese geheimnisvolle Inszenierung dazu geführt, dass ich mittlerweile ganz kribbelig bin.

Als mir Simon die Hand zum Aussteigen reicht und mich über eine Wiese oder einen Rasen zu führen scheint, versuche ich, unter der Binde durchzulinsen. Zwecklos. Simon hat das Tuch tatsächlich ziemlich fest gebunden.

»Sag mal, was soll eigentlich dieser ganze Hokuspokus? Kannst du mir nicht endlich mal das Tuch abnehmen?«

»Nein, du musst dich noch ein klein wenig gedulden.«

Noch ein paar Schritte über unebenen Boden, dann hält mich Simon fest. Wir scheinen vor irgendetwas zu stehen, was ein seltsames Geräusch macht. Wie ein Föhn oder ein Gebläse.

»Moment, da kommt jetzt eine Art Leiter, ich helfe dir.«

Ein, zwei Stufen, dann umfassen meine Hände etwas, was sich wie eine Reling oder ein Geländer anfühlt. Simons Arme umschlingen meine Hüfte und heben mich herunter, bis ich auf einem leicht wackeligen Untergrund zu stehen komme. Jemand rechts von mir räuspert sich. Offenbar ist noch eine dritte Person in der Nähe, denn Simon steht links von mir. Dann höre ich eine mir unbekannte Stimme.

»Startklar. Die Leinen los!«

Es ruckelt etwas, der Boden unter mir scheint sich zu bewegen. Ich ahne Schlimmes. Ganz Schlimmes. Simon löst das Tuch und nimmt es mir ab, ich kann mich endlich umsehen.

Tatsächlich. Ich stehe im Korb eines Fesselballons. Und dieser hebt gerade ab. Tiziano. Diese Ratte!

Simon hält mich von hinten umfasst und küsst mich auf die Haare.

»Weißt du Nikola, als mir Tiziano davon erzählte, dass du schon immer mal eine Ballonfahrt machen wolltest, wusste ich: Das ist es! Mit dir in den Sonnenaufgang oder Sonnenuntergang zu schweben, ist so ungefähr das Schönste, was ich mir vorstellen konnte.«

»Echt?«, krächze ich. Zu mehr bin ich nicht fähig, zu groß ist meine Panik, mitsamt Korb und Ballon auf einen norddeutschen Acker zu stürzen.

»Aber natürlich wollte ich es mit dir allein machen und nicht mit einer ganzen Gruppe. Eine Fahrt zu zweit ist aber so kurzfristig schwer zu buchen. Es gibt ja nicht so viele Ballons, und außerdem können die im Sommer wegen der Thermik immer nur frühmorgens oder abends fahren. Deswegen war ich heute Morgen auch so hektisch: Da war spontan ein Ballon freigeworden. Ich dachte mir: Jetzt oder nie! Na, hat ja Gott sei Dank heute Abend noch mal geklappt.«

Er lacht fröhlich.

»Ja, Gott sei Dank«, krächze ich weiter.

»Das passt eigentlich sowieso viel besser, denn ich habe für später noch ein schnuckliges kleines Hotel für uns gebucht. Man weiß zwar nie so genau, wo man landet, aber so eine ungefähre Richtung gibt der Wind ja vor. Wenn wir also gelandet sind, haben wir schon das nächste schöne Ziel vor uns.«

Falls wir landen, füge ich in Gedanken hinzu und ärgere mich gleichzeitig über mich selbst, weil ich Simons unglaublich romantische Idee vor lauter Angst nicht zu würdigen weiß.

»Willst du nicht mal rausgucken?«

»Ähm, jooo, gleich.«

»Ich bin so glücklich«, seufzt Simon und hält meine Hände ganz fest umfasst.

In diesem Moment macht es *klick* in meinem Kopf. Ich werde mir doch wohl nicht auch noch dieses Rendezvous von meinem eifersüchtigen Nachbarn versauen lassen! Nein, kommt gar nicht in Frage! Ich atme tief durch und beschließe, den Moment mit Simon zu genießen.

»Ich bin auch glücklich«, sage ich deshalb.

Simon küsst mich noch einmal auf meinen Scheitel.

»Das ist schön! Wie ruhig es hier oben ist, oder? Und wir sind völlig ungestört, ist das nicht fantastisch? Das wollte ich heute unbedingt mit dir sein. Denn die ganze Zeit will ich dir schon etwas sagen, aber bei unseren Verabredungen kam leider immer etwas dazwischen. Aber hier oben, hier stört uns niemand.«

Ich nicke. Das stimmt wohl. Ungestörter als mittlerweile schätzungsweise dreihundert Meter über dem Boden kann man wohl nicht sein. Wenn man jetzt mal von dem Piloten absieht, der aber sehr mit seinem Ballon beschäftigt scheint.

»Was wolltest du mir denn sagen?«

Simon dreht mich jetzt zu sich um und schaut mir tief in die Augen.

»Ich hätte nicht gedacht, dass ich mich in meinem Alter noch einmal so verlieben würde. Ich dachte, das Thema sei abgehakt für mich. Aber seit ich dich kenne, weiß ich, dass das echt Unsinn ist. Mein Herz fühlt sich nämlich original wieder so an wie mit siebzehn.«

Er grinst. Nein, falsch – er lächelt. Dann zieht er mich noch ein Stückchen näher an sich heran und beugt sich mit seinem Mund ganz nah an mein Ohr.

»Nikola, ich liebe dich«, flüstert er dann.

Ich stelle mich auf meine Zehenspitzen, um ihm ebenfalls ins Ohr flüstern zu können.

»Ich liebe dich auch.«

Und dann stelle ich fest, dass so ein Kuss auf nunmehr vierhundert Metern Höhe eigentlich eine großartige Angelegenheit ist. Wenn auch eine ziemlich unverhoffte.

Unsere Leseempfehlung

352 Seiten
Auch als E-Book und Hörbuch erhältlich

Nikola Petersen, Anwältin und alleinerziehende Mutter in Hamburg, hat es nicht leicht: Im Büro türmen sich die Akten und Nikola hätte gern ein wenig Zeit, um nach Feierabend den vielversprechenden Flirt mit ihrem Kollegen Simon Rupprecht auszubauen. Aber daraus wird nichts, denn getreu der Devise „Schlimmer geht's immer" reist auch noch die Mutter von Nikolas Nachbarn Tiziano an. Aus unerfindlichen Gründen ist Signora Felice der festen Überzeugung, dass Nikola Tizianos neue Freundin ist. Und der tut leider alles, um seine Mutter in diesem Glauben zu lassen …

www.goldmann-verlag.de
www.facebook.com/goldmannverlag

Auch als HÖRBUCH

Gelesen von Marie Bierstedt

4 CD: ISBN 978-3-8445-2117-7
Download: 978-3-8445-2231-0

der Hörverlag